徳間文庫

黙過

下村敦史

徳間書店

目次

黙過：知っていながら黙って見逃すこと。（大辞林　第三版より）

優先順位

1

彼が死ぬまでに肝臓は見つかるのか――。

倉敷敬二《くらしきけいじ》は病室に立っていた。人工呼吸器のわずかな呼吸音が静寂の中に響いている。

轢《ひ》き逃げで運ばれてきた三十歳の患者だ。緊急手術が行われても意識は戻らず、予後も悪い。皮膚と目が黄色くなる黄疸《おうだん》が現れており、皮下出血が見られる。肝臓への損傷が原因で肝不全を併発しているのだ。

肝不全に陥ると、肝臓が機能せず、有害物質や老廃物を処理して体外に排出できなくなる。感染症も起こりやすくなるし、血液凝固を助けるたんぱく質の合成もできなくなる。他の臓器にも多大な影響を及ぼし、多臓器不全から死に至る重篤な病気だ。新米の自分とそれほど年齢が変わらない患者が意識不明のまま死ぬかもしれない、という現実に気が滅入《めい》った。

担当している患者を初めて死なせたのは先月。八十歳を超えた老女だった。だから自分でも驚くほどショックは少なかった。だが、若いこの患者は――あまりに自分と重なってしまう。

倉敷はふうと息を吐いた。

子供のころから他人の期待に応えることだけに自分の存在理由を見出し、努力してきた。両親や教師に求められるまま勉強し、気づけば医学部へ。祖父母もまだまだ健在なので、遺体――正確には献体だが――を見たのも、解剖実習のときがはじめてだった。肌寒いほど空調が効いた室内、粛々《しゅくしゅく》とした空気、ホルマリンの刺激臭――。手術着、マスク、手袋を装着した誰もが目を閉じて黙禱《もくとう》する中、ただ一人、目を開けたまま、シーツで覆われた〝人〟を眺めていたことが記憶に残っている。

初体験の前は怖さがあったものの、シーツが取り払われると、整えられた献体は想像よりも〝死体〟という感じが薄く、意外にも早く慣れた。むしろ、医者になって半年後に経験した生身の患者の手術――盲腸だった――のほうが怖かった。自分の手に命を預かっている感覚。最初から〝献体〟の意思表示をしている遺体と、命がある人間では、違いすぎた。人間に比べたら、いかに遺体はメスが入れやすかったことか。

目の前の患者の緊急手術を行ったのは、この光西《こうさい》大学附属病院の腕利きの外科医で、自分は術後に担当を引き継いだにすぎない。それでも、助かってほしいと心底思う。

ノックの音に続き、ドアが開いた。姿を見せたのは進藤太一《しんどうたいち》准教授だった。美食の果てに貼りついたような脂肪が太鼓腹を形作り、ボタンを留めた白衣を押し上げている。細目の恵比須顔だ。

倉敷は白衣を正し、「おはようございます！」と深く頭を下げた。

「あー、そんな硬くならんでもいいよ。気楽に気楽に」

「いえ」

額面どおりに受け取って気を抜いたとたん、不評を買って冷遇された医師を何人も知っている。有望株だった医大の先輩は、手術の助手を一切務めさせてもらえなくなった。腕を磨く機会を得られないまま後輩にも追い抜かれていき、結局、辞めてしまった。新人にとって執刀を任される好機は極めて少ない。締め出されたら、全く経験が積めない。

先輩の退職を知ったときの進藤准教授の台詞《せりふ》は――他人事《ひとごと》のように『あれ？　彼、

辞めちゃったの？　期待の若手だったんだけどねえ……』だったという。

閉鎖的な大学病院で生きていくには、態度も言葉遣いも慎重を期さなければならない。

「ところでさ、どう、彼」

進藤准教授が顎《あご》で指し示したのは、ベッドの男性患者だ。

「相変わらず容体は不安定です。特に肝不全が深刻で……すぐにでも肝臓移植をしなければ、残念ながら遠からず……」

「ふーん。僕の見立てと同じだねえ。肝臓以外の損傷はないよね」

「い、いえ、骨折が複数ヵ所――」

「じゃなくてさ、臓器の話、臓器の」

「はい、幸いありません」

「彼のカードは？」

「クレジットカードはちゃんと……」

進藤准教授にねめつけられ、倉敷は勘違いに気づいた。彼が言うカードというのは――。

「あっ、ありました、ありました」

倉敷はサイドテーブルの引き出しを開け、〝それ〟を取り出した。

正確にはカードではない。〝それ〟――健康保険証の裏面には、臓器提供の意思表示欄がある。

『私は、脳死後及び心臓が停止した死後のいずれでも、移植の為に臓器を提供します』

患者はその項目に丸を付けている。『提供したくない臓器があれば、×をつけてください』という項目では、心臓、肺、肝臓、腎《じん》臓、膵《すい》臓、小腸、眼球のいずれにも×はついていない。つまり、死亡したら全ての臓器を提供する意思がある、ということだ。

進藤准教授は保険証の裏面を確認した。

「献身的な患者じゃないの、ねえ？」

「……はい」

「意思を叶《かな》えてあげたいねえ」

意味ありげな薄笑みが唇に刻まれる。進藤准教授の口から紡《つむ》がれた『いし』のニュアンスがどことなく『遺志』だったのは、捻《ひね》くれた受け取り方だろうか。彼の中で患者はもう死んでいるのではないか、と疑った。

進藤准教授は心臓外科所属なので、他の医局の範疇《はんちゅう》になる肝移植には乗り気ではないのかもしれない。

「しかし――」

倉敷は口にしてから、しまったと後悔した。教授、准教授に『しかし』『でも』『ですが』は禁句だ。研修医時代、指導係の先輩医師から散々教わっていたというのに――。

案の定、進藤准教授の一睨《にら》みが向けられた。細目の奥に覗《のぞ》く黒い瞳が陰険そうな光を帯びる。

「何か異論があるの？　倉敷先生」

進藤准教授が下の人間に『君』ではなく、『先生』とつけるのは、皮肉が籠《こも》っているときだ。

准教授に意見できるなんて、なかなかご立派な先生になったもんだ、と――。

倉敷は唾《つば》を飲み込み、答えた。

「肝移植さえできれば、この患者は持ち直すはずです。まだ、助かる見込みが……」

「患者は全員救いたい――。いや、もちろん、素晴らしい考え方だよ。でもさ、誰の肝臓を移植するの？　聞けば、身寄りなしって話だし、〝生体〟じゃ無理でしょ。〝死体〟のほう？」

健康な人間から肝臓の一部を貰《もら》う〝生体肝移植〟のドナーには、親族六親等以内、姻族三親等以内しかなれない。それが日本移植学会の倫理指針だった。死体から肝臓を貰う〝死体肝移植〟は、ドナー不足で誰もが順番待ちをしている。

倉敷は何も言葉を返せなかった。

「意識不明の患者よりさ、肝臓が必要な患者は大勢いるでしょ。優先順位《プライオリティ》を間違えちゃ駄目だよ」

「……もちろんです」

「ね。この患者の臓器があれば、移植待ちの患者が何人も救われるんだよ。命の数だよ。一つと複数。君はどっちを助ける？」

倉敷は黙り込んだまま拳《こぶし》を握り締めた。

「しかもだよ、意識不明の患者に移植する肝臓があれば、別の患者の命も一つ救える。君ならどっちを選ぶ？」

人間の命に関する問いは、容易に数字で割り切れないからこそ、〝究極の問い〟なのだ。だが、それは進藤准教授の期待する答えではない。

「多数――です」

答えたとたん、何か医師として大事なものをかなぐり捨てた気がして手のひらの皮《ひ》膚《ふ》に爪が食い込んだ。

進藤准教授の黒い瞳が細目の中に埋もれた。彼はにんまりと満足げな笑みを浮かべている。

臓器移植に最も力を入れている光西大学附属病院としては成功例が重要で、一人でも多くの患者を救いたいという考えは理解できる。だが、目の前には肝移植さえできれば望みを繋《つな》げる患者が一人、今も生きようと闘っている。

「難しく考えないほうがいいよ、倉敷君。命が平等なら、当然、複数の命のほうが価値が高くなるものだからね」進藤准教授が計算機のように無感情な眼差《まなざ》しを患者に向けた。「肝臓が治っても意識を取り戻すとはかぎらない。貴重な肝臓を使うべきじゃないだろう?」

昔から目上の人間には常に『はい』を選択してきた。そんな自分に他の言葉を吐くことなどできるわけもなく、結局どれほど葛藤《かっとう》しようと答えは決まっていた。

「……はい」

「そもそも、移植用の肝臓はまだないんだよ。そのうち彼は亡くなるよ。肝不全が重篤《じゅうとく》化してね。そうなれば、彼の生前の意思どおり、彼の臓器が何人もの命を救ってくれる。今どき珍しく臓器提供の意思を示しているんだ。それが本望じゃないか」

理屈では分かっている。

適合する肝臓の順番が回って来るまで彼がもつ可能性は低い。進藤准教授の思惑にかかわらず、亡くなるだろう。

だが――。

本当に希望はないのだろうか。八方手を尽くして肝臓を探せば、移植できる可能性があるのではないか。一日でも長く生きていれば、奇跡が起きることもある。それなのに、進藤准教授は彼を救うための努力をすでに諦《あきら》めてしまっている。一人の犠牲で四人、五人の命を救うために。

人の生き死にを決める権利が同じ人間にあるだろうか。人の命は数で判断できるのか――。

答えは出せない。何が正しいのか。医者としてどうあるべきなのか。

思考の海に溺《おぼ》れそうになったとき、ノックの音がそれを破った。振り返ると同時にドアが開き、白衣の女性――都《みやこ》薫子《かおるこ》准教授が入室してきた。黒髪を黒ゴムでくくっている。怜悧《れいり》な顔立ちで、目つきはメスさながらに鋭い。光西大学附属病院の規模と彼女が女性という点を踏まえたら、三十代後半で准教授になっているのは相当な出世だろう。

進藤准教授が恵比須顔を向け、「おや」と猪首《いくび》を傾《かし》げてみせた。

「患者を診《み》に来るなんて珍しいねえ、都先生。最近はティーテル・アルバイトに専念していると聞いたけど」

医学界の用語で博士号《ティーテル》アルバイトは、文字どおり博士号取得のための研究を意味する。

「ええ」都准教授はほほ笑んだ。「おかげさまで順調です」

「……虎視眈々《こしたんたん》、教授の椅子を狙っているんじゃないの？」

「とんでもありません。光西大じゃ、女性の教授はまだいらっしゃいません。私なんかとてもとても」

「謙遜《けんそん》と受け取っておくよ、都先生」

都准教授はほほ笑みを崩さない。

彼女が野心家なのは誰もが知っている。彼女が主導するいくつかの研究は国からも助成金を受け、着実に成果を上げていると聞く。金と名誉を重んじる光西大学附属病院において、その両方をもたらす可能性が高い彼女の周りには、嫉妬《しっと》と期待があふれ返っていた。

「で、今日はどうしたの?」

進藤准教授が水を向けると、都准教授はベッドに近づき、患者をじっと見下ろした。

「彼、ずいぶん容体が悪いって聞きましたけど」

「……肝不全を起こしてるからねえ。一刻も早く移植できなきゃ、駄目だね」

「肝臓は探しているんですか?」

「意識不明の患者のために? まさか。無意味だよ」

都准教授は振り返り、進藤准教授を睨みつけた。

「医師は目の前の患者のために最善を尽くすものでしょう」

「研修医みたいな青臭い理想論を語らないでほしいねえ、都先生。折り合いをつけなきゃ、救える命も救えないよ。計算高く最短コースをのし上がってきた都先生らしくもない」

都准教授はあからさまな皮肉にも反応せず、進藤准教授の顔をただただ見返していた。バツが悪そうに目を逸《そ》らしたのは彼だった。

「私は――移植用の肝臓を探すつもりです」

進藤准教授がはっと都准教授を見た。その目は、正気か、と問うていた。

「……都先生、彼はね、臓器提供の意思を示しているの。保険証の裏側でね」

「だから何でしょう？」

「言わなくても分かるよね。彼の臓器があれば、何人もが救われるんだよ」

「ええ、そうでしょうね。しかし、彼は幸いにも生きています。肝不全さえ治れば、助かる見込みがあるんです」

「算数の問題だよ、都先生。助かる命の数の問題」

「命は数ではありません。その論理、彼女の前でも言えますか？」

進藤准教授が怪訝《けげん》な顔つきを見せる。

都准教授はドアを開け、廊下に向かって呼びかけた。痩せぎすの看護師長に連れられて入室してきたのは、二十代前半と思しき女性だった。おとなしそうな顔立ちで、シンプルなシャツとジーンズ姿だ。

「彼女はお見舞いに来られた幼馴染《おさななじみ》の女性です」

進藤准教授はさすがに顔を少し顰《しか》めたものの、それは一瞬だけの反応で、すぐさま軽く黙礼した。彼女がお辞儀を返す。

「あのう……彼の容体は……？」

女性が不安そうに訊《き》くと、進藤准教授は太鼓腹の上で腕組みし、無念の表情で答えた。

「残念ながら、回復の見込みは薄いでしょうねえ」

気遣いのかけらもない返答だった。臓器摘出の布石を打ったのかもしれない。

女性の顔色が曇った。重苦しく気まずい空気を遮《さえぎ》ったのは都准教授だ。

「絶望的とまでは言えません。肝移植さえすれば助かるんです」

女性が「本当ですか！」と縋《すが》る眼差しを向けた。

「意識が戻るかどうかは、その後の彼の頑張り次第ですが。ただ、その肝移植が難しいんです。臓器提供の意思を示している方は多くありませんし、さらにその中で臓器を傷つけずに亡くなる方となれば、なおさら……。何ヵ月、何年も移植待ちをしている患者さんもたくさんいるんです」

そう、一刻も早く肝移植ができなければ、患者は助からない。だが、肝臓はいつ手に入るか分からない。一ヵ月以内にドナーが現れる可能性すら数パーセントだろう。

「……肝臓って健康な人ならあげられますよね？　私の肝臓は使えないんですか？」

「ご友人では移植できないんです。後は死体肝を待つしかありません」

「そうですか……」

希望の灯火《ともしび》を吹き消されたような顔で女性がうなだれる。

横から進藤准教授が言った。

「あなたの責任ではないし、あなたには何もできないよ。諸々、覚悟を決めておいてほしい」

彼は病室を出て行った。看護師長は閉められたドアに向かって吐き捨てた。

「利己主義の豚野郎」

聞こえないとはいえ、准教授に対する強烈な罵倒《ばとう》に倉敷は面食らった。幼馴染の女性が言いにくそうに「あのう……」と切り出す。

「そういう言い方はやめたほうが……」

「利己主義なのは事実ですから」

「いえ、そうじゃなく、〝豚〟のほうです。私も、子供のころはよく、豚女、豚女、ってからかわれていたので……」

今の彼女はそんなあだ名が想像できないほど細身だから、頑張って痩せたのだろう。

だが、からかわれたことは今もトラウマのような心の傷になっているのかもしれない。

看護師長は苦笑した。

「ごめんなさい。口が悪くって」

「いえ。私こそ過剰に反応してしまって……」

女性は視線を流すように、患者を痛々しげに眺めた。

「彼……」都准教授が訊いた。「臓器提供を望んでいたのはご存じですか」

女性が「え？」と目を丸くした。

「自分が死んだ場合、移植可能な全ての臓器を提供する、と意思表示しているんです」

「……知りませんでした。でも、驚きません。彼、とっても優しい人なんです。動物が大好きで――あっ、彼、獣医なんですよ。ただ、今の仕事には彼自身、色々思うことがあったみたいで、そういう葛藤みたいなものが臓器提供の意思に繋がったのかな、なんて。一種の贖罪《しょくざい》意識のような……」

自己完結する語りに具体性はなく、患者の人柄についてはそれほど伝わってこなかった。だが、都准教授は、理解できます、とばかりにうなずいている。

「実は彼の意思表示が原因で、ややこしい状況にありまして。先ほどの進藤先生は、彼の回復に本気では取り組んでいません。彼の臓器があれば数人の患者が救えるので、命を数の問題で選別しようとしているんです」

倉敷は都准教授の暴露に唖然《あぜん》とした。全くの嘘ではないものの、ずいぶん悪意に満ちた言いざまだ。これは――光西大学附属病院の女性初の教授を目指す彼女の計略ではないか。そういえば、最近は方々で進藤准教授の悪い噂《うわさ》を聞く。もしかしたら、彼女は機会があるたび、将来の教授候補である進藤准教授の悪評をこうしてさりげなくばら撒《ま》いているのかもしれない。

都准教授自身、進藤准教授が評したとおり研究に猛進する人間で、患者を実験体としてしか見ていない節がある。論文の成功症例のため、緊急手術が必要な高リスクの重篤患者ではなく、内科治療で健康を取り戻せる可能性がある低リスクの患者に無理やり手術を施《ほどこ》している、という話はよく囁《ささや》かれている。

しかし、そんな〝政治的事情〟を知らない女性は、ただただ目を剝《む》いている。

「そんな、まさか。お医者さんが彼の死を待っているなんて……」

「むごい話ですが、事実です。たとえば、法的脳死判定を受けて脳死と判定されたら、もう回復のための治療はしてもらえません。栄養性の低い輸液に交換したり、吸入気酸素濃度を少しずつ下げたり、昇圧剤《カテコラミン》をオフにしたり――。死に向けて準備していく医師は少なからずいます。しかも、臓器提供の意思があると分かれば、救命より臓器保存を優先した処置がとられます。〝ドナー管理〟と言うんですが、現実には、法的脳死判定の前から〝ドナー管理〟がはじめられています」

「信じられません。ひどい話です」

「進藤先生は、救命には必要ない脳波測定を四回も行っています。しかも薬物の影響下で。間違いなく〝ドナー管理〟です。ですが、私は違います。回復の可能性があるかぎり、患者には全力で向き合うべきだと思っています。臓器提供が患者の意思だとしても、それは医師が全力を尽くしてもどうにもならなかった、最後の最後です」

女性が黙ってうなずいた。

「私が肝臓を探します」都准教授が断言した。「進藤先生の好きにはさせません。患者は私が守ります」

明確な対決宣言だった。この発言が知れ渡れば、医局は緊張に包まれるだろう。

女性が深々と頭を下げた。

「……よろしくお願いします」

「今後の治療方針もご相談したいですし、場所を移しませんか」都准教授は女性に言った後、倉敷を一瞥《いちべつ》した。「患者さんはお願いね」

都准教授は無味乾燥な表情で言い残し、看護師長を促して三人で病室を出て行った。

取り残された倉敷は、ベッドの患者を見つめた。太陽が雲に隠れたらしく、病室が暗くなっていた。人工呼吸器が嵌《は》められた顔に影が被《かぶ》さっている。

〝政治的事情〟さえ除けば、二人の准教授の言い分はそれぞれ正しく、答えは容易に出せない。

何度でも自分に問う。

人の生き死にを決める権利が同じ人間にあるだろうか。人の命は数で判断できるのか——。

2

都准教授から准教授室に呼び出されたのはその日の夕方だった。彼女は開口一番、信じられないことを言った。

「倉敷先生に進藤先生を見張ってほしいの」

倉敷は絶句して立ち尽くした。大真面目な顔の都准教授は、どうやらジョークを言っているわけではなさそうだった。デスクの上で指を絡め、返事をじっと待っている。

何も答えられずにいると、彼女が口を開いた。

「あなたが〝進藤派〟なのは知ってる。私に好感情を抱いていないことも」

「い、いえ、そんな……」

「別に構わないわ。誤解は慣れてるから。医局で女が目立つと、あることないこと言われるのは世の常。まだまだ閉鎖的で男社会だしね。生意気だと思われるんでしょう。

私が教授選の推薦を得るために教授と寝ている、とまで噂されてる」

口調には自嘲《じちょう》の響きがあった。

「私はたしかに教授を目指してる。でも、それは自分のための権力が欲しいからじゃないの。この歪《ゆが》んだ医局を変える力が欲しいから。利益のみを追求し、保身に走って患者を見殺しにするこの医局を」

語るうち、その口調は真摯《しんし》な響きに変わっていた。

正直、都薫子という女性が分からなくなった。あまりに率直だ。昼間の女性への際どい告白も、教授選を睨んでの暴露ではなく、ただ純粋に患者を思いやってのことではないか、と思わされる。それでも信じ切れないのは、彼女に対する悪評を耳にしすぎているからだ。だが、その中に果たして真実はどの程度あったのだろう。

「その……進藤先生を見張る、というのは？」

都准教授は表情を全く変えず、答えた。

「私はあの患者に肝移植したい。進藤先生はあの患者の臓器を使いたい。目的が違いすぎる。彼に治療の邪魔をされたくないの」

「邪魔なんて、そんな、いくら何でも……」

「彼は結果が欲しいの。教授選の推薦を貫いたいから。たぶん、あの患者が亡くなったら、その臓器を光西《うち》の患者に移植できる、とか、話を聞いているんでしょう」

「患者が亡くなる前からネットワークに連絡していると？」

移植対象は、国内唯一の臓器移植斡旋《あっせん》機関である『日本臓器移植ネットワーク』が移植希望者の待機日数や重症度などで優先順位をつけている。

「それ自体は問題ないでしょ、別に。ドナーの死亡後に連絡していたら移植が間に合わないもの」

あっと思った。言われてみればそのとおりだ。

移植までに許される時間は臓器によって違う。輸送時間を含めて角膜はドナーの血流停止から四十八時間、腎臓は二十四時間だが、肝臓は十二時間、肺は八時間。心臓に至っては四時間で、輸送に費《つい》やせるのは二、三時間しかない。ドナーの死が急であれば、摘出がスムーズにいかず、他の病院へ運ぶ猶予がないケースもある。

「彼の目的は心臓ね」

進藤准教授は難易度の高い心臓移植を成功させたがっている。それは悲願の教授の椅子を引き寄せる実績になるだろう。

日本国内で心臓移植実施施設として認定されているのは、国立循環器病研究センター、東京大学、大阪大学、東北大学、九州大学、東京女子医科大学、埼玉医科大学、北海道大学、名古屋大学、千葉大学、国立成育医療研究センターだった。新たに認定を受けたばかりの光西大学は、認定の基準を満たそうと長年努力してきた。

移植の評価委員会を設置し、心臓移植の実績がある優秀な外科医や循環器内科医を厚待遇で引き抜いて常勤させ、実施マニュアルを作成した。麻酔科、検査部、病理部、放射線検査部などの施設も充実させた。そんな苦労が実り、心臓移植関連学会協議会の施設認定審議会に認められ、去年ようやく厚生労働省に認可された。

光西大学としては、これからどんどん心臓移植の実績を重ねていかねばならない。進藤准教授が難易度の高い手術を成功させれば、医局内での地位は一気に高まる。

何が何でも移植を――。そう思っているのは間違いない。そもそも心臓移植は全国でも年間八十件ほど。極めて実施件数が少ないのだ。臓器提供の意思がある患者が光西大学附属病院に運び込まれてきたのは、僥倖《ぎょうこう》だと考えているだろう。

何にせよ、進藤准教授の中ではあの患者はすでに死亡し、その心臓をどう移植するか、シミュレーションしているということか。

「引き受けてくれる?」

懇願の台詞に反し、彼女の眼差しは断ることを許さないような強要に満ちていた。

「か、勘弁してくださいよ。僕みたいな新米を医局の政治に巻き込まないでください」

「政治じゃなく、医者としてどうするかの問題よ」

「いや、でも、僕の立場上、それは……。バレたら僕の光西での未来は閉ざされたも同然です」

「……未来を閉ざされそうになっているのは、あの患者でしょう？　医師としての本分を忘れないで」

ぐっと喉《のど》が詰まった。

医師としての本分――。

それはある意味、自分の劣等感でもあった。崇高な志を持って医者を目指したわけではなく、周囲の期待に応えようと頑張るうち、気づけば医学の道に進んでいた。だからこそ、医師としてのビジョンを持つ同期から意気込みや夢を熱っぽく聞かされるたび、何も語れない自分に負い目を感じていた。

研修医時代、指導医の先生にその想いを正直に告白し、相談したことがある。

『何もなければ、これから作り上げていけばいいんです。あなたが今後、様々な局面でとった選択の一つ一つがあなたの医師としての道を作っていくんです』

指導医の先生はそう答えてくれた。

『迷うこともあるでしょう。苦しむこともあるでしょう。後悔もするかもしれません。しかし、その全てがあなたです。別に私や進藤先生や都先生をお手本にする必要はありません。何もないということは、白衣同様、真っ白ということでもあります。他の誰でもなく、あなたは〝倉敷敬二〟という医師になればいいんです』

改めて指導医の先生の言葉が蘇る。

そう、今の自分は試されている。

どんな医師になるのか。〝倉敷敬二〟はどうするのか。

迷いを見て取ったのか、都准教授が患者の背中を優しく撫《な》でさするような口調で言った。

「もちろん、四六時中張りついていて、ってわけじゃないの。倉敷先生も忙しい身だろうし、不可能でしょ。彼が例の患者を訪ねるときだけ、注意しておいてほしい」

状況に応じて硬軟使い分けられる、したたかさともいうべき交渉術こそ、彼女の〝政治力〟なのかもしれなかった。

「……なぜ僕に？」

「倉敷先生なら不審に思われないでしょ。彼の派閥なんだから」

「僕が進藤先生の側《がわ》につくとは考えないんですか」

「誰の側とかじゃなく、患者を第一に考えて行動してほしいだけ」

彼女は巧みに心の中心部を言葉で打ち抜いてくる。

何もない自分が〝倉敷敬二〟として踏み出す第一歩。それがこの答えで決まる。

倉敷は深呼吸してから答えた。

「……分かりました。でも、僕はスパイをするわけではありません」

「もちろん。進藤先生が患者に妙なことをしないよう、注意しておいてくれれば構わない」

杞憂《きゆう》だと反論できない自分に気づき、愕然《がくぜん》とした。

進藤准教授が患者に何か働きかける可能性は、果たしてあるだろうか。

倉敷は都准教授に頭を下げ、不安を抱えたまま准教授室を出た。

あの患者には回復を待つ女性がいる。医者が治療を早々に諦めてしまうわけにはいかない。

件《くだん》の病室を訪ねると、相変わらず人工呼吸器の音だけが響き続けていた。

臓器移植は常に葛藤を伴う治療だ。生体からの移植でないかぎり、誰かを救うために誰かの死が必要なのだから。

人の死によって人を生かす――。それが臓器移植の本質であることを一体誰が否定できるだろう。

ベッドに近づき、呼吸状態を確認してから顔を見つめた。

「あなたは生きたいですか？　人を救う死より、人の死に救われる生を望みますか？」

本人にとっては当たり前の答えなのを承知で尋ねてしまう。それは自分への問いだった。

自分がもし脳死状態に陥ったとき、医者には〝ドナー管理〟に入らず最後の最後まで最善を尽くしてほしいと思うから、臓器提供の意思表示はいまだできずにいる。他人には綺麗事でドナー登録を勧めているくせに――。

卑怯者だな、と自嘲する。

肝臓を入手できる見込みが出てきたら、進藤准教授はどうするか。まさか妨害工作まではしないと思うが――実際には分からない。

倉敷は病室を後にすると、普段どおり勤務した。この日は当直だったから医局に泊まり込み、急患にも対応した。

額《ひたい》の汗を拭《ぬぐ》いながら人気《ひとけ》がない廊下を歩くうち、件の病室の前に来ていた。

意識不明なのは変わらないだろうが、一応様子だけ見ておこう。倉敷はそう考えてドアを開けた。

消灯されて薄暗い部屋の中、ベッドはもぬけの殻だった。あの患者は忽然《こつぜん》と消えていた。

3

倉敷は病室を見回した。ベッドの下まで確認した。人間が潜めるはずもない隙間まで覗いた。だが、患者の姿はない。人工呼吸器から伸びる蛇管が文字どおり蛇の抜け殻のごとく、垂れ下がっている。

ありえない。

突然意識を取り戻して病室を抜け出したのか？　いやいや、とても歩けるような状態ではなかった。容体が急変して集中治療室《ICU》に運び込まれたとか？

倉敷は病室を出ると、駆け足でナースステーションに向かった。夜勤の女性看護師を捕まえ、尋ねる。だが――件の患者の話は何も聞いていないと言われた。誰に訊いても同じ答えだった。

ＩＣＵも使用されていないという。緊急手術でもないとしたらどこにいるのか。

倉敷は顔を上げ、ナースステーションの入り口上部に設置された防犯カメラの存在を目に留めた。

録画映像だ！

光西大学附属病院では、プライバシーの観点から病棟に防犯カメラはないものの――患者からの苦情が多かった――、薬品庫、医事課、受付窓口、玄関、職員通路口には設置してある。

倉敷は中央監視室へ駆けつけ、事情を説明して映像の確認を頼んだ。

だが――。

「……その時刻の映像がありません」

信じがたい答えが返ってきた。

「ないって何ですか」

「録画が停止していたようで……」

問い詰めると、担当の職員は何度か煙草を吸いに席を外したという。何者かがその隙に録画を停止したのか？

倉敷は舌打ちすると、釈然としないまま引き返した。

状況を伝えると、全員の顔色が変わった。手の空いている者が捜してくれることになった。

上司への報告を指示した後、倉敷も病院内を捜索した。誰もが大慌てだった。普段なら静寂に満ちているはずの夜の廊下をシューズの靴音が駆け回っている。トイレから出てきた男性患者が何事かという目を向けていた。一方、長期療養中らしい車椅子の老人は、事情を知らない看護師に押されながら、しばしば遭遇する光景でもあるかのように気にしていない。患者の容体が急変したとでも思っているのだろう。

録画を停止したのは誰なのか。

時間の経過と共に焦燥感が増していく。仮眠の時間も失った看護師たちの顔には疲労が色濃く、すれ違うたび、患者を発見できない落胆のため息ばかり耳にする。

気がつくと、闇を映し出していた窓ガラスが白く明るみ、朝日が射し込んできていた。リノリウムの廊下に台形の光が落ちている。

徹夜しても患者は見当たらなかった。

そんな馬鹿な――。

意識不明の患者が一夜にして病室から消えるなど、あるだろうか。これは一大事だ。医局の上が知ったら間違いなく大騒動になる。病院の過失としてマスコミが押し寄せる事態もある。

誰かのクビが飛ぶか？　それは自分かもしれない。

勧告を受ける自分の姿を想像し、身震いした。

朝一番に都准教授が出勤してくると、倉敷は玄関ドアから出て走り寄った。こちらの表情で訃報を想像したのか、彼女の顔に緊張が走った。

「何かあったの?」

「それが――」

語る言葉を持ち合わせていなかった。こんな不可解な話をどう説明すればいいのか。

「何?　急患?」

「違うんです。どう話していいか……ちょっとこちらへ」

都准教授を連れ、目立たない駐車中の車の陰に移動した。向き合い、深呼吸してから口を開く。

「あの患者さんが消えたんです」

都准教授が眉根を寄せた。整った顔が歪む。

「消えたって何なの」

「昨晩、急患に対応した後、様子を見に行ったら無人だったんです。看護師たちに尋ねても、何も知らなくて……」

「馬鹿言わないで。患者が自分で動き回ったとでも?」

「仮に意識を取り戻したらナースコールを押すのが精々でしょ。誰かが連れ去らなきゃ、消えるなんてありえない」

都准教授の目を見つめるうち、彼女が何を疑っているのか気づいた。気づいてしまった。

「まさか、進藤先生が何かしたとでも——？」

彼女の眼差しは、他に可能性がある？　と問うていた。

「進藤先生が患者を連れ去って何か意味があるんですか。それこそ一番ありえないですよ」

「そう？」

「そうですよ！」

荒唐無稽《こうとうむけい》な推測に思わず反論の声も強くなる。

「……何も知らないのね」

「何ですか」

「医局で耳にしてない？　進藤先生、今日、これから心臓移植の手術を行うのよ。私は電話で聞いたばかり」

「い、いえ……」

一瞬それが何を意味するのか分からなかった。

心臓移植の手術をする？　それはつまり――。

「事実は単純よ。ドナー候補の患者が病室から消えた直後、偶然にも移植用の心臓が手に入った、ということ」

「ドナーはうちから？」

「私が聞いた話じゃ――」

彼女が答えようとしたとき、甲高いサイレンの音が聞こえてきた。医者にとっては胸を掻《か》き乱す金切り声だ。救急患者か。

だが、病院の敷地に進入してきたのは救急車ではなく、数台のパトカーだった。先導されて緊急車両が入ってくる。

「噂をすれば何とやら」

臓器は他の病院から届けられたのか。

「じゃ、じゃあ――進藤先生は無関係ですよね」

「どうかしら。臓器を送り出したのはうちの関連病院よ。たとえば、あの患者をいったん向こうへ運び出し、死亡後、臓器を取り出してうちへ搬送してくる、なんて手もある」

「何でそんな回りくどいことを」

「見知らぬドナーを装うため。進藤先生と繋がりが深い教授の一声があれば、関連病院の医者じゃ逆らえない」

無茶苦茶にもほどがある。長生きされたくない患者を関連病院に連れ出し、そこで死亡させたとしたら――殺人も同然ではないか。いくら心臓移植の実績を作りたいからといって、進藤准教授がそんなリスクを負うとはとても思えない。

都准教授は結論ありきで妄想を語っているのではないか。

何か反論しなければ、と思ったとき、タクシーが急停車し、進藤准教授が降り立った。緊迫感に満ちた顔だ。中途半端に羽織った白衣を翻し、一万円札を運転手に放る。

「釣りは結構だ」

彼の目は病棟だけを見据えている。

都准教授が押し黙ったままでいる横で、倉敷は思わず進藤准教授に「あの！」と呼びかけていた。だが、彼は脇目も振らず病棟へ突き進んでいく。

ドナーは誰ですか。誰の心臓なんですか。

ぶつけたかった疑問は、喉の奥で堰《せ》き止められていた。戦地へ赴《おもむ》く兵士を思わせる表情を目にしては、何も言えなかった。

4

心臓移植手術は大成功だった——。

その報を聞いたときは、医師としてまずほっと安堵《あんど》した。だが、付き纏《まと》う疑念は振り払えなかった。

移植されたのは誰の心臓なのか。

医局内でそれとなく情報収集してみたものの、何も分からなかった。そもそもドナーの情報は極秘だ。個人情報が噂になるようでは、移植施設として認可されないだろう。

患者の行方不明問題については、すでに誰もが口をつぐんでいる。防犯カメラの件も含め、教授からお達しがあったからだ。心臓移植の成功でマスコミの注目を浴びる中、醜聞《しゅうぶん》が広まれば困るのだろう。

記者会見から戻ってきた進藤准教授を見かけたときは、思い切って当人に問いただそうかと思った。だが、准教授に盾突いたとみなされたら医局では生きていけなくなる。保身の感情もあり、妙な正義感は発揮できなかった。

何より——進藤准教授の周りには、手術成功を祝福する取り巻きが常にいて、話しかけるチャンスに恵まれなかった。

「倉敷先生」

背後から呼びかけられたのは、そんなときだった。振り返った先には都准教授が立っていた。怜悧な眼差しは進藤准教授に注がれている。

「何か分かった？」

「……いえ」

「ドナーの情報は私も探ってみたけど、全然駄目。辛《かろ》うじて得られたのは、二、三十代の脳死患者とだけ」

「……二、三十代ならあの患者も当てはまりますね」

「ええ。看過はできない」

都准教授は進藤准教授に近づき、話しかけた。例の患者の件で——と切り出すなり、彼の顔に警戒心が走った。

「……ちょっと都先生と大事な話があるんでね」進藤准教授は人払いすると、彼女を睨みつけた。「どうやら、君は何かと私に難癖をつけたがっているようだ」

「難癖、でしょうか？　例の患者の行方不明はご存じですよね？」

進藤准教授の視線が倉敷に滑ってきた。

「彼女と二人で話したいんだけどねえ」

「あっ、すみません！」

倉敷は慌てて踵《きびす》を返そうとした。

「倉敷先生はここにいて」

都准教授が言い放ち、倉敷は動きを止めた。二人の准教授の前で板挟みになる。

「倉敷先生は連れ去られる例の患者を目撃しています」

「い、いや、僕は何も――」

否定の言葉は、都准教授の一睨みで呑《の》み込まざるを得なかった。

都准教授はカマをかけているのだ。

進藤准教授は嘲笑《ちょうしょう》するように唇を緩《ゆる》めた。

「患者が無断で連れ出されたなら警察の領分だねえ。ま、警察沙汰《ざた》にして医局に居所があるか、分からんよ」

「教授は箝口令《かんこうれい》を敷きましたよね」

「僕が上に働きかけたとでも？　馬鹿馬鹿しい話だね」

「中央監視室の職員の話だと、事が起きた時間帯、録画が停止していたそうです。喫煙で何度か席を外したみたいですが、そんなタイミングでうまく侵入して操作できるでしょうか?」

「何が言いたいの」

「上の人間が職員を抱き込んでいたら話は別です」

「今度は陰謀論? 勘弁してほしいねえ。そもそも、あの職員、君にホの字でしょ。僕の命令に従うとは思えないねえ」

「ドナーは誰ですか」

「……よその病院の脳死患者だよ、都先生。そもそも、例の患者が消えてしまって、困っているのは僕だよ。臓器提供の意思表示をしている貴重な患者だったのに……」

「彼の臓器はもう今回の心臓移植に使われたかもしれませんね」

あからさまな挑発も、進藤准教授は鼻で笑い飛ばした。

「妄想も大概にしてほしいね。死にそうな患者を連れ去って、他の病院で死なせて、その臓器を移植に利用する——。荒唐無稽だね。彼の臓器があれば、もっと多くの患者を救えたんだからね。教授選のライバルを出鱈目《でたらめ》の中傷で追い落とそうなんて、卑劣だねえ」

「私は正々堂々と闘うつもりです」

「デマを吹聴したら、君自身、教授選への推薦はなくなるよ。医局の評判を貶《おとし》めるわけだしねえ」

彼女が黙り込むと、進藤准教授は鼻を鳴らした。

「僕も忙しい身でね。これから取材が三件だよ。今回の心臓移植は医局としても喜ばしいことだからね。成功をどんどんアピールしたいんだよ」

成功に疵《きず》をつけたら医局を敵に回す――ということか。進藤准教授は暗にそう圧力をかけている。

「では、失礼」

彼は歩き去った。

取り残された形となった倉敷は、都准教授の背中におずおずと声をかけた。

「さすがに無理があったのでは……」

「どうかしら。言い逃れの理屈なんて、いくらでもひねり出せるでしょ。たとえば、光西《うち》じゃ充分な医療を施せないと判断し、あの患者に適した病院へ移送したけれど、残念ながら亡くなった――とか。で、その後は、患者の生前の意思を尊重して臓器を提供してもらった、って言えばすむ」

「あくまで患者最優先で行動した結果、ってことですか。でも、臓器移植のためにそんな無茶をするとはとても思えません」

彼女の顔には苦悩の翳《かげ》りがあった。

「……実はあなたに見せたいものがあるの。ちょっと来てくれる」

口調には命令のような響きが忍び込んでいた。〝進藤派〟として、都准教授と親しくしすぎるわけにはいかない。そう思う一方、彼女の話が気になってもいた。患者が消失したことは事実なのだ。それを病院ぐるみで隠蔽《いんぺい》しようとしているとしたら――。

自分はどうするのか。一人の医師として何をすべきなのか。

何もできないかもしれない。結局は保身を選ぶのかもしれない。だが――自分の選択がどうであれ、真実を知ったうえで進む道を選びたい。そう思う。

それはある意味では欺瞞《ぎまん》だろうか。正しい行いをしようと努めたけれど、自分にはどうしようもなかった――と自身に言いわけするための。

分からない。

倉敷は都准教授に付き従い、准教授室に入った。彼女はデスクのノートパソコンを立ち上げると、一枚のディスクを挿入した。そして、画面をこちらに向ける。

鮮明な映像が映し出されていた。病院関係者専用の駐車場だ。夜の闇を外灯が淡く照らし出す中、数台の車が停車している。

「裏から手を回して防犯カメラの映像を入手したの」

映像を眺めていると、見覚えのある黒の車が進入してきた。暗闇の中からふっと滑り出てくるように現れた。進藤准教授の愛車だ。車は頼りなげな挙動を示した後、辛うじて駐車された。

「これが一体――？」

「そのまま見てて」

運転席側のドアが開き、進藤准教授が降り立った。存在しない石塊《いしくれ》に躓《つまず》いたようによろけ、かぶりを振る。頭を押さえながら夜空を仰ぎ、数秒立ち尽くしてから病棟に向かう。若干千鳥足だった。

まさか、酔っている――？

倉敷は愕然としながら彼女の顔を見返した。

「飲酒運転――ですか」

「そう。間違いなく」

表示されている時間帯は深夜一時三十五分。たぶん、急患か容体の急変で呼び出されたのだろう。飲酒していた進藤准教授はタクシーを使わず、よりによって自分で運転してきたのだ。

彼女は深刻な表情のまま、薄桃色の唇を引き結んでいた。だが、やがて覚悟を決めるように大きく息を吐き出した。

「……倉敷先生。気づかない？　進藤先生の車のライト」

倉敷は首を捻ると、映像に目を戻した。暗闇の中でも、進藤准教授の愛車のヘッドライトは割れているように見えた。半ば反射的に『前へ』をクリックした。

映像が何十秒か遡《さかのぼ》り、再び進藤准教授の愛車が駐車場に入ってくる。ヘッドライトを放っているのは右側だけだ。左のライトは切れている。しかも、車体に明らかな凹みもあった。

「じ、事故……」

倉敷ははっとして都准教授を見た。

彼女はゆっくりとうなずいた。

「そう。間違いなく何かにぶつかってる」

「自損事故程度ならそんな大袈裟《おおげさ》に騒ぎ立てなくても——あっ、いや、飲酒運転は絶対にいけませんが」

「自損事故じゃなかったとしたら？」

「その映像の日付、轢き逃げされた例の患者が救急搬送されてきた日なの」

「え？」

5

倉敷は返事ができなかった。

都准教授に冗談を言っている節は全くなかった。

「記録を調べたら、あの患者が救急搬送されてきたのは、その映像から三十六分後だった。そして轢き逃げ犯は捕まっていない」

「ま、まさか、都先生は、進藤先生が轢き逃げの犯人だと？」

問い返す声は、自分でも聞き取るのが困難なほどかすれていた。心臓の鼓動は狂おしく、一拍打つたびこめかみが疼《うず》く。

「タイミングが合致しすぎてる。進藤先生が轢き逃げ犯ならあの患者の回復を望まない理由が生まれる。だって、目を覚まされたら、何を証言されるか分からないでしょ。車種とか、ナンバーとか、運転手とか。被害者は何か目撃しているかもしれない」

恐ろしい推理だった。

事実だとすれば、進藤准教授は、あの患者に臓器提供の意思があったから移植手術のために死を望んでいたのではなく、自分の罪を隠蔽するために死を望んでいたことになる。

それは、一人の命を救うか、その一人を犠牲にしてより多くの命を救うか、という医者としての究極の問いの話などではなく、ただただ犯罪から逃れたいゆえの保身でしかない。

進藤准教授の論理と倫理をまともに受け取り、葛藤《かっとう》していた自分は一体何だったのか。

「臓器移植は建前で、実は被害者の口封じを目論《もくろ》んでいたってこと。だから、私が患者を肝移植で助けようとしたら大慌てで、運び出してしまったの。飲酒運転での轢き逃げよ。発覚したら、逮捕されて社会的に終わるもの」

「でも、深読みしすぎの可能性だって――」

「そう？　だったら車の破損をどう説明する？」

「ま、前に物損事故を起こしたとか……」

「あの進藤先生が修理もせず放置すると思う？」

「それは――」

論理的に畳みかけられ、反論できなかった。

「……都先生はこれを公表するんですか？」

都准教授は渋面《じゅうめん》でうなった。彼女が初めて見せた逡巡《しゅんじゅん》だった。

「……どれほど怪しくても、所詮、推測にすぎないでしょ。告発したら医局は大騒ぎになる」

「都先生も保身――ですか？」

「医局の評判を貶めたら私も立場がなくなるし、保身の気持ちが全くないといえば嘘になる。でも、私が一番心配しているのは、レシピエントのこと。そんな経緯で臓器が移植されたことを万が一何かの拍子で知ったら、どんな気分になる？」

彼女の言うとおりだ。レシピエントは思い悩むだろう。医師の犯罪隠蔽のために殺されたも同然のドナーの臓器が体内にあるのだ。事が公になれば、大勢が傷つく。通常、レシピエントにはドナーの個人情報は知らされないが、事が事だけに噂は耳に入るのではないか。

頭を抱えたい気持ちだった。

進藤准教授は轢き逃げ犯なのか。被害者でもある患者を連れ出し、関連病院でドナーに仕立て上げたのか。

「だから——」都准教授が慎重な口ぶりで言った。「患者が消えた話を含めて騒ぎ立てないでほしいの」

何が真実なのか。

重い話を背負わされてしまった。

その日から数日間、進藤准教授とは会話していない。もっとも、高難易度の心臓移植手術を成功させた彼は、医学界で注目されていたから、話したくても話す機会はなかなか訪れなかった。

だが、黙っていればいるほど胸にしこりが澱《よど》んでいく。

恐ろしい話を突き止めた当の都准教授は、教授選のライバルを蹴落とす道具としてそれを利用せず、沈黙を守っている。最近の彼女は研究に勤《いそ》しんでおり、病棟には顔を出さない。

重荷に耐えきれなくなったとき、倉敷は覚悟を決めて進藤准教授に話しかけた。

「内密のお話があります」

「僕も忙しいんでねえ、倉敷君。僕を慕ってくれる君をないがしろにして申しわけないんだが……」

慕ってくれる――か。

皮肉なのか社交辞令なのか、判断がつかなかった。

〝進藤派〟に属していながら、多忙を理由に酒の席などを避けていると見透かされているのかもしれない。

「いえ、僕のことではなく、進藤先生に関わる大切なお話です」

「……何かな？」

「お部屋でお話しできますか」

進藤准教授はうなずくと、率先して廊下を歩き、自分の准教授室のドアを開けた。中に入り、椅子に腰を下ろす。

「――で、話ってのは？」

警戒心に満ちた目で見つめられると、鼓動は否応なく高まり、額から脂汗が滲《にじ》み出た。計測しなくても脈拍がずいぶん速まっているのが分かる。

「例の消えた患者の件で――」

切り出すと、進藤准教授は軽く頭を傾けた。

「誰の話だっけ」

とぼけているのか、本気なのか。

「臓器提供の意思表示をしていた、あの患者です」

「ああ、いたねえ、そんな患者。それが何？」

「進藤先生が指示して運び出した疑惑が……」

「都先生はまだそんな妄言を？　彼女にも困ったもんだねえ」

「僕は進藤先生を庇《かば》ったんです。でも、そうしたら――防犯カメラの映像を見せられて」

言った。言ってしまった。後は野となれ山となれ、だ。

進藤准教授は不可解そうに眉根を寄せた。目がすぼまり、例によって瞳がまぶたの中に半ば埋もれてしまう。

「患者を連れ出すシーンでもあった？」

「い、いいえ！　それがその――」倉敷は目を逸らした。「進藤先生が酔ったまま車を運転して病院に来られた映像が」

恐る恐る目を向けると、進藤准教授の頬が引き攣っていた。

「彼女はそんなものを……」彼は顔を顰めた。「あれは一刻を争う急患の呼び出しがあって、タクシーが捕まらなかったから、他に選択肢がなかった。車で数分の距離だったから、ハンドルを握った。分かるだろ、君も医者なら」

傲慢で利己的な進藤准教授の医者としての矜持を垣間見た思いだった。

倉敷はふと違和感を覚えた。

進藤准教授は飲酒運転の事実の暴露だけを気にしている。

なぜだろう。轢き逃げが事実なら、破損した愛車で病院に乗りつけたシーンが撮影されていないかを気にするのではないか。

「あのう、轢き逃げは——？」

進藤准教授は「は？」と顔を歪めた。「轢き逃げ？」

「……車が破損している映像が記録されていました。都先生はそれを見て、あの患者を轢いたのは進藤先生ではないか、と」

彼はデスクを叩きながら立ち上がった。

「馬鹿な！　彼女はそんな言いがかりまで！」

「時間帯が一致していましたし、車の破損を偶然で片付けるのはあまりにも……」

「違うぞ。僕は誰も撥《は》ねていない。第一あれは——」進藤准教授は言葉を切ると、何かに思い至ったように「そうか！」と声を上げた。「そういうことか」

「な、何がそうなんです？」

「僕は轢き逃げの車とすれ違っているかもしれない」

「どういうことですか」

「あの夜、信号で停まっていたら、信号無視する対向車がぶつかってきたんだよ」

　思わぬ話だった。

「僕の車が破損したのはそのときだよ。胆が冷えたのを覚えてる。相手はいやに慌てていたし、あの時刻に轢き逃げがあったなら、その黒いセダンじゃないかな」

　真偽は分からない。だが、そういう事情なら車の破損に説明がつく。暴走する車があの患者を撥ねた後もすっ飛ばし、進藤准教授の愛車に接触した。あるいは順番が逆で、進藤准教授の愛車に接触後も暴走を続けてあの患者を撥ねた——。

　構図ががらりと変わってしまった。

「なぜそれを警察に——」

　疑問を口にしようとして、訊くまでもないと気づいた。進藤准教授は飲酒運転だった。愛車の破損以外に被害がない状況で、自ら通報できるはずがない。一刻を争う急患も待たせているのだ。接触事故などなかったことにし、病院へ駆けつけるしかなかった——。

「そもそも、警察だって馬鹿じゃないよ。轢き逃げ現場の破片や塗料から車両は絞ってるはずだ。僕が事故を起こしていたら、今ごろ引っ張られてるよ。車を修理していても誤魔化せないだろうね」

「都先生に、犯人は捕まってない、なんて言われたので、てっきり――」

「警察が一介の医者に捜査状況を漏らすはずがないでしょ。都先生は担当医ですらないんだよ。警察はすでに車種も特定して、犯人に迫ってると思うけどねえ。被害者に身寄りがないから、進展を誰にも報告してないだけでさ」

　進藤准教授の言い分には説得力があった。

「そういうことだよ」進藤准教授は自嘲の笑みを漏らした。「あの夜はたしかに飲酒運転だったが、誰も傷つけてはいないよ。誰かを撥ねていたら、救護義務を怠って逃げ去るものか。いや、どうかな。実際にその立場になればパニックになるかもしれないな」

　正直な気持ちを語っているように感じた。絶対に逃げたりはしない、と断言されていたら、信じなかったかもしれない。話を裏付ける証拠は何もないにもかかわらず、それが真実かもしれないと思いはじめている自分がいた。とっさの作り話にしては筋道が通りすぎている。

「何にせよ、〝政敵〟に決定的な弱みを握られたねえ。こりゃ、教授選は彼女のものかもしれないないな」

「それが——」倉敷はためらいながら言った。「都先生はこの件を公にする気はないみたいです」

進藤准教授が怪訝な顔つきを見せる。

「僕を蹴落とす好機じゃないの。出世欲の権化である彼女がそれを利用しないとは思えないけどねえ」

「暴露した自分も医局から敵視されると気にしていました」

「彼女らしくないねえ。やりようならいくらでもあるだろうに。匿名で通報したっていい。黙ったまま映像を警察に送ったっていい。後は僕の破滅を高みから眺めていれば終わり」

言われてみればそうだ。都准教授はなぜ握り潰したのか。自分が告発者だと知られずに暴露する方法はたしかにいくらでもある。そもそも、なぜ飲酒運転と轢き逃げ疑惑を自分に話したのか。彼女にとっては何のメリットもない。むしろ、こうして進藤准教授に伝わるリスクもあったはずだ。

彼は破滅する未来を思い浮かべたのか、暗澹《あんたん》たる表情で肩を落とした。

「ま、僕が一番ダメージを受けるタイミングを見計らっているのかもねえ」

計算高い彼女なら可能性はある。

「倉敷君、とにかく、これだよ」進藤准教授は唇にチャックする仕草を見せた。「分かるね」

面と向かって釘を刺されたら従うしかない。

ただ――。

「患者の行方不明は問題ではないでしょうか」

「……誰も騒ぎ立ててないんだしさ、別にいいじゃない。ね？　天涯孤独の患者さまさまだよねえ」

「でも、一応患者には親しい女性が――」

反射的に反論しかけ、ふと不思議に思った。

身内はいないにしても、幼馴染の女性はいたのだ。彼女はなぜ何も言わないのだろう？　意識不明の患者が病院から消えたのだ。普通は騒ぐはずだ。

医局の誰かがすでに接触し、偽りの説明をしたとか？　だが、それで納得できるだろうか。患者が存在しない以上、医局が無念の死を偽装したとしてもすぐバレる。騒がないということは、幼馴染の女性にとっては納得できる説明だったのだ。

一体どんな説明がなされたのか。

倉敷は疑問と同時に思い至った。

「失礼します、進藤先生！」

進藤准教授に頭を下げ、辞去した。医局を出ると、隣接する研究棟を訪れた。行き交う研究者に声をかけ、都准教授の居場所を尋ねる。

緊急の用事だと伝えると、一人が呼んできてくれることになった。自動販売機がある廊下で待つ。

一分一秒が経《た》つたび、汗が拳の中に滲んでくる。彼女に自分が何を言おうとしているのか。想像するだけで緊張する。

五分ほど待ったとき、向こう側から都准教授が歩いてきた。一分の隙もなく白衣を着こなし、研究棟《ここ》は私のテリトリーよ、という自信に満ちあふれた足取りだ。

倉敷は廊下で彼女と向き合った。

「何か？」

倉敷は唾を飲み込み、喉を鳴らした。顕微鏡のように無機質な眼差しで見据えられると、自分が実験材料になった気さえする。

「例の患者の件で」

「進藤先生が運び出した、あの？」

「……いえ。都先生が運び出した患者です」

6

証拠は何もない完全な当てずっぽうだった。反応を見るために断言したのだ。

都准教授の細く描かれた眉が右側だけピクッと痙攣《けいれん》した。腕を組み、軽く顎を持ち上げる。見下すような瞳の中にも一抹の不安が見え隠れしている。

「……何の話？」

一笑に付さず、聞く意思を見せたということは、あながち的外れでもないのだ。切り出した以上、もう引き下がれない。

「実は不自然に思うことがいくつかありまして。その一つは、患者が病院から忽然と消えたのに、なぜ見舞いに来ていたあの女性が騒ぎ立てないんだろう、ということでした」

都准教授がわずかに顔を顰めた。その表情を目の当たりにして、これが鍵になる不自然さなのだと確信した。

「普通なら大騒ぎです。患者が病院にいなければ、どうなったか尋ねるはずです。亡くなったと説明すれば、葬儀や埋葬の話が必要ですし、転院だと説明すれば、病院の名前を追及されます。でも、彼女はそうはしていません。あの日を最後にお見舞いにも顔を出していません」

「……だから？」

「患者の行方不明は、あの女性にとって騒ぐ必要がないことだったんです。つまり、彼女は行方を知っているのではないか、と」

「突拍子もない推理ね」

「そうでしょうか。都先生は彼女と二人で話をしましたよね。そのときに連れ出す計画を話し合ったのでは？」

「……何のために？」

呆《あき》れたような口ぶりではなく、緊張が滲み出た口調だった。確信を強め、勢いに乗ったまま語る。

「進藤先生を陥れるため、とか。教授選のライバルが消えたら、推薦のチャンスも巡ってきますし」

「じゃあ、進藤先生が心臓移植に使った臓器は誰のもの？」

「全く無関係の脳死患者です。脳死患者が死亡してから医者が動いていたら移植手術は間に合いませんし、脳死判定を行うという情報は事前に入ってきます。日取りを知った都先生は、その好機を利用することにしたんです。同じタイミングで患者を連れ出せば、心臓移植を行いたい進藤先生の仕業《しわざ》に見せられますから」

都准教授は挑戦的な笑みを唇に刻んだ。

「進藤先生が犯人じゃないって根拠は？」

「脳死判定は厳格に行われますから、当の関連病院の関係者に尋ねたらドナーのおおよその情報は調べられます。あの患者じゃないことはすぐ判明するのでは？」

「……なるほど、優秀な〝進藤派〟ね」

「派閥は関係ありません。僕は医局の政治に患者やその関係者を巻き込むやり方に反対なだけです」

彼女と何秒か無言の視線が絡まった。研究室が集まる廊下は意外なほど静かだった。

やがて都准教授は諦念《ていねん》の籠《こも》った嘆息を漏らした。

「あなたの推理は半分は正解。半分は外れ」

まさか認めるとは思わなかった。たとえ半分だけだとしても。その思惑を不審に思う。

「何が外れなんですか」

「まさか倉敷先生に真相を突き止められるとはね。推察どおり、あの患者を運び出させたのは私。あの幼馴染の女性も承知の計画」

「やっぱり」

「でも、理由は違う。進藤先生を貶めるためならもっとうまくやる。ドナーを調べたら、進藤先生が濡《ぬ》れ衣《ぎぬ》なのはすぐ判明するしね。教授争いの妨害行為にもならない」

「でも、運び出しを進藤先生のせいにしたじゃないですか」

「私は口止めしたでしょ。元から表沙汰にする気はなかったの。進藤先生が関わっている可能性を示唆したら、あなたや病院関係者が口を閉ざしてくれると思った。そもそも患者がいなくなったなんてスキャンダルだし、教授連中も箝口令を敷くでしょ。それが目的」

「揉《も》み消される前提ならなぜそんなまねを——？」

都准教授は遠い目を廊下の向こうへ投げかけた。

「見舞いに来ていた彼女がね、〝延命治療〟を望まなかったの」

「え？　末期がんとは違うんですよ。延命も何も——最善を尽くして意識を取り戻すのを待つだけでしょ」

彼女は静かにかぶりを振った。

「……病院で死ねば臓器をとられるでしょ」

「どういう意味ですか」

「本人が提供の意思を示している以上、身内でない彼女には止められないから。彼女は彼の体をこれ以上傷つけられたくなかったの」

信じられない告白だった。

「彼女のために患者を連れ出したんですか」

「そうなるわね」

「それは大問題ですよ！　そんな勝手なまねをして……。肝移植できたら助かる可能性があったんですよ。都先生だって、そのために肝臓を探していたんでしょう？」

「……残念ながら見つかる見込みはなかった。肝移植ができない以上、もって二、三日だから。唯一の知り合いの希望を叶えてあげるのも、選択肢かもしれないって思ったの。だから私の派閥の全員に手助けしてもらったし、中央監視室の職員の協力も得た」

都准教授がそれほど人情家とは思わなかった。彼女には彼女の葛藤があったのだろうか。医師としての職責と私情の狭間《はざま》で苦しみ、導き出した答えだったのか。

大切な人と残り少ない時間を苦しみなく――というのは〝終末医療〟の考え方だ。だが、意識不明の患者に相応《ふさわ》しい理念なのか。経験の浅い新米の医者には分からなかった。

「事を荒立てたらあの女性も面倒なことになるの」

彼女の話が真実だったなら、他人を悪意で見ていた自分の愚かさに嫌気が差した。

進藤准教授は急患のために飲酒運転をしたものの、最悪の犯罪——轢き逃げはしなかった。都准教授はライバルを貶めるためではなく、死が避けられない患者とその幼馴染のために当人を運び出した。手段が正しかったかは別にして、そこに悪意はなかった。

そういうことか。

改めて思う。

人の生き死にを決める権利が同じ人間にあるだろうか。

結局のところ、患者の生死を決めたのは幼馴染の女性だった。奇跡的な確率による肝移植の可能性を捨てて、残り二、三日を二人きりで過ごすことを選んだ。選択したのが患者側であれば、それは一つの決断だと思う。

だが、意識がない患者に代わって回復の可能性を捨てさせる選択はどうなのだろう。

決して美談ではない。

倉敷は釈然としないまま、都准教授に頭を下げた。

「今回の顛末《てんまつ》は僕の胸のうちに留めておきます」

今の自分にはそう答えるしかなかった。

顔を上げると、彼女は超然とした笑みを唇に浮かべていた。

「あなたにもいずれ分かるわ。人の生き死にを誰がどのように決めるべきなのか――」

詐病

1

自宅の内側から玄関ドアを開けてくれた兄は、まるで兄のほうこそ長年放蕩《ほうとう》していたような外見に変貌していた。

内海総司《うつみそうじ》はまじまじと兄の顔を凝視した。頬《ほお》がすっかりこけ、無精髭《ぶしょうひげ》が中途半端に伸びている。皺《しわ》だらけのシャツの襟元《えりもと》は垢《あか》で黒ずみ、袖口も汚れが目立つ。

父が行方不明になったと聞き、数年ぶりに帰省してみれば、兄のこの変わりよう。

「親父はまだ……？」

兄は嘲弄《ちょうろう》するように唇を歪《ゆが》めた。

「どっかで野垂《のた》れ死んでくれてりゃ、な……」

兄が吐き捨てた一言に愕然《がくぜん》とした。

「本心じゃないんだろ？」

兄は答えずに背を向けた。総司は慌ただしく靴を脱ぎ捨てて兄を追い、リビングに入った。

兄は籐椅子《とうい す》に座り、腕組みをした。

「好き勝手してるお前には分からんだろうけどな、この一年半、俺が父さんのお守りでどんな思いをしてきたと思う？　四六時中ヘルパーに頼るわけにはいかないんだ」

父の性格を考えれば、兄をずいぶん苦しめてきたのだろう。だが、とはいえ――。

「あの言い草はないだろ」

「お前だって内心じゃそう思ってんだろ。遺産目当てに戻ってきたんじゃないのか？」

全身の血が逆流し、噴きこぼれそうになった。頭が一瞬で沸き立ち、気づくと拳《こぶし》を握り固めていた。

「俺は親父が心配で帰ってきたんだ！」

兄は、ふんっと鼻を鳴らした。

「……ま、そういうことにしておくさ」

総司は奥歯を噛み締めたまま、しばらく兄を睨《にら》み返した。今まで優等生を装っていただけでそれが本音か、という怒りと失望が入り混じり、言葉も出てこない。だが、いがみ合っている場合ではないと思い直し、深呼吸で気持ちを静めた。椅子を引き、腰を落とす。

父は昔から家族に厳しく、『甘えるな』が口癖だった。強いられた鉄棒で落下して足首を怪我した小学生のときも、泣き言は許されなかった。一喝した後は、自力で立ち上がるのをただ黙って待っていた。酷薄な目で睨み下ろされていた記憶がある。家に帰るまでの道中がつらく、おんぶをねだっても、『自分で歩け。すぐに甘えようとするな！』と切り捨てられた。

母がお菓子で機嫌を取ろうとしたときもそうだ。父は『我がままを言えば人が思いどおりになってくれると教える気か！』と怒鳴った。母が『でも……』と反論しかけるや、お菓子を引ったくり、握り潰してゴミ箱に捨ててしまった。

何事に対しても甘えが許されず、『自分の力でちゃんとしろ！』と厳しく躾《しつ》けられた。ギターを購入する代金を出してもらえず、憧れの軽音部を断念せざるを得なかった。

正直、父に好感は抱いていない。

「最近の親父はどんな調子だったんだ？」

総司は兄に訊《き》いた。

「……スイスに行きたいって言ってたよ」

「スイスか。のんびり旅行してみるのもありかもな。最近は引きこもりっぱなしだったんだろ？　精神的にも悪い」

「介護でお供するのはごめんだし、そもそも旅行じゃない。分からないか？　なぜスイスなのか」

総司は首を捻《ひね》った。

「単に憧れてる国とか──じゃないのか？」

「スイスだけなんだよ、ヨーロッパの中で外国人にも安楽死が認められてんのは」

総司は目を瞠《みは》った。ショックが心臓を貫いた。穴が開いた胸を冷風が吹き抜けたように感じる。

「安楽死って──何だよ」

「権利だよ」兄が答えた。「そういう質問なら、権利だ。生きる権利。死ぬ権利。生死を選択する権利」

「定義なんて訊いてない。何で親父が安楽死なんて……」

「日増しに病状が重くなってたからな」

厚生労働省の事務次官まで務めた父は、一年半前、パーキンソン病だと診断され、職を辞した。出世こそ男の生き甲斐だ、というポリシーを事あるごとに語っていた父は、不自由な体で無職になった自分を持て余していたのだろうか。

「安楽死なんて、医者による自殺幇助《ほうじょ》だろ」

頭に浮かび上がってきたのは、一昨年観たドキュメンタリーだった。自殺装置——たしか死の機械《タナトロン》と慈悲の機械《マーシトロン》と名付けられていた——を用いて百三十人もの患者を死なせたアメリカの通称・死の医師《ドクター・デス》の特集だ。どんな志に基づこうとも、やはり自殺の幇助としか思えなかった。

「……俺だって賛成してない。だけど、父さんの苦しみがこのまま続くなら……悪化の一方なら……何が正解かは分からん」

パーキンソン病は、発症したら完治が難しい病気と言われている。難病指定されており、一生付き合っていかなくてはならない。脳の中脳部分が変化し、身体機能や運動能力に著《いちじる》しく影響が出る。ドーパミン補充療法などの薬物療法やリハビリテーションによって、症状の進行を抑えるのが精々だ。

今日より明日、明日より明後日——もちろん一日ごとに急激に悪化していくわけではないが——、症状が重くなっていくとしたら、父が悲観的になる気持ちも理解できる。だが、だからといって安楽死など……。

認めるわけにはいかなかった。

「自ら死を選ぶなんて間違ってる」

兄は再び鼻を鳴らした。

「綺麗事だな。精いっぱい生きることが素晴らしいなんて、お前が歌う歌詞の中だけだ」

総司は顔を顰《しか》めた。

高校二年のとき、両親の反対を押し切って進学校を自主退学し、音楽の世界へ飛び込んだ。父からは勘当だと言われた。当時はそれでも構わないと思っていた。むしろ、このような反骨精神こそ音楽だと錯覚していた。だが、何年経ってもプロは夢のまた夢で、一向に芽は出なかった。

生活に困窮したあげく、当時の流行に飛びついて起業してみたものの、素人《しろうと》に成功できるはずもなく、逆に借金を作る始末。弁護士に頼って借金を一本化してもらうも、苦労は変わらず、パンの耳やデパ地下の試食コーナーを利用した時期もあった。愛用のギターは真っ先に売ってしまっている。遺産目当てに帰省したんだろう、と兄に疑われるのも無理はない。

一方の兄は昔から知識をひけらかすように、芥川龍之介は、太宰治は、カミュは――と文学を語った。高い学歴の階段を一段一段着実に上り、大手の広告代理店に就職した。

自分の愚かさを噛み締めながら、総司は反駁《はんばく》した。

「俺のことは関係ないだろ、兄貴。問題は親父だろ。いつから行方不明なんだ？」

「かれこれ一週間以上になる」

「は？」

「もう九日だ」

「……警察には？」

「認知症じゃないんだ。自分の行動の責任は自分でとれるだろ。何か理由があって、どこかへ、自分の意思で出かけた。それだけの話だと思ってた。書き置きもあったしな」

「それを最初に言えよ。何て？」

「〝心配無用。警察沙汰《ざた》にはするな〟」

「書き置きはまだあるか？」

「いや。もう捨てた」

「何で捨てるんだ！」

「そんな大事なもんとは思わないだろ」

「警察沙汰にはするな、なんて普通じゃないだろ。不自然だろ」

「そのときは深く考えなかったんだよ。こんなに長く行方不明になるなんて知ってりゃ、捨てるもんか」

「……いなくなる前の親父に何か変わった様子は？」

兄はしばらく思案顔でうなった。

「やっぱり安楽死の話題が増えたな。人間として尊厳のある死とは何か、訊かれたよ」

「どう答えたんだ？」

「……家族としちゃ、綺麗事を答えるしかないだろ。生きられるかぎり生きるべきだ、とか何とか」

「親父は何て？」

「ま、納得するわけないわな。〝不幸にも死ねなければ、何年も地獄の拷問をされても生きろというのか〟とか〝患者には拷問から逃れる自由もないのか〟とか」

安楽死——か。

勘当同然に家を飛び出して以来、父とは数えるほどしか会っていない。父がパーキンソン病を患《わずら》ったと知ったのもテレビのニュースだった。インタビューでは、志半ばで厚生労働省の事務次官を退《しりぞ》く無念を滲《にじ》ませていたものの、辞職後の父がそこまで思い詰めていたとは想像もしていなかった。

兄は話し続けていた。父は二〇〇六年に富山県の市民病院で起きた『人工呼吸器取り外し事件』の話をしたという。意識がない患者たちの家族に回復の見込みがないと告げ、同意を得てから医師が人工呼吸器を外したのだ。当時は厚生労働大臣が延命治療のあり方について「基準作りの検討を急がせる」とまで言ったらしい。父が所属していた省庁が関係している話だから、その辺りの事情はずいぶん詳しかった。

「だからさ、俺は父さんに言ったんだよ。そういうのは消極的安楽死だろ、父さんが望んでいるのは積極的安楽死だ、って」

「……安楽死に消極的も積極的もあんのかよ」

「区別があるんだよ。脳死状態の患者の延命治療を諦めて、人工呼吸器を外したりするのが消極的安楽死。いわゆる尊厳死だな。副作用が強い薬で苦しんで、苦しんで、のたうちまわりながら死んでいくより、そんな治療を避けて平穏で尊厳がある死を求める、ってやつだ。で、意識がある患者に致死性の薬物なんかを注射して死なせるのが積極的安楽死——」

「後者は殺人だろ、いくら何でも。アメリカの死刑執行のやり方で、ドクター・デスと同じだ」

「俺もそう言ったけど、意思表示できない患者を安楽死させるほうがよっぽど殺人だ、なんて言い返されてな」

蛍光灯は寿命が近づいているのか、今にも力尽きそうに明滅していた。

「なあ、兄貴。思うんだけどさ、親父は安楽死する場所を求めて家出したんじゃないか?」

兄は打ちひしがれたように視線を落とした。顔を縁取る影が深まり、苦悩が滲み出た。

「……俺もそれは考えたよ。だったら俺のせいだな。何度も話すうち、父さんの苦しみや絶望が分かってきて、俺も、父さんがそんなに苦しいなら、って賛同しちまった。楽にしてやりたい、って思ってな」

総司はテーブルに拳を置いた。

「父さんじゃなく自分を楽にしたいんじゃないのか?」

兄は顔を歪めた。

流し台に溜まった食器も、洗面所の入り口に無造作に積まれた洗濯物も、兄の格好も、生活の荒《すさ》み具合を表していた。昔の兄は几帳面で綺麗好きで、部屋はきっちり整頓されていた。兄と比較されて父に怒られてばかりだった過去を思い出す。

「兄貴に迷惑をかけるくらいなら安楽死を――って親父が考えたとしたら、それは自発的に安楽死を望んだって言えるのか？」

自分に兄を批判する資格があるのか？　家出して好き勝手してきた結果、介護も押しつける形になっていた。借金を背負った自分だけがつらいのではない。

「すまん、兄貴を責める気はなかった」

しばらく下唇を嚙み締めていた兄が口を開こうとしたとき、チャイムが鳴った。二人で顔を見合わせた。

何となく警察の訪問を予期した。ドアを開けるなり、二人組の刑事が立っていて、父の訃報を告げるのだ、と。たぶん、兄も同じ予感を抱いたのだろう。不安が浮かぶ瞳に、ある種の覚悟が見て取れた。

二人で玄関に行った。兄がノブに手を伸ばした。だが、ドアが悪夢へと通じるゲートであるかのように、手のひらを宙で停止させている。呪《のろ》いで石化したかに見えた。

総司は深呼吸し、代わりにドアを開けた。

立っていたのは――父だった。

2

総司は唖然《あぜん》としたまま父の顔を見つめていた。

「親父……」

父は片眉を持ち上げ、目を眇《すが》めるようにした。

「何でお前がうちにいる」

総司は汗でぬめる手のひらをドアノブから離した。ジーパンにこすりつけて拭《ぬぐ》う。

「……親父を心配して帰ってきたんだろ」

兄が「俺が連絡した」と補足した。

「まったく」父が嘆息した。「余計なことを。書き置きしたろう」

総司は呆《あき》れながら言った。

「九日も音信不通なら、誰だって心配する。どこに行ってたんだよ」

父はいかめしい顔に皺を寄せた。

「ちょっとな。野暮用だ」

「野暮用って何だよ」

「野暮用は野暮用だ」父は靴の先を揺らしてみせた。「賢《けん》。ほら、手伝え」

横柄な物言いは相変わらずだった。厚生労働省の元官僚らしいといえばらしいのかもしれないが。

兄はそっぽを向いた。

「もううんざりだ。総司に頼めばいい」

父は兄を睨みつけ、舌打ちした。

「……総司。手を貸せ」

昔から命令されるのは不快だったものの、自分も大人になった。自由にならない体に苛《いら》立《だ》つ父の気持ちは理解できる。

総司は「ほら」と進み出た。上《あが》り框《かまち》で跪《ひざまず》き、父の靴を脱がせた。そして立ち上がる。

父は脇を締めたまま両腕を胸の前に曲げている。そのせいで老人のように縮こまって見えた。

肩を貸そうとすると、兄の声が飛んだ。

「そうじゃない。横から片手を支えつつ、ベルトを摑《つか》むんだ」

「……慣れてるなら兄貴が助けてやれよ」

「俺はもうごめんだ。介護で人生を滅茶苦茶にされたくない」

残酷な言葉だった。父の顔は引き攣《つ》っている。

「言いすぎだぞ、兄貴」

「そうか？ 父さんがプロの在宅介護サービスを頑《かたく》なに拒むせいで俺が休職したの知ってるか？ 大事な大事なプロジェクトの真っ最中だったんだぞ」

考えてみれば、月曜日の真昼間から兄は家にいる。父のために——いや、父のせいで、国内屈指の大手広告代理店でのプロジェクトを諦めたのか。

兄の怒りと憎しみの根源が分かった気がする。

「分かったろ」兄は厭世的《えんせいてき》な薄笑みを浮かべた。「父さんの遺産が入らなきゃ、割に合わない」

「賢！」

父の怒声が炸裂《さくれつ》した。だが、続く言葉はなく、胸の前で半開きの手を打ち震わせている。

「父さんは総司を勘当したんだ。遺留分以外は、全部俺に相続させてくれよ。前にそう話してくれたよな」

「やめろよ、兄貴。遺産の話なんて縁起でもない」

「真面目ぶるなよ」兄が小馬鹿にするように言った。「父さんに長生きされて、借金、どうするんだ」

「俺の借金だ。自分の力で何とかする」

父を心配して帰省したのに、金の無心にやって来たと誤解されたくない。

「とにかく、中に入ろう」

総司は父に寄り添うと、右手を腰に回してベルトを摑んだ。そして左手を差し出し、父親の左手をそっと握る。

小股で歩く父は、前かがみになっていた。まるで不自由な足取りに反して上半身だけが早く先へ先へ進もうとしているかのようだ。

歩行にもこれほど支障があるとは思わなかった。

「こんな状態なのにどこへ行ってたんだよ、親父」

「……何度も言わせるな、野暮用だ」

ダイニングまで移動すると、父を椅子に座らせた。日常生活が終始この調子なら、兄は今までどれほど苦労していたのだろう。

父が落ち着くと、総司は向かいの椅子に腰を下ろした。兄は「父さんの相手はうんざりだ」と言い残し、二階にある自室へ消えた。

二人きりになると、気詰まりな沈黙が降りてきた。

何を話せばいいのか。

「……なあ、親父。体、そんなに悪いのか？」

父は自嘲するような口ぶりで答えた。

「さっきの姿を見てまだ言葉が必要か？」

「い、いや……」

威風堂々——という言葉が似合うほど胸を張り、常に泰然《たいぜん》としていた父からは威厳が消え去っていた。今や背中は丸まり気味で、肩も小さく、萎《しお》れた枯れ草を連想してしまう。

「満足に歩けん。箸《はし》やペンを持つ手は震える。食事は喉《のど》に詰まる」父はどこか投げやりな苦笑いを浮かべていた。眉尻が垂れ下がっているせいで、泣き顔を懸命に抑えているようにも見えた。「薬を服用してから一時間後が一番調子がいい。優先順位が高い用事はその時間帯に纏《まと》めて行ってる」

「安楽死の話を兄貴にしたんだって？」

「……悪いか？　後は悪化していくだけだ。生きていて何の希望がある？」

父の弱気な悲観の台詞《せりふ》に、息苦しいほど胸が締めつけられた。

甘えるな――。

子供のころは父のその口癖に苦しめられ、憎んでいたにもかかわらず。

「馬鹿なこと言うなよ、親父」

父は唇を歪めた。顔には色濃い苦悩が滲み出ていた。

「そう――だな。馬鹿なことだった」

「え？」

「今はもう安楽死は考えていない。気が変わった」

気が変わった？　行方を晦《くら》ませていた九日のうちに何か心境の変化でもあったのだろうか。

何はともあれ、少し安堵《あんど》した。

「よかった。本当によかったよ、親父」

父が意外そうな顔を向けた。

「……お前からそんなふうに言われるとはな。喧嘩《けんか》ばかりしてきた」

「親子喧嘩なんて、憎み合ってなくてもするもんだろ。昔は俺もガキだっただけだよ。親父には長生きしてほしい」

正直な気持ちだった。今なら当時の父の説教も理解できる。無鉄砲に後先考えず飛び込んだ音楽も、大した考えもなく手を出した起業も、全て失敗だった。甘い世界ではなかった。父には息子の人生をレールに乗せたがるきらいがあったが、それは取り返しのつかない失敗を避けさせるためだと気づいた。

「生活が困難なら、俺が実家に戻ってきてもいいしさ」

父は悲しみ混じりの渋面を見せていた。

「賢のほうが私を見放して、お前のほうが……」

「兄貴も本心じゃないって。一人で背負ってきたから、きっと今は疲れてるんだよ。負担が分散したら、昔の兄貴に戻るさ」

「……どうかな。前に安楽死の話をしたとき、遺留分以外は賢に遺すと言ったのに、満足せず、私に悪態をつくようになってな。あいつの頭の中はもう金で埋もれとる」

「兄貴、何か金が必要なのかな？」

「知らん。遺産の総額を聞いて、目の色が変わったんだろう。金は人間を一瞬で変えてしまう。賢も例外じゃなかったんだな。真面目な人間ほど、危ういもんだ」

にわかには信じがたい話だ。兄はなぜそこまで金に固執するのか。何千万も借金を作ってしまったとは考えられないが……。

「総司。喉が渇いた。茶を淹《い》れてくれ」

「あ、ああ」

総司は立ち上がり、冷蔵庫を見た。

「ペットボトルとか、あるのか？」

「私は飲まん。緑茶を淹《い》れてくれ。茶葉はポットの横にある」

総司は思わず苦笑した。

「何だ？　何がおかしい？」

「親父はお袋にもよくそんなふうに命令してたな、って」

父は追憶の眼差しを遠くに向けた。三年前に胃がんで他界した母を想っているのだろう。

「……あいつの支えがなければ、出世できなかっただろう。感謝もろくに伝えられんまま、逝《い》ってしまった」

「家政婦みたいに命令されてんのに、妙に嬉しげだったお袋の顔をよく覚えてる」

「嬉しがっとったんだよ」

「まさか」

「本当だ。学歴もないし、仕事の方面で私の手助けが何もできんことに悩んどった。

私は外食が多かったし、家の掃除も定期的に家政婦を頼んでいただろ。私が出世するにつれ、自分が何の役にも立たないと思い込んでいった。だから、家政婦を使うのをやめて、ちょっとした用事もあいつに頼むようにしていたんだ。まあ、私は昔からこんな性格だし、命令のような物言いしかできんかったが……」

初耳だった。父はただ自己中心的で傲慢《ごうまん》なだけだと思っていた。他人の気持ちを思いやる繊細さなど皆無だ、と。そんな夫婦関係もあるとは想像もしなかった。

自分は父を見誤っていたのか――？

蛍光灯が再び明滅し、父の顔に影が生まれては消えた。

「総司。蛍光灯を替えたほうがいいな。棚に新品がある」

総司はうなずくと、緑茶を淹れてから新品の蛍光灯を取り出した。椅子に上り、背伸びする。

「気をつけろよ」

椅子に座ったままの父が声をかける。

「蛍光灯の交換くらい、目をつぶってたって――」蛍光灯に触れたとき、指先に熱が走った。「熱っ！」

蛍光灯が外れそうになった。ヤバイ。反射的に手を伸ばしたとたん、椅子が揺れてバランスを崩した。視界が傾く。

「おい！」

父の声と同時に世界が引っくり返っていた。体勢を立て直すことはできず、後ろ向きに倒れていく。

大怪我を覚悟した瞬間、体は仰向《あおむ》けのまま宙で停止していた。力強い腕に抱きかかえられていた。一瞬、兄だと思った。瞬間移動でもしなければ不可能だというのに――。

だが、実際に受け止めてくれていたのは、パーキンソン病で体が思いどおりに動かないはずの父だった。

3

総司は言葉もなく、父の顔を見上げていた。父もはっと目を瞠り、視線を逸《そ》らした。

何が起こったのか。なぜパーキンソン病の父が自分を助けているのか。

問う声は喉に絡まり、気まずい沈黙が訪れた。

「……ほら」

急《せ》かされるように促《うなが》されると、総司は我に返り、床に降りた。堂々と立っている父と向き合う。

「親父……パーキンソン病は……」

父は渋い顔で下唇を噛んでいた。失態を見られたような悔いが滲み出ている。

「な、なあ！　何で立てるんだよ。いや、そりゃ、立てるだろうけど、俺を抱き止めるなんて……落ちるより早く行動して……」

外れそうな蛍光灯は相変わらずまばたきしている。白黒、白黒、白黒――。まるで今の状況同様、部屋の印象が変わる。

父は間を作った後、やがて諦めたように深いため息をついた。

「パーキンソン病は――嘘だ」

「は？」

父の言葉はほとんど耳を素通りした。いや、聞こえていても理解が追いつかず、頭の中に残らなかった。

「実はずっとパーキンソン病を演じていた」

意味が分からなかった。道理も通らない。

「さ、詐病だったのか？　何のために？」

問い詰める声には動揺が絡みついていた。

「……理由は言えん」

「いやいやいや。何言ってんだ。あ、兄貴は知ってんのか？」

「知るわけないだろう。賢には黙っておけ。ややこしくなる」

「もう充分ややこしいだろ。どういうことだよ。兄貴はずっと世話してたんだろ。休職までして。それなのに嘘って何だよ」総司は詰め寄った。「なあ、親父！」

父は背後の廊下を振り返り、すぐ向き直った。

「大声出すな。賢が降りてくる」

反射的に怒鳴《どな》り声を上げそうになり、深呼吸で気持ちを落ち着けた。意識的に声量を落とす。

「パーキンソン病は本当に演技だったのか？」

父は諦念の顔で嘆息した。そして——指を握ったり開いたりした。腕を上下に振ってみせる。

「見てのとおりだ。自由に動く」

「薬が効いているとかじゃなく？」

「今日は飲んでいない」

総司はただただ唖然とするばかりだった。

パーキンソン病の父の姿を見たばかりの自分でさえこれほど驚くのだから、一年半も介護してきた兄が知ったらどんなに衝撃を受けるか。騙《だま》されていた怒りで手を上げるかもしれない。一、二発殴った程度では気がおさまらないだろう。

「何でそんなまねしたんだよ」

父は何も答えなかった。

「これからも続けるのか?」

父が口を開きかけたとき、階段を踏む足音が聞こえてきた。顔を見合わせると同時に兄が入ってきた。

「……ちょっと喉が渇いたんだ」

言いわけのように言うと、兄は冷蔵庫を開けた。ペットボトルの茶を取り出しながら振り返る。

「父さん、突っ立てると悪化するぞ」

「あ、ああ……」父は少し慌てたように答えた。「賢、座らせてくれ」

兄はとたんに顔を顰めた。

「父さんの子守りはもうごめんだ。総司に頼めよ」

父に見つめられ、総司は思わず目を泳がせた。パーキンソン病が詐病だと知った今、父にどう接したらいいのか分からない。父は手も足も自由に動くのだ。

兄はうんざりしたようにかぶりを振った。

「何だよ、総司。結局俺任せか」

「あっ、いや――」

否定しようとしても、体は動かなかった。

兄は迷惑そうな顔で父に近づき、椅子に座らせた。

「茶を飲みたい」

父に言われ、兄が介助する。総司は拳を握り締めたまま、そのいびつな光景を眺めているしかなかった。

――親父は自分で飲み食いできるんだぞ!

感情のまま真実を叫び散らしたかった。だが、口は開かなかった。唇が縫《ぬ》いつけられたかのようだ。

父の悪質な嘘を庇うつもりなどない。ただ、父のパーキンソン病を信じて思い悩んでいた兄が不憫《ふびん》で、知られるわけにはいかない、という想いが働いたのだ。

父を眺めながら付き纏《まと》う疑問――。

父はなぜパーキンソン病を演じていたのか。

帰省してから一週間が経った。

父親は相変わらずパーキンソン病の演技を続けていた。兄と顔を合わせるたび、介護を命じる。兄はうんざりしたようにそのほとんどを突っぱねていたものの、見かねたときには何度か手助けしていた。

入浴の際などはさらしを父の胸に巻き、それを摑んで介助していた。摩擦力が高まるから支え方が安定するという。そしてバスチェアに座らせ、洗うのを手伝っていた。浴槽内には滑り止めマットが敷かれており、兄はさらしと腰を支えながら浸からせた。この一年半で身につけた介助方法なのだろう。

父が詐病とは知らず介助技術を身につけている兄が哀れだった。

父の生活を助けながらも、兄が辛辣《しんらつ》な言葉の数々をぶつける回数は増えた。

「……もういい加減施設に入れよ」

「子供に負担かけるなよ」

「遺産さえ遺してくれりゃ、文句は言わないからさ」

「総司にやるのは遺留分だけ、って話だろ」

兄の罵倒《ばとう》を止めることはできなかった。父の詐病を知っているから同情できなかった。むしろ、家族思いの優等生だった兄がそこまで追い詰められている事実に同情した。

パーキンソン病を演じる父に介護を強要された結果、兄は疲れ果てたのだ。むしろ、責任は父にある。

父は詐病のことを兄には話すなと言った。だが、本当に黙ったままでいいのか。兄はきっと苦しんでいる。たぶん、父が生きているかぎり一生この生活が続くのか、と暗澹《あんたん》たる未来を想像し、絶望している。

そもそも、父が何のためにパーキンソン病を演じ続けているのか分からない。兄に黙ったままでいいのか。

兄こそ、一番知っておくべき人間ではないのか。

葛藤《かっとう》の毎日だった。一人で抱え込むにはつらすぎた。毎日、目の前で兄の苦悩を見ているだけに。

決意したのは、父がタクシーで外出したある日のことだった。

「兄貴。大事な話がある」

兄は怪訝《けげん》そうに眉を寄せた。

「親父のことだ」

「……九日も行方を晦ませて何をしていたか、か?」

「いや。俺もそれは気になるけど、想像もつかない」

「そうか。じゃあ何だ」

「病気のことで」

兄は鼻で笑った。

「これからは俺が世話するなんて言って、口だけだった奴が何を言う気だ?」

兄が不信感を抱くのも無理はない。帰省してからというもの、介助を求める父に応えたことは一度もなかった。父自身、命じることを避けているようだった。執拗《しつよう》に命令すれば、詐病を暴露されると危惧《きぐ》しているのだろう。

結局、父は兄にだけ介助を命じ続けた。

父には謎がある。なぜ一年半もパーキンソン病を演じているのか。病気への苦しみを理由に口にした安楽死は本気だったのか。そもそも詐病なら絶望も偽りで、死を望む理由がない。そして――九日間の行方不明は何だったのか。なぜ帰宅するなり発言を翻《ひるがえ》し、安楽死はもう望んでいない、と語ったのか。まるで安楽死を望んでいたのは真剣だったかのようではないか。病気は偽りだったにもかかわらず。

「――どうした、総司」

兄の眼差しは険しかった。

総司は息を吐き、覚悟を決めた。

「親父は――パーキンソン病じゃない」

兄は片側の眉を持ち上げ、不審そうに目を細めた。

「……別の病気だって？」

「いや、親父は健康だ」

「馬鹿言うな。症状を見ただろ。自力で飯を食うのも一苦労だ」

「違うんだよ。嘘なんだよ。全部嘘なんだ」

「どうかしてんじゃないのか、総司」

総司は椅子から転落して父に抱き止められた話を語った。兄は半信半疑の顔のままだった。

「本当なんだよ。親父は機敏だった。充分動けるんだよ。俺に病気は嘘だって告白した。兄貴への口止めもされた」

「……冗談だろ。医師の診断書もある」

「親父は厚労省の人間だったんだ。診断書くらい何とでもなるんじゃないか？」

現実を否定するようにかぶりを振った兄は、間を置き、はっと目を開いた。

「そういや……」

「思い当たる節が？」

「……ちょっとな。まさか、って思うことがあって……でも、さすがにありえないだろ。だから信じなかった。本当——なんだな？　本当に父さんはパーキンソン病じゃないんだな？」

「ああ」

兄は深々と息を吐き出し、椅子に沈み込んだ。一年半の疲労が一気に全身にのしかかってきたかのように。

「何で……父さんは何でそんなことを……」兄は頭を抱えていた。「俺は——騙されてたのか」

「俺だって信じられなかった。許せないと思ったよ」

「……俺は何のためにプロジェクトを捨てたんだ？」

顔を上げた兄の目には、縋《すが》りつくような感情があった。何か励ましの言葉をかけるべきだと思った。だが、気の利いた台詞は何一つ出てこなかった。

その日から兄の父への態度は、今まで以上に冷淡になった。介助を頼まれても徹底的に無視している。父はその冷たさに不満を口にするも、しつこくは食い下がらず、引き下がった。体が自由に動かない演技をしながら自力で生活している。

壁に手を添えるのを忘れて歩きそうになったときなどは、慌てて手を添え、まるで万引き現場を見咎《みとが》められたのではないかと様子を窺《うかが》うようにおずおず振り返り、兄の反応を確認する。兄は素知らぬ顔で父を一瞥《いちべつ》し、また雑誌に目線を戻す。父は小さく安堵の息を吐き、慎重に演技を続けたまま部屋を出ていく。

それは――異常な関係だった。

兄としても、父が隠し通すなら自分からは問い詰めず、何も知らないふりを貫き通すつもりのようだった。

兄が不審な動きをしているのに気づいたのは、それから一週間ほど経ったある日だった。

4

兄は携帯にかかってきた電話を受けるなり、送話口を隠し、小声で会話しながらリビングを出て行った。そして十分後——。

降りてきた兄の顔には、隠し切れない緊張が滲み出ていた。父への呆れ顔しか見せていなかった兄にしては珍しく、何かの覚悟を決めたような、そんな表情だった。

「ちょっと出てくる」

兄は家を出て行った。

一体どうしたのだろう。気づいたら靴を突っかけ、兄の後を追いかけていた。

兄は尾行に気づかず、住宅街を歩いていく。単なるデートなら切り上げようと思いながら、総司は尾《っ》けた。

向かった先は——駅前にある喫茶店だった。兄はドアを押し開け、店内を見回した。先に待っていたらしい男が近寄り、話しかけた。

外からウインドーごしに眺めているため、会話内容は分からない。二人は奥のテーブルに向かい合って座った。

結局、兄は男と二、三十分話し込んだ後、別れた。

一体何だったのか。

それから数日は特に何もなく、怪しんだのは意外と自分の思い過ごしで、兄は知人に何かの相談でもしていただけかもしれない、と思いはじめた。そんなころ、ＳＮＳ

で思いがけず父の名前を目にした。今週発売の週刊誌に記事が載るという。予告のリンクをクリックしたとたん、飛び込んでくるタイトル――。

『元厚労省事務次官・内海大二郎《だいじろう》、パーキンソン病は詐病か!?』

愕然とした。騒ぎ立てる心臓を服の上から押さえつける。乱れがちの呼吸音が耳にうるさい。

記事が気になり、発売日までは居ても立ってもいられなかった。当日は朝一番でコンビニに駆け込んだ。棚には問題の週刊誌があった。立ち読みしている二人組を押しのけるように雑誌を引き抜き、舌打ちも無視して週刊誌を開いた。ページをめくっていく。

予告で見たとおりのタイトルが躍り、見慣れた父の顔――白黒写真が掲載されていた。タクシーから降りようとしている瞬間を連写で切り取ってある。パーキンソン病で体が不自由とはとても見えない。

記事の内容は贈収賄《ぞうしゅうわい》疑惑だった。K病院から賄賂《わいろ》を受け取り、厚生労働省として便宜を図《はか》った疑いが書かれている。パーキンソン病を理由とした辞職は、収賄が発覚する前に逃げるための詐病だと断じられていた。

総司は目を疑った。

まさかこんな形でパーキンソン病を演じた理由を知るとは、思いもよらなかった。記事にするからには無根拠ではないだろう。父は病院との贈収賄を暴かれそうになっていたのか。

帰宅してダイニングに入ると、椅子に座っている父の目が一瞬で週刊誌に注がれた。

「総司。それ――見たのか」

隠すことは不可能だった。誤魔化そうとしてもバレバレだろう。

「……見たよ。収賄、だってな」

父は眉を顰め、吐き捨てた。

「そんなもん、デマだ。週刊誌の記者なんか、権力を攻撃さえできれば何でもいいんだ」

「詐病は事実だ」

「気を抜いた瞬間を撮られたんだろうな。で、記者が妄想逞《たくま》しく辞職に結びつけた。それだけだ」

「パーキンソン病を装って辞職したのも事実だろ。収賄が理由じゃなきゃ、何が理由なんだ」

父は結んだ唇の隙間から、苛立ちが絡む息を吐き出した。首の裏側をがりがりと掻《か》き雀《むし》る。

「疑惑逃れじゃない。それだけは言っておく」

「タイミング的にはそう受け取られて当然だろ」

「……病気をでっち上げて辞職するなら、なぜ一生不自由な演技を強いられる病気を選ぶ？」

総司は反論の言葉を失った。

言われてみればそのとおりだ。治療すれば完治の可能性がある内臓系の病気を選択したほうが苦労は少ない。パーキンソン病では、あまりに不便ではないか。

では、何のためにパーキンソン病を装ったのか。パーキンソン病でなければならない理由があったのか。

問うても父は答えようとせず、やがてうんざりしたようにダイニングを出て行った。兄が不在だから体が不自由な演技はしなかった。

もっとも、その兄は詐病を知っているのだが。

週刊誌の件は兄が帰宅してから教えた。兄は「そうか……」とだけつぶやき、自室へ消えた。

その日はマスコミ関係者から自宅に何本も電話があった。記事の件で当人から話を聞きたいという。父からは「取り次ぐな」と命じられていたから、「話すことはありません」と繰り返した。すると、向こうは取材対象を替えてきた。

「ご家族として詐病を疑ったことは？」

一瞬、返事に詰まった。それを答えだと受け取られなければいいが。

「ありません！」

そう答えるしかなかった。質問を重ねようとした記者を無視し、電話を切る。

なぜこんな後ろめたい思いをしなければならないのか。

全ては父のせいだ。なぜパーキンソン病を演じていたのか。その理由は何日考えても分からなかった。

父は相変わらず自宅でもパーキンソン病の演技を続けていた。無駄だと分かっていながら、兄に介助を命じる。

ついに――兄が忍耐の限界に達した。わざとらしく震える父の手が肩に伸ばされたとき、弾くように払いのけた。

「いい加減にしろよ！」

父は目を剝《む》いたまま固まっている。

「な、何をする」

「……俺の台詞だよ、父さん。いつまで演技を続ける気だよ」

「何だ、演技って。お前も週刊誌を見たのか。あれはデマだ」

「釈明会見でもしたらどうだ？」

「私はパーキンソン病だ。一年半、私を介助してきたお前なら知ってるだろ」

「〝一年半、私が騙してきた〟の間違いだろ」

父は後悔を噛み締めるように唇を噛んでいた。

「……賢、外では馬鹿な話をするなよ」

「馬鹿な話じゃなく本当の話をするな、だろ。世間に知られたくなきゃ、一生引き籠《こも》ってるしかないな」

父は苦悩の表情を見せていた。今後の自分の身の振り方を決めかねているように。

テレビで思わぬ顔を目にしたのは、それから一週間後だった。兄が喫茶店で会っていた男が映っていた。大手病院で起きた医療ミスの記者会見の場で院長を追及するジャーナリストとして。

5

兄がジャーナリストに会っていた。そして、その数日後に元厚生労働省事務次官の父の詐病を暴露する記事が週刊誌に出た。

偶然と片付けるのは無理だ。

兄がダイニングに入ってきたのはそんなときだった。反射的に睨みつけてしまった。

「何だ、怖い顔をして」

総司はしばらく無言で兄の顔を見つめていた。何を言うべきなのか。それとも知らないふりを続けるべきなのか。

散々迷ったすえ、決心した。

「兄貴が週刊誌にタレ込んだんだろ、親父の詐病」

兄は眉をピクッと反応させた。

「……何で俺が?」

「兄貴が記者と会ってるのを見た。駅前の喫茶店だ」

兄は舌打ちすると、頭髪を掻き毟った。

「そうか。なら隠しても無駄だな。俺は――」

静かな足音が真後ろから聞こえ、すくみ上がった。振り返った先には、顔を強張《こわば》らせた父が立っていた。最近は室内でパーキンソン病を演じていないから、移動も物静かだ。油断していた。不意打ちを食らった格好だ。

いつから聞かれていた？

その答えはすぐに分かった。

「賢、お前が記者に話したのか？」

兄は挑発的な薄笑いを浮かべた。

「口止めが遅かったな」

「馬鹿なまねを！　これでどんな厄介なことになるか――」

「自業自得だろ」

父は歯噛《はが》みすると、怒りを鎮めるように深呼吸した。

「なぜ――なぜ記者に？」

「分かるだろ。一年半も俺を欺き続けて、俺の人生も滅茶苦茶にして……父さんだけ何の苦しみもないなんて、許せないだろ」

父は歯を剝き出し、何かを言おうとした。だが、理性が邪魔したのか、思い直したのか、すぐ唇を結んでしまった。

「罪滅ぼしは遺産でいい。早めにな」

父親は顔を引き攣らせた。

総司は慌てて二人のあいだに割って入った。

「言いすぎだぞ、兄貴！　いくら何でもそれは——」

「け、賢！」父親が兄に人差し指を突きつけ、唾《つば》を撒《ま》き散らした。「お……お前は……お前にはもう遺産はやらん！　絶対にやらん！」

今度表情を変えたのは兄だった。

「約束が違うだろ。総司に最低限の遺産を分配したら、後は俺だっただろ」

「もう違う。遺留分以外は全部総司だ！　親不孝者め！」

父親は床を踏み鳴らしながら出て行った。階段を上っていく足音が続き、やがて消えた。

総司は兄を見た。

「感情的になりすぎだぞ、兄貴。詐病に騙されて苦労した被害者のままだったら、親父だって罪悪感を持っていただろうに。あんなに怒らせて……」

兄は黙ったまま椅子に座り込んだ。

「……それに記者にタレ込むなんて、さすがにやりすぎだ」

兄は深々とため息をついた。

「俺はタレ込んでない」

「は？　仕返しに情報提供したんだろ？」

「嘘だよ。売り言葉に買い言葉だ」

「だけど、記者と密会してた」

「それは事実だ。だけど、話は逆なんだよ。詐病の話を出されたから俺は口止めしようとしてたんだ」

説明を要求する声も喉に詰まり、黙ったまま兄の顔を見つめ返すしかできなかった。

兄はその戸惑いを察したらしく、補足した。

「記者が自宅に電話してきて、疑惑についてコメントを、って。俺は記事を止めるために記者に会いに行った。家族の生活を守りたかったんだ。ま、止められなかったけどな」

「それが事実なら、何で親父にあんな言い方をするんだよ。兄貴に裏切られたって信じ込んでるぞ」

「疑われてカッとなった」

「……まったく。気持ちは分かるけど、感情で行動したら後悔するぞ。昔の俺がそうだった」

兄が自嘲気味に薄く笑った。

「俺が誤解を解いてやるから、兄貴は親父と仲直りしろよ」

「必要ない」

「必要はあるだろ。最近の兄貴はいろいろ言いすぎだ。遺産の話だって、早く死んでさっさと取り分を寄越せ、みたいな言い方をして」

兄は自分自身が傷ついたような苦痛の顔を見せた。

「後悔してるんだろ、兄貴」

「……いや」

「嘘つけ。そもそも、何でそんなに遺産にこだわるんだ？　何で大金が必要なんだ？」

兄は何かを答えかけて躊躇《ちゅうちょ》した。だが、目を閉じて間を置くと、覚悟を決めたようにゆっくり目を開けた。

「俺は金は必要ない。貯金もあるしな」

「変な女に貢いでるんじゃないだろうな」

「まさか」兄は笑い声を上げた。「俺がそんな間抜けに見えるか？」

「じゃあ、誰に金が必要なんだ？」

「……お前だよ、総司」

「は？」間抜けな声が漏れた。「俺が？」

「借金、あるだろ。遺留分じゃ返せない額の」

「いや、たしかにあるけど、それがどう関係してる？」

「今じゃ、お前のほうが父さんに信用されてる。俺の代わりに充分な額を受け取れそうだろ」

兄は唇に笑みを刻んでいた。

まさか、と思った。兄の台詞から導き出される結論――。それは到底信じられないものだった。

「兄貴は――俺のために悪役を買って出たのか？」

「父さんの性格じゃ、そうでもしなきゃ、お前は勘当されたままだろ」

「父さんへの悪態は全部演技か？」

「――だったら格好いいけどな。半分は本気だ。一年半も詐病に振り回されたんだ。腹も立つさ」

不器用な性格だと思う。だが、兄が父のお気に入りのままなら、自分は決して父に受け入れられなかっただろう。親不孝を繰り返した自分はさっさと追い返されたかもしれない。借金がある身でも遺産に興味を示さず父を心配する自分は、遺産に固執する悪役の兄がいてこそ、受け入れられたのだ。

思えば、不自然だった。父のご機嫌を取ってさえいれば遺産の大半を譲り受けられる立場なのに、兄は逆効果になりかねない態度を取り続けていた。父を罵倒し、怒らせた。それが不可解だった。

総司はテーブルに手をつき、身を乗り出した。顔を突き合わせる。

「兄貴、何で俺のためにそこまで……俺の借金は自己責任だろ。家出して好き勝手して、無計画で起業して……兄貴はずっと俺を批判してた」

兄はバツが悪そうに言った。

「たしかに――な。俺はお前の身勝手さが気に食わなかったよ」

「だろ。顔を合わせるたび、否定された」

「お前の生き方が羨《うらや》ましくてな、ついつい批判ばかりした」

「優等生の兄貴が何を羨む？　勝ち組だろ」

「……はた目にはな。だけど、俺が望んだ人生じゃない」

視線を戻した兄は、照れ笑いを浮かべていた。

「俺はさ、小説家になりたかったんだ。純文学ってやつだ。だから、後先考えずに好きなもの――音楽に挑戦できるお前が羨ましかった」

そういえば、兄は昔から芥川龍之介、太宰治、カミュなどの作家名をよく口にしていた。あれは優等生ゆえの教養ではなく、文学的興味で馴染《なじ》み深い知識だったのか。

「顔を合わせれば喧嘩ばかりしてたけど、お前の失敗を望んでたわけじゃない。総司には俺の分まで成功してほしかった。お前が借金を作ったって聞いたときは、父さんに掛け合ったんだぞ。でも、好きで家を出て行った奴の面倒は見れん、なんて言われてな。遺産がどうのっていうより、ただ単に仲直りしてほしかった。それだけだ」

兄の想いは胸に沁《し》み入ってきた。だが、釈然としない感情もある。

「兄貴が親父と険悪になる代わりに和解するなんてやり方、俺はごめんだ」

兄がはっと目を剝き、傷ついた犬のような顔でうなだれた。突っぱねすぎたと気づき、総司は冗談めかして付け足した。

「そんなの、差し引きゼロだろ。俺はプラスがいい」

兄は「だな……」と苦笑した。「結局は俺の自己満足だったのかもな。詐病のことを知ってからは、お前のために悪役を演じてるのか、それを口実に一年半の鬱積《うっせき》した感情をぶつけているのか、自分でも分からなくなってきてたよ」

正直な想いの吐露だと感じた。思えば、兄と腹を割って話し合ったのは初めてかもしれない。血が繋がっていてもずっと赤の他人同然だった。もっと早くに互いの想いをぶつけ合っていたら、と思う。

ずいぶん遠回りした気もするが、今回のことをきっかけに新たな関係を築ければいい。

兄は深々と頭を下げた。

「居心地悪い思いをさせたな。すまん、総司」

胸がぐっと詰まる。

「やめろよ、兄貴」総司は兄の肩に手を添えた。「兄貴の気持ちを聞いて、俺、嬉しかったんだ。だから謝る必要なんてないんだ」

兄は静かに顔を上げた。泣き笑いのような表情をしていた。

「……兄貴のことは親父に話すからな。すれ違ったままじゃ、一生埋められない溝《みぞ》ができる」

兄は小さく「ああ」と答えた。

6

ダイニングに呼んだ父に全てを話して聞かせた。父もさすがに驚きは隠せず、口を半開きにしたまま固まっていた。

「本当——なのか、賢」

父がつぶやくように訊くと、兄は微笑を浮かべた。

「ああ。勘当されたままじゃ総司が可哀想だ」

「……大した演技だ」

「父さんに比べたら他愛もない演技だろ」

軽口のつもりだっただろうが、逆に気まずい沈黙が降りてきた。そう、兄の不可解な態度の謎は解けても、父の詐病については何も分かっていない。家族の中に横たわる不信感——。

「なあ……」兄が言った。「一体何のために詐病を？　俺には聞く権利がある」

直球だった。下手な駆け引きや気遣いは真実を遠ざけ、無意味な遠回りに繋がると悟ったのだろう。真正面から想いをぶつけ、それでこじれるようならもうそれまでだ。

兄からはそんな覚悟が見て取れる。

父は苦渋の形相をしていた。

「……知りたいか？」

「当然だろ」

「そうか。そうだな」

父はうなずいたきり、一分ほど黙り込んだ。躊躇《ちゅうちょ》しているのか、うまく説明する言葉を頭の中で組み立てているのか。

しばらく待つと、父親がようやく口を開いた。

「実験――だった」

思いもよらない発言に、総司は兄と同時に「は？」と声を漏らした。

「覚えてるか？　二〇〇六年、富山県の市民病院で起きた『人工呼吸器取り外し事件』」

「ああ、覚えてる。総司にも話したよ」

父によると、厚生労働省は翌年には『終末期医療の決定プロセスに関するガイドライン』を作成した。だが、それは消極的安楽死に関するガイドラインであって、積極的安楽死は相変わらず否定されている。〝生命を短縮させる意図をもつ積極的安楽死は、本ガイドラインでは対象としない〟と明言されている。その一方で、回復の見込みがない難病に苦しみ、死を求める患者がいるのも事実だ。

『尊厳死法案』で論じられているのも、消極的安楽死ばかりで、積極的安楽死は最初から除外されている。だが、果たしてそれでいいのか。厚労省で働きながら私は悩み続けていた。だから、自分で〝実験〟することにしたんだ。重度のパーキンソン病を演じ、患者に成りきることでその絶望の一端を知ろうとした」

「冗談だろ」兄は呆れ顔だった。「それで一年半も?」

「たとえば、視覚障害者の支援施設では、健常者にアイマスクで全盲の世界を体験してもらう試みなどが行われている。それで障害に理解を深めてもらおう、というわけだ。だが、健常者はアイマスクを外せばいつでも〝見える世界〟に戻れる。ほんの一時の不便な体験で本当の困難は理解できない、という声もある。だから私は徹底することにした。どんどん悪化していく体と付き合う中、自分は安楽死を求めるのか。苦しい生を望むのか……」

総司は啞然としたままつぶやくように言った。

「そんな実験、何の意味が……」

父は返事に少し躊躇《ちゅうちょ》した。

「……インターネットでその経緯と結果を公表する。まずは匿名《とくめい》で過激なタイトルをつけて、世間を煽《あお》りに煽る」

「何考えてんだ。演技で苦しみを分かった気になるな、って、批判されるだけだろ。目に見える」

「構わん。元よりそれが狙いだ。もう旧知のジャーナリストと野党政治家にも話は通してあってな。公表と同時に行動を起こしてもらう。まずそのジャーナリストがSNSで私の匿名ブログを取り上げて注目を集め、根回ししてある複数のインターネットメディアで記事にしてもらう。そこで私の正体を突き止めさせる。文章に私を推測させる手がかりを意図的に差し挟んでおいて、執筆者は『内海大二郎』ではないか、と疑わせる。一般市民は興味を掻き立てられて私の文章を精査するだろう。追い詰められた私が自白すると、新聞記事やテレビのニュースになる。すぐさま旧知の野党政治家が動き、安楽死問題を国会で取り上げる。現役の事務次官が安楽死問題を考えるために職を退《しりぞ》いてまで実験した、それをどう思うか、とな」

「……それで世の中が動くのか？」

「動く。一人でもジャーナリストと政治家を抱き込んでおけば、案外簡単に動く。こうやって世論を誘導する方法は、今じゃ、当たり前のように実行されている。誰もがあの手この手だ」

「それにしたって——身勝手すぎるだろ。詐病で兄貴に迷惑をかけて」語調が思わず強まった。「家族にくらい、事情を話してくれりゃよかっただろ」

父は視線を落とした。

「それじゃ、本物の患者の気持ちは理解できない。必要なことだったんだ。実際、私は苦しかった。賢に迷惑をかけている自分が。だからこそ、これ以上負担をかけないよう、死を選びたい衝動に駆り立てられた。そのときに気づいたんだ。積極的安楽死を望む患者は、周りに対してそういう負い目があるのではないか、と」

「だったら何だ？」

「負い目が死の理由だとしたら、それは認めるべきなのか？　積極的安楽死を罪悪感逃れの自殺に利用されてもいいのか？　この問題は一筋縄ではいかないと思い知らされた。私が賢を苦しめ、傷つけ、悩ませたすえに至った結論だ」

しばらく黙って聞いていた兄がぽつりと言った。

「俺は——父さんを本気で心配してたんだぞ」

父は嚙み締めた歯の隙間から絞り出すように答えた。

「すまん……」

「俺が毎日どんなに思い悩んでいたか。休職して、世話して、介助して……」

「すまん。今となっては謝るしかない。埋め合わせはする。何をしても罪滅ぼしになるとは思っていない。だが、何かさせてくれ」父は突然、跪き、額を床に擦《こす》りつけた。「頼む！」

総司は衝撃を受けた。あの父が土下座している――。それは信じられない光景だった。

横目で見ると、兄も同じ思いのようだった。どうしていいのか分からず、視線をさ迷わせている。

「も、もういいよ、父さん」兄の声には苦汁がしたたっていた。「そんな父さんは見たくないよ」

父はゆっくりと顔を上げた。瞳を涙の薄幕が覆っていた。

兄の手はズボンの生地を引っ掻き、摘《つま》み――。神経質に蠢《うごめ》いている。

総司は兄の口元を注視した。父を突っぱねるも許すも、兄次第だ。一年半の苦しみを経験していない自分が綺麗事は言えない。父の非常識な説明を聞いて兄が絶縁するなら、もう仕方がない。父はそれほど理不尽に兄を苦しめ、傷つけたのだから――。

兄は深呼吸した。手はズボンから離れ、腰の横で握り締められていた。唇は引き結ばれている。だが、やがて床を睨んだまま言葉を発した。

「仕事なんて何とでもなる。今は……父さんが健康だったことを喜ぶべき……なんだろうな」

「賢……」

兄は顔を顰めた。気を抜けば吐きつけそうになる怒声を必死でこらえているかのように——。

「俺が折れるのは、父さんだけのためじゃない。せっかく総司が帰ってきて、父さんとも仲直りしたってのに、今度は俺が喧嘩していたら笑い話にもならないだろ」

兄は天井を見上げた後、再び深呼吸した。肩が大きく上下する。

「たった三人の家族——なんだしさ」

絞り出された言葉は何よりも重かった。

総司は思わず兄に問いかけた。

「本当にそれでいいのか？」

「……家族の幸せが一番だろ」

自分自身を納得させるための台詞に聞こえた。兄の表情を見ても分かるとおり、葛藤に葛藤を重ねたすえの結論だったのだ。

兄は無理やり作ったような笑顔を浮かべると、今度は父を見つめた。

「総司の借金、何とかしてやれよ。これだけ家族を散々振り回したんだしさ。その程度なら何とかなるだろ」

父親は涙を我慢するような歪んだ顔でうなずいた。

「ああ、もちろんだ。私に助けさせてくれ」

「……いいのか、親父？」

「ああ。死を考えたとき、頭を離れなかったのはお前の顔だった。パーキンソン病にならなかったら、私も意地を張り続けていただろう」

「美化は早いぞ」兄は呆れ顔で言った。「病気は演技だろ」

「……私にとっては現実《リアル》だったよ。この一年半、色んなことを考えた。自分のことも家族のことも。結果的には意味のある実験だった」

総司は父の顔を見ながらふと思った。

パーキンソン病にかかわらず、病気は誰にでも突然降りかかってくる。軽いものもあるし、重いものも、命にかかわるものも――。

もし自分が不治の病に冒され、激痛や苦しみと共に死を待たねばならないとしたら、一体何を望むだろう。

生か死か——。
考えても答えは出そうになかった。

命の天秤

1

『動物の命は人間より軽いのか？』

事務所の壁に貼りつけられた毒々しいデザインの紙を目にしたとたん、早朝の意気揚々《ようよう》とした気持ちは打ち沈んでしまった。末尾には『ASG』とアルファベット表記がある。団体名だろうか。何の略だろう。Aはアニマル？　動物愛護を訴《うった》える人間の仕業か。

仙石聡美《せんごくさとみ》は貼り紙を引き剝《は》がすと、くしゃくしゃに丸めた。

嫌がらせの犯人はついに養豚場内にまで侵入してきたのだ。このままエスカレートしたら、豚舎《とんしゃ》が狙われるかもしれない。警察に相談するよう、父には改めて訴えよう。

防犯カメラの設置なども含め、対策を考える必要がある。放置はしておけない。

聡美は深々とため息をついた。

養豚場の人間が豚の命を軽視している、という歪《ゆが》んだ思想はどのように生まれたのだろう。犯人の正義感が怖い。

ドアを開け、事務所に入る。今日は久しぶりに一番乗りだ。パソコンが置かれた事務机と椅子、資料棚が並び、白壁にはグラフと数字が書かれた成績目標が貼られている。

準備をしながら待つうち、従業員たちが現れはじめた。「おはようございます」と元気よく挨拶する。

最後にパートの清水二郎《しみずじろう》がやって来た。将棋の駒《こま》を逆さまにしたような鋭角的な輪郭で、鼻梁《びりょう》は低い。常に伏し目がちなせいで、必要以上に細目に見える。

「おはようございます、清水さん」

挨拶すると、彼は目も合わせずにぼそぼそと返事した。自信のなさというより、何だか人間不信に根差しているような印象がある。

「おはようございます……」

年齢は彼の方が一回り上の三十八歳だが、他人行儀な敬語を話す。

「さあ、清水さん、行きましょう」

「はい……」

聡美は清水と一緒に事務所を出ると、管理棟に入った。彼と別れて〝ダーティエリア〟の女子用第一更衣室のドアを開ける。室内で衣服を脱いで全裸になると、シャワー室に踏み入った。ショートの黒髪をシャンプーで洗い、体はボディーソープで洗う。手足の爪の中まで丁寧に——。

隣り合う〝クリーンエリア〟の女子用第二更衣室に出る。並ぶ引き出しには『帽子』『シャツ』『ズボン』『下着』とシールが貼られている。体を拭き、作業着を身につける。

養豚場では感染対策を徹底している。豚舎に出入りするたび、シャワーを浴びて衣服を交換するのだ。病気を伝染させないためには、人も豚舎も清潔に保たなければいけない。

最近も隣の『荒巻《あらまき》養豚』で感染騒ぎがあり、相当数の被害が出たと聞いている。

聡美は豚舎側へ出た。農場の外周はフェンスで囲まれている。

父が経営する『仙石養豚』は、『ツーサイト方式』を採用している。〝交配から離乳まで〟と〝離乳から肥育豚出荷まで〟を別々の農場で行う方式だ。万が一、一方に病気が入り込んでも、被害を最小限に抑えられる。

サイト1の繁殖農場には、交配豚舎と妊娠豚舎がそれぞれ一棟、分娩《ぶんべん》豚舎が六棟ある。サイト2の肥育農場には離乳豚舎が四棟、肥育豚舎が八棟だ。従業員は社長以下、役員二名、社員五名、パート二名——。

聡美は清水と合流すると、担当の分娩豚舎に向かった。出入り口に置いてある踏み込み消毒槽の消毒液を交換し、長靴を履いたまま足を浸ける。

清水が使用した後、蓋《ふた》を閉めた。紫外線は液に悪影響だ。

二人で分娩豚舎に入った。真ん中に広めの通路があり、豚一頭一頭が尻を向けて房に入っている。房にはそれぞれ飼槽《しそう》がある。

聡美は温度計や風速計をチェックした後、母豚のコンディションや体重を順番に確認していった。

「子豚を育てるのは人じゃなく、母豚です」聡美は清水に説明しながら日課を続けた。「だから母豚をしっかり管理することが最良の子育てなんです」

場長からは『豚をしっかり見ろ』と教わった。豚の仕草から気持ちを察することができて一人前だという。なかなか難しい。自分もまだ豚の見分け方が完璧ではない。

聡美は母豚と子豚への給餌《きゅうじ》を行った。子豚の日齢が若い群れから給餌していく。まずは分娩後一週間のグループからだ。

清水が鼻を摘《つま》みながら言った。

「臭いっすね。この臭《にお》い、慣れますか？」

「慣れますけど、別に慣れる必要はないと思っています。臭いに鈍感になったら、豚舎の汚れも気にならなくなりますから。適度に意識しておいたほうがいいです」

飼料や糞《ふん》が通路に溜まらないよう、常に目を光らせる。アンモニアが充満する前にちゃんと換気した。

場長からは『〝5S〟を忘れるなよ』と口を酸《す》っぱくして言われている。五つのS――つまり、整理、整頓、清掃、清潔、しつけだ。初めて聞かされたときは、『豚をしつけるんですか？』と問い返し、『馬鹿。しつけは社員のことだ。社内の規則をしっかり守れ、って意味だよ』とツッコまれた。

「あの……」清水が飼槽のチェックをしながら言った。「仙石さんは養豚場の仕事、好きっすか？　やっぱり父親が経営者だから自然に就職したんすか？」

彼から質問されることが滅多にないせいで、反応が遅れた。

養豚が好きか――と問われたら、今は『好き』と答えられる。だが、子供のころは違った。実家が養豚場、という事実が大嫌いだった。豚なんて見苦しいと思っていたし、同級生にもよくからかわれた。実際、中学を卒業すると、茨城を飛び出し、独り暮らしをしながら東京の高校に通った。

夏休みや冬休みに帰省したときは、従業員不足だったこともあり、父に懇願されて養豚場を少し手伝った。

不本意ながらも世話していると、豚にも個性があるのだと分かってきた。餌の時間になると、それを認識してすり寄ってくる甘えん坊もいれば、『餌さえ貰えれば別にそれでいい』とばかりにつんけんしている子もいる。人懐っこく誰にでもすり寄る子もいれば、見知らぬ人間には警戒心を剝《む》き出しにする子もいる。

父から『豚はイメージに反して実は綺麗好きなんだぞ』とよく言われた。だが、実際に現場で働くと、それは個体によると分かった。たしかに全体的には綺麗好きだが、中には房を糞尿まみれにし、そこを寝床にしている豚もいる。綺麗すぎると落ち着かないのだろう。

人間と同じだ。一頭一頭に個性がある。

昔は食肉用の家畜としてしか見ていなかった。だが、それは大間違いだった。それぞれ性格も異なり、違いがあるからこそ、畜産は面白いのだと感じた。

積極的に豚の世話に取り組むようになったある日のことだ。甘えてくる愛くるしい一匹を撫でていると、豚が唐突に鼻面を跳ね上げた。一瞬重力が消え、視界が浮き上がった。放《かば》り上げられたと気づいた次の瞬間には、地面に叩き落とされていた。

顔面を庇《かば》った右手首が痛んだ。

顔を顰《しか》めながら豚を見返した。当の豚は、自分のしたことに恐れおののいたように、おどおどしている。

豚のパワーを侮《あなど》っていた。考えてみれば、豚は半年で百キロを超える。四、五百キロ――ホルスタインなら六、七百キロ――に成長する牛ほどではないにしろ、プロレスラー並みの体重を持っているのだから、五十キロそこその女を手毬《てまり》扱いするのはたやすい。

数日、豚舎から遠ざかった。豚が怖かった。

そんな感情を正直に吐露すると、父は決して責めたりせず、頭を撫でるように優しくも真摯《しんし》な口調で言った。

『〝怖い〟という感情を否定する必要はない。恐怖心を忘れたらむしろ危ない。家畜は体そのものが凶器になるから、どんなに好きでも接し方を間違えてはいけないよ』

翌日、勇気を振り絞り、包帯を巻いた手首で再び豚舎に足を運んだ。恐怖心もあって房からは距離を取っていた。それは当の豚も同じで、房の反対側で巨軀《きょく》を縮こまらせるようにしていた。前回の事故を覚えていて、申しわけなく感じているのが分かった。

恐る恐る左手を伸ばした。豚はびくつき、近づいてこようとはしなかった。豚も自分のした行為に怯《おび》えている。

敵意がないことが伝わるように笑顔を崩さず、辛抱強く手を伸ばし続けた。やがて、豚はゆっくり近づいてきて、手のひらに頬をすりつけるようにした。前回の失敗を繰り返さないよう、不必要な力を入れないように注意しているのが伝わってくる。

そのとき、心底、豚が愛おしくなった。仕事としてではなく、豚そのものに興味を抱いた瞬間だった。

それまではずっと進路に悩んでいたものの、ようやく決意した。高校卒業後は、農業系大学の畜産学科に入った。

思えば、父自身、東京の有名な大学に入って研究の分野に進んだ後、農業系大学に入り直して養豚場を祖父から引き継いだ。

聡美は清水に「養豚は好きですよ」と断言した。異色の経歴だ。黙ってうなずいた彼がそれ以上何も言わなかったので、仕事に戻った。

飼料の食べ残しなどがないか、給餌器の死角になっている部分をしっかり調べる。

何頭か、飼槽が唾液《だえき》で濡《ぬ》れ光っていた。

「……飼料が足りないみたいですね」

「え？　何で分かるんすか」

「飼槽がピカピカなのは、飼料が足りなくて綺麗に舐《な》めたからです。飼料が底にほんの少し残っているくらいがベストなんです。満腹の証ですから」

最後に通路を掃除すると、一通り豚の様子を見てから分娩豚舎を出た。長靴を履いた足を踏み込み消毒槽に浸け、底に敷かれた目の粗《あら》い人工芝に靴底を擦りつけて糞尿などを落とす。

管理棟で〝シャワーアウト〟すると、作業服と帽子と手袋を洗濯機に突っ込んだ。着替えて事務所に戻って昼食を摂《と》り、休憩する。午後になると、再び管理棟で〝シャワーイン〟して作業服に着替え、分娩豚舎に向かった。給餌を行った後は通路を丁寧に掃除し、見落としがないか環境をチェックする。それから四度目のシャワー。

感染対策は欠かせない。

事務所に戻ると、週ごとの予定分娩腹数と予定離乳頭数を確認し、豚房の洗浄と消毒の予定を立てた。

電話が鳴ったのはそんなときだった。

受話器に一番近かった聡美が応対した。

「はい、『仙石養豚』です」

「動物の命を奪うな！」

鼓膜を破りそうなほどの怒声が耳を打った。心臓が飛び上がり、受話器を取り落としそうになった。相手の声は事務所内の全員に漏れ聞こえたらしく、従業員や清水の視線が一斉に集まる。

「お前らは豚を殺してるだろ！」

貼り紙の主かもしれない。

「……どちら様ですか」

「誰だっていいだろ。動物愛護を訴えてる団体の者《もん》だ。お前らは豚を殺してるよな？」

今朝の苛立《いらだ》ちが再燃し、負けん気がむくむくと湧き上がってくる。だが、努めて感情を抑えながら答えた。

「私たち養豚場は生産者として、豚を育てて、出荷しているんです」

「だったら何だ！　殺すために家畜を育ててんだろうが！」

「私たちは豚の健康に注意して、大切に育てています。たしかに食肉ですが――」

「言いわけするな！　家畜だから殺していいのか？　犬なら？　猫なら？　同じこと

をするのか！　しないだろ！　お前らは無意識に〝種〟を差別してんだよ！」

冷静かつ論理的に受け答えすればするほど、電話の相手は攻撃的な感情を剝き出しにした。聞き取るのも困難なほどの早口で罵詈雑言《ばりぞうごん》をまくし立てる。

聡美は鼓膜を守るために受話器を三十センチばかり耳から遠ざけていた。それでも声は充分聞こえてくる。

先輩従業員が小声で「大丈夫か？」と訊《き》いた。聡美は眉根を寄せ、無言でかぶりを振った。大丈夫じゃない、という意味ではなく、お手上げです、という意味を込めて。心の声は伝わったらしく、先輩従業員は苦笑で応えた。

電話の主は一通り怒鳴り散らしたすえに、「聞いてんのか！」と叫んだ。

「いいか、お前らを差別主義者《レイシスト》のリストに載せたからな！　社会的に終わるぞ！　拡散されたくなかったら、ただちに悔い改めろ！」

相手は〝差別〟という言葉を他人を殴るための無敵の棍棒《こんぼう》にし、ぶんぶん手当たり次第に振り回している。

「――で、これは脅迫なんですか？」

きわめて無感情に問うと、向こうは言葉に詰まった。

「こ、抗議だ！　抗議は言論の自由だろ！」

相手は身勝手な理屈を叩きつけると、聡美が反論する前に電話を切った。思わずため息が漏れる。

「何なんでしょ、この人……」

「活動家なんだろ」先輩従業員は呆《あき》れ顔をしていた。「全国の養豚場に抗議すんのが仕事かな？　気楽でいいよな。普通の人間は毎日毎日、汗水垂らして働いてんのにさ」

「本当本当」年配の従業員が言った。「世の中にはさ、気に食わないものを探し回ってはクレームを入れる、なんて非生産的なことを生き甲斐にしてる人間がいるんだよ」

「迷惑な話ですよね」

全員が同調してうなずく。だが、言いがかり同然の抗議電話や貼り紙の存在は、和紙に一滴の墨汁を落とすように、『仙石養豚』の中に黒いシミを広げつつあった。

2

早朝に目を覚ました聡美は、身支度をすませた。『仙石養豚』から徒歩五分の場所にある実家で暮らしている。父は先に出勤しているため、朝食は母と二人きりだ。

食事を終えた後、庭に出ると、木造の犬小屋から柴犬のリュウが顔を出した。白い毛並みが美しく、左巻きの尾を振っている。まだ子犬だから小さい。

「はーい、ごはんだよー」

ドッグフードを差し出すと、リュウはボウルに鼻先を突っ込み、美味《おい》しそうに貪《むさぼ》りはじめた。

リュウの頭を優しく撫でるうち、昨日の抗議電話の内容が蘇《よみがえ》ってくる。

——お前らは無意識に〝種〟を差別してんだよ！

養豚場では豚を家畜として飼育し、食肉として出荷している。しかし、犬や猫に同じことはしない。それは当然だと思っていたから、理由など今まで考えることもなかった。

豚と犬の違いは何だろう。家畜かそうでないか？　しかし、外国には犬を食用にする国もある。自分が犬の解体現場に立ち会ったら卒倒するかもしれない。それは〝種〟の差別なのだろうか。

分からない。答えが出せない。

聡美はリュウが食べ終えるのを見守った。ボウルを片付けてから『仙石養豚』に向かう。

自分は誠心誠意、一生懸命、豚を飼育する。それだけだ。

今日も一日頑張ろう、と内心で気合を入れる。

事務所に顔を出すと、父がガラステーブルを挟んで荒巻社長と向かい合っていた。

二人共革張りのソファに腰掛けている。荒巻社長は隣の『荒巻養豚』の経営者で、六十三歳の父と同年代だ。父と違って額《ひたい》が広く、白髪も目立つものの、皺《しわ》は少なく、顔だけ見れば四十代でも通じそうだった。

「おはようございます」

聡美は荒巻社長に挨拶した。彼は眉尻を下げた顔で「やあ、聡美ちゃん……」と弱々しく笑った。普段の生気に満ちあふれた姿とは別人のようだった。よく観察すれば、頰《ほお》が少しこけている。

「どうかされたんですか？」

荒巻社長が言いづらそうに後頭部を掻《か》いた。

代わりに父が答えた。

「経営がヤバイらしい」

聡美は驚きの声を上げた。

荒巻社長が苦々しい顔を見せた。

「ほら、二ヵ月前の豚流行性下痢《PED》騒ぎ。うちで発生したの、情報が県から回ってきてるだろ。半数の離乳豚が死んで、大打撃でね。今年は産子数も離乳頭数も少なくてさ。収益が苦しいのに……成績は悲惨だ」

感染経路は様々だ。豚が病原体を持ち込んだり、従業員や訪問者、物品、乗り物、野鳥、害獣などが病原体を持ち込んだり――。一頭がやられると、豚同士の〝水平感染〟や、親から子への〝垂直感染〟で一気に広まる恐れがある。

荒巻社長は頭を抱え込んだ。

「大金で新設備を導入したばかりだから、この成績じゃ大赤字だよ」

タイミングが悪すぎる。荒巻社長は痛々しかった。たぶん、口ぶりの何倍も深刻なのだろう。自転車操業を続けていると、歯車が一つ狂っただけで農場が潰れることもありうる。

荒巻社長は悲痛な表情を浮かべ、父を見た。

「仙石さんも気をつけなよ」

「……もちろん気をつけてるさ。なあ、聡美」

「うん」

とはいえ、どれほど感染対策を徹底しても疾病はゼロにできない。だからこそ、MD《ミニマル・ディジーズ》——疾病を最小限に抑えるの意——が大事になる。

荒巻社長は湯呑みに一度も口をつけず、立ち上がった。

「忠告まで、な」

彼が背を向け、事務所のドアノブに手をかけた。座ったまま父が声をかける。

「なあ、本当は何か助けを求めに来たんじゃないのか？」

荒巻社長は背を向けたまま答えない。

「わざわざ周知の事実を伝えに来はせんだろう」

荒巻社長は耐え忍ぶような間を置いてから、ゆっくり振り返った。諦念《ていねん》混じりの微笑だ。

「いや、深読みするな、仙石さん。あんたんとこも、いっぱいいっぱいだろう？」

「まあ、それは——な」

父は苦笑いしながら頰を掻いた。

「うちはうちで何とか頑張るよ。じゃあな」

荒巻社長は背を丸めたまま事務所を出て行った。

ドアが閉められると、聡美は父に言った。

「荒巻社長、つらそうだったね」

「……ああ。向こうはツーサイトじゃないから、被害が甚大だ。うちも気をつけんとな。聡美、今日は分娩だろ」

「うん。改めて気を引き締める」

聡美は気合を入れ直し、事務所を出た。外柵の前に荒巻社長の姿があった。一緒にいるのは――パートの清水だ。何を話しているのだろう。

近づくと、荒巻社長は聡美に気づいた。だが、一瞥《いちべつ》しただけで清水に向き直った。

「――清水君、ここで働いているのか」

清水は無言で顎《あご》を下げるような辞儀をした。

「悪かったね。今年の収益を考えたら従業員を削るしかなくてさ」

「いえ……仕方ないです。子豚があんなことになったら。僕の管理責任です」

「いやいや」社長はかぶりを振った。「別に清水君のせいだと思ってクビを切ったわけじゃないんだよ。誤解しないでほしい。君は充分やってくれていたよ。そもそも、感染したのは離乳豚舎に移してからだったろ。清水君の担当じゃないし、必要以上に責任を感じることはないんだよ」

「でも――」

荒巻社長は清水の肩を摑《つか》み、心底申しわけなさそうに言った。

「清水君はまだ勤めて一年未満だったし、その……他の従業員より日が浅いって理由でさ……」

清水は曖昧《あいまい》な表情で応じた。

荒巻社長が聡美のほうを向いた。

「まあ、そんなわけだからさ、清水君がここで雇われてよかったよ。ずっと気にしててさ」

荒巻社長は一方的に「彼をよろしく頼むよ」と言い残し、『仙石養豚』を去って行った。

二人きりになると、聡美は清水に話しかけた。

「清水さん、『荒巻養豚』で働いていたんですか？」

「……はい、まあ」

「どうして面接のときに話さなかったんですか。経験者じゃないですか」

清水はうつむいたまま、相変わらずぼそぼそと答えた。

「離乳豚舎で子豚の半数が病気になったんです。荒巻社長はああ言ってくれますけど、俺の担当の分娩豚舎で何かあったかもしれないじゃないっすか。豚の病気で解雇されたなんて知られたら、雇ってもらえないと思って……。俺、豚が好きですから、どうしても養豚場で働きたくて」

彼の語りに胸が詰まった。根暗っぽくて話しにくいから、という個人的な理由で距離を取っていた自分を恥じた。とはいえ、謝るのも失礼な気がして、何も言えなかった。

先に口を開いたのは清水だった。

「豚舎に行きましょう」

相変わらずの暗い声だったが、意欲を感じた。

二人で管理棟に入ると、聡美は〝シャワーイン〟で普段以上に感染対策を徹底し、作業服に着替えた。分娩豚舎の前でいつもより丁寧に消毒槽で長靴を消毒する。

すでに分娩を経験している経産豚だから、過去の記録を調べればおおよその分娩予定日が導き出せる。

聡美は清水と合流し、分娩豚舎のチェックを行った。ニップル型給水器から一分あたり一リットルの水が出ているか、飼槽や分娩柵やスノコに汚れは付着していないか、温度は適切か――。

何より注視したのは母豚の〝分娩兆候〟だった。前足や鼻先で床を掻く〝巣作り行動〟をしている豚がいる。

聡美は母豚の乳頭を軽く摘んだ。ピューッと乳が噴射する〝射乳《しゃにゅう》〟があった。乳が滲《にじ》み出る程度の〝泌乳《ひつにゅう》〟と違い、数時間以内に分娩がある兆候だ。

「……清水さん、房のチェックをお願いします」

経験者なら任せても大丈夫だろう。

清水は無言でうなずき、端の房へ向かった。聡美は逆側から順に房を確認した。マットを三枚並べ、ヒーターを点灯させる。

やがて、一頭が破水した。外陰部からは、粒状の胎便混じりの粘液が漏れ出てくる。

子豚の誕生の瞬間だった。

「ほら、清水さん、急いで急いで!」

聡美は清水を呼び立てた。

豚の妊娠期間は百十五日ほどで、一頭が平均十二、三頭の子豚を産む。出産後に一番大事なのは〝初乳〟だった。

二人で協力して子豚たちを保温箱に入れ、母豚の〝初乳〟を飲ませていく。

豚は人間と違い、胎盤《たいばん》を介《かい》して免疫《めんえき》を受け継ぐことができない。生まれたばかりの豚は病原体に対して無防備なのだ。だが、〝初乳〟には免疫抗体が含まれているため、それを飲むことにより、子豚は初めて免疫を得られる。

迅速《じんそく》に行動するのにはわけがあった。免疫抗体が含まれる〝初乳〟が母豚から出ているのは、出産から二十四時間しかない。しかも、子豚のほうでは、生まれてから三時間以内なら抗体吸収能力が百パーセントなのに対し、三時間後以降は約五十パーセントに落ち、九時間が過ぎるころには十パーセント以下になってしまう。授乳は時間が勝負なのだ。

半数ずつ、小さな子豚たちから授乳させる〝分割授乳〟で均一に〝初乳〟を飲ませていく。きちんと飲んでいるかどうかの確認は怠《おこた》らない。

この日は普段以上に大忙しだった。

翌日は翌日で、大事な作業がある。初生子豚の処置だ。聡美は銃形の連続注射器やニッパー、ボウル、消毒液、アルコール綿など、必要な道具を分娩豚舎に持参した。各種処置は、母豚から免疫を充分に貰っている生後一日から一日半のあいだで行わなければならない。

聡美は子豚の総産子数を確認し、体重を測定し、記録した。そして子豚を取り上げ、連続注射器で鉄剤と抗生物質を注射した。注射針は一腹ごとに交換する。

次は〝耳刻〟だ。子豚の右耳と左耳に耳刻ニッパーで切り込みを入れるのだ。切る位置により、生まれた週と腹ナンバーが識別できるようになっている。

聡美が子豚の耳に耳刻ニッパーをあてがうと、真横で覗《のぞ》き込んでいた清水が顔を顰め、上半身を引いた。

「『荒巻養豚』でも経験しているんでしょう?」

「……いえ。処置は先輩が。俺、どうしてもできなくて」

「処置を覚えないと、分娩豚舎の仕事はできませんよ」

「仙石さんは平気なんすか、耳」

「私も初めてしたときは手が震えましたけど、ためらってたら余計な痛みを与えちゃうんで、慣れですね」

〝耳刻〟が終わると、〝断尾〟だ。電熱ニッパーを使い、子豚の尻尾を焼き切るのだ。

「……見てられないっす」

清水が目を逸《そ》らした。

「清水さん。豚に愛情を持つのは大事なことですけど、これは必要な処置ですから。尻尾が長いままだと、齧《かじ》られたりして細菌感染してしまうんです」

多くの養豚場で行われる〝歯切り〟も、子豚が母豚の乳頭を噛んだりして授乳を拒否されないよう、行う処置だ。家畜として育てる以上、何らかの処置が必要なのは牛も同じで、牛の場合は角を矯める。人間を守るためだけではなく、牛同士が尖《とが》った角で傷つけ合うのを防ぐためでもある。

「でも――」

清水は恐る恐るという顔で処置を見守っていた。〝耳刻〟や〝断尾〟に耐えられないなら、最後の処置は――。

聡美は子豚を逆さまに持ち、睾丸《こうがん》をアルコール綿で消毒した。そしてメスを入れ、下腹部を指先で押して睾丸を飛び出させる。精管ごと抜き出す〝去勢《きょせい》〟だ。仕上げは、刺激が少ないポピドンヨードで切り口を消毒する。

清水はもう見ていなかった。

男には余計に抵抗があるのかもしれない。だが、先輩従業員は子豚にストレスを与えないよう、いつも迅速に処置していく。清水が人一倍繊細なのだろう。

清水が視線を外したまま言った。

「欧州じゃ、去勢しない育て方も普及しているそうっすよ」

〝去勢〟しなければ肉質が悪くなり、〝雄臭〟もある。そういう豚肉は食肉卸市場で〝並〟以下のランクにカテゴライズされてしまう。高品質の美味しい豚肉を食卓に届けるには、必要な処置だった。

肉をランク付けするなんて——という批判も耳にするが、養豚業者としては、食肉として出荷している以上、いい評価を付けてもらいたかった。経営のためだけではない。豚のためにも。

肉の評価が悪いと、その親の評価も悪くなり、他の親豚と入れ替えられてしまう。母豚と父豚に愛情を持っているからこそ、いい肉を育てたいのだ。

清水は最後まで手伝えなかった。

午後からは隣の分娩豚舎を見に行った。房には出産を控えた母豚が勢揃《せいぞろ》いしている。乳頭を摘むと、〝泌乳〟だった。〝射乳〟ではないから分娩は翌日以降だ。ひとまず、今日出産する母豚はいなさそうだ。

給餌量などをしっかり確認し、分娩豚舎を出た。申し送りを含めた事務的な作業をこなしてから帰宅する。

養豚場で働き続けるなら、清水ももう少しタフになってもらわなければ、と思う。

聡美は、次の出産を楽しみにしながら床に就いた。

異変に気づいたのは翌朝だった。分娩豚舎の母豚たちの様子が何か変だった。違和感がある。だが、それが何なのかは分からなかった。

「清水さん、何か——感じません？」

清水は房を見回しながら首を捻《ひね》った。

「さあ。何も分からないっす」

「ほら、説明は難しいけど……」

聡美は通路を歩き、母豚を一頭ずつ観察して回った。そして違和感の正体に気づいた。

「分娩兆候が——見られません」

「え？　何すか？」

「見てください」

母豚の外陰部に変化はなく、神経質な仕草も見られない。乳頭を摘んでみると、〝射乳〟はおろか〝泌乳〟もなかった。

「清水さん、お父さんを——社長を呼んで、ついでに診断装置を持ってきてください」

彼は理解する間を作るように一瞬ためらった後、すぐさま分娩豚舎を出て行った。〝シャワーアウト〟と〝シャワーイン〟が必要だから、戻って来るまで結構な時間がかかった。聡美は通路を行き来し、焦燥感と共に待った。

清水に連れられた父が現れた。

「何があった?」

声音には緊張が滲み出ている。

「うん、ちょっと待って。確認する」

聡美はケースを受け取り、豚用超音波画像診断装置を取り出した。コードが繋《つな》がったマイク形のプローブを母豚に近づけると、大きめのスマートフォンのような本体に胎内が映る。

「き、気をつけて使えよ……」

父が心配そうに声をかける。七十万円もする機器なのだから当然だ。

しかし、落ち着いて操作している余裕はなかった。母豚を一頭、二頭、三頭——と診断していく。

聡美は動転した心臓を作業服の上から押さえながら、振り返った。発する声はかすれていた。

「胎内から子豚が——消えてる」

3

父は「は？」と顔を顰めた。「何を馬鹿な……」

「本当だってば。見てよ」

聡美は豚用超音波画像診断装置の本体を手渡し、プローブで母豚の体をなぞるようにした。

「どう？」

「……たしかに一頭も見当たらんな」

「でしょ」

聡美は本体を受け取ると、順番に固有の耳刻を確認しながら母豚を調べた。分娩豚舎の十頭の胎内から子豚が消えていた。

なぜ？

理解できない状況に思考回路が麻痺《まひ》する。

妊娠が間違っていた？　いや、ありえない。画像診断でも胎内で子豚が動いていた。

昨日まで〝泌乳〟もあった。それなのに一夜明けたら胎内から赤ちゃんが消えている。

なぜ？　なぜ？

見落としや見間違いでないとしたら、母豚たちが深夜に出産してしまい、誰かが子豚たちを連れ去ったとしか考えられない。だが、百頭以上の子豚をどうやって？

後産——分娩後に胎盤などが排出されること——もない。放置すると稀《まれ》に母豚が食べてしまうケースもあるが、十頭の胎盤が全く見当たらないということが果たしてあるだろうか。出産時の血すらない。犯人は痕跡を丁寧に消したのか？

「ねえ、お父さん。一体どうなってるの？」

父は房の母豚を撫でると、かぶりを振った。

「分からん」

「子豚たちが連れ去られたの？」

頭の中に真っ先に浮かび上がったのは、『ＡＳＧ』という貼り紙の署名だった。抗議電話の主と同一人物かは分からないものの、その犯人——または犯人たち——が実力行使に出たのではないか。

そういえば、欧米などでは、動物実験に反対する過激な愛護団体が大学や病院、研究所などに忍び込み、実験動物を〝救出〟しているという。ニュースでしばしば報じられている。

「警察に通報すべきじゃない？」

父は腕組みし、渋面でうなっている。

「……事を荒立てる前に状況を把握しよう」

状況——か。

分かっているのは、深夜のうちに母豚たちの胎内から子豚が消失したことだけだ。

それにしても、なぜ子豚だけ？

母豚たちを全て連れ去るのは不可能だから、せめて持ち運びしやすい子豚たちだけでも——ということか。いやいや、むしろそのほうが難しいのではないか。

子豚たちに〝初乳〟を与える制限時間の関係で、分娩兆候は念入りに確認していた。深夜に生まれる可能性はきわめて低かった。犯人たちは母豚の胎内から無理やり引きずり出したのだろうか。

〝初乳〟——！

聡美ははっとした。生まれた子豚たちに犯人が〝初乳〟を飲ませたとは思えない。わざわざ何時間もそんな作業をしていたら、発見されるリスクが大きくなる。ならば、子豚たちは病原体に対する免疫を持たないまま、無防備で連れ去られたことになる。大変だ。あっという間に病気に感染し、全滅してしまう。

その危惧《きぐ》を父に伝えた。父の顔が歪む。苦悩の翳《かげ》りが表情に表れた。

犯人は正義感で子豚を連れ出したのかもしれないが、豚に無知ならその正義感が子豚たちを殺してしまう。

「ねえ、どうするの？」

「どうもこうも、状況も分からんうちに警察沙汰《ざた》はまずい」

「でも、子豚の免疫が……」

「連れ去られたのが深夜だったら、通報して、捜査して、犯人を突き止めても、間に合わんぞ」

「〝初乳〟は二十四時間は出るし、子豚だって吸収率は下がるけど、まだ可能性はあるはず」

「犯人が外に連れ出したなら、子豚はすでに清潔な環境にはいない。手遅れだ」

聡美は言葉に詰まった。父の言うとおり、抗体も持たず無防備で外界に触れていたら、今ごろは何らかの菌に感染している可能性は高い。

連れ去られた子豚たちはもう——。

聡美は拳《こぶし》を握り、奥歯を嚙み締めた。

父が髪の毛を掻き毟《むし》る。

「参ったな……」

「警察には通報しないつもり？」

「……言ったろ。状況の把握が先だ」

父の緊張の面差《おもざ》しと直面し、聡美ははたと気づいた。父は内部犯の可能性も考えているのではないか。通報して事が大きくなれば、当然、ニュースにもなるだろう。脅迫的な貼り紙や電話に悩まされていた養豚場から百頭を超える子豚が一夜で消えてしまう――。それはセンセーショナルな話題だ。

大騒ぎした結果、従業員の仕業だったり、何かの手違いだったりしたら、『仙石養豚』が受けるダメージは計り知れない。〝初乳〟の効果がある数時間以内に解決する見込みがない以上、経営者判断としては間違っていない。

一生懸命豚たちの世話をしていた従業員としては、子豚たちの安否が一番気がかりだが……。

「あの」聡美は清水に訊いた。「何か気づいたことはありませんか。不自然さとか」

清水は困惑顔で視線を逃がした。

「俺に訊かれても……分かんないっす」

「何でもいいんです。これは突発的な犯行じゃないと思います。分娩豚舎がどこにあって、母豚がどれくらいいて、どう連れ去るか、あらかじめ計画を立てなきゃ、こんなに手際よく実行できないはずですから」

自分で説明しながら頭の中で状況が整理されていく。

計画的犯行——。

そう。この手並みは衝動的な犯行ではない。

聡美は分娩豚舎から出ると、出入り口の鉄扉を調べた。鍵がこじ開けられた形跡はない。つまり、内部に協力者がいる？　あるいは、あらかじめ侵入した際に鍵を入手し、合鍵を作っておいた？　いずれにしても用意周到だ。

養豚場で働く全員は身内同然だ。身内を疑いたくはない。だが、状況的には協力者が必要だ。

聡美は分娩豚舎に戻ると、無意識のうちに清水から視線を外している自分に気づいた。

『仙石養豚』の中で一番日が浅いのが彼だ。怪しいと言えば怪しい。だが、豚への愛情を語った清水の口ぶりは真摯だった。あれが演技だったとはとても思えない。

では誰が？

先輩従業員の中の誰かなのか。まさか、と思う。『仙石養豚』で誠実に働いている従業員が子豚の連れ去りに関わるはずがない。もしかしたら――騙《だま》されたか、弱みを握られたか。

可能性はある。

「お父さん、みんなには話すんでしょ？」

父はしばし思案した後、うなずいた。

「そうだな。隠し通せるもんでもないしな」

従業員たちは事務所に貼り出してある予定表で全ての頭数や受胎率、分娩率を共有し、離乳豚舎に移す時期など、しっかり計画を立てて作業している。子豚の消失は隠せない。

聡美は集中力が散漫になりそうな状況の中、気持ちを切り替えようと努め、午前中の日課をこなした。本音では子豚を探し回りたいが、他の豚たちの世話を怠るわけにはいかない。健康チェック、給餌、清掃――。どれも大事だ。

昼食の時間になると、全員で事務所に集まった。父は空咳《からぜき》をし、面々を見回しながら、分娩豚舎の母豚十頭の胎内から子豚が消失した事件を話した。

全員が目を剝き、立ち尽くしていた。

「な、何ですか、それ」先輩従業員は顔を引き攣《つ》らせていた。「胎内から？」

父が顰めっ面のまま、「ああ」と静かにうなずく。

「いやいや、ありえないでしょ」先輩従業員は白壁に貼られた予定表を眺め、その箇所を突っついた。「分娩予定日は数日先ですよ。どうやって胎内から取り出すんですか」

場長が口を開いた。

「分娩を早める方法なら――あるだろ」

先日のように早朝に生まれてくれればいいが、豚の分娩は夜間が多いため、作業が深夜に及んで従業人の負担が増える。そういうとき、人為的に分娩のタイミングを調整するのだ。

方法は色々ある。たとえば、子宮頸管《けいかん》の弛緩《しかん》を促《うなが》すエストリオールと脳下垂体後葉《のうかすいたいこうよう》ホルモン剤のオキシトシンを筋肉注射すれば、子宮収縮と陣痛が促進される。それでも効果がなければ、陰部から産道に手を突っ込み、子豚を引っ張り出す。

「犯人は専門知識がある人間ってことですか」

先輩従業員が独りごちるように言った。場長が慎重な顔つきでうなずく。

そう、鮮やかな手口を見れば一目瞭然《りょうぜん》だ。犯人は――いや、一人では到底実行できないから複数犯だろう――、深夜に分娩豚舎に侵入し、分娩を早めて子豚たちを取り出し、連れ去ったのだ。

「あのう……」清水が口を開いた。「農場を一応調べたほうがいいんじゃないっすか」

場長が「そうだな」とうなずく。

全員で分担を決め、『仙石養豚』の農場内を調べ回った。午後の仕事時間まで、あらゆる場所を確認した。だが、子豚は見つからなかった。やはり、犯人たちが連れ去ってしまったのだ。目的が子豚の〝救出〟なら、養豚場に置き去りにはしないだろう。

警察には通報せずに様子見をする、という事なかれ主義的な父の判断には釈然としない思いが残るものの、犯人たちの目的や動機を推測するしかない現状、仕方がない面もあるのかもしれない。

聡美は午後からまた豚の世話に戻った。

4

母豚たちの異変に気づいたのは、子豚の消失事件から六日が経ったある日の午前だった。子豚を失った十頭の母豚たちが飼料を半分以上残し、食べる意思すら示さなくなった。

〝乳房炎〟や〝子宮炎〟を発症した可能性もある。

　聡美は何とか動揺を抑えながら、母豚たちを診た。乳房に触れ、熱かったり硬かったりしないか、調べた。豚たちは特に痛がる様子もない。〝乳房炎〟ではなさそうだ。子宮にも異常は見当たらない。おそらく、〝子宮炎〟でもない。

　豚の体に触れるうち、熱に気づいた。慌てて測ったら、四十度から四十一度だった。豚の平熱は三十八度台だから、これはかなりの発熱だ。

　やがて、豚たちが嘔吐《おうと》や下痢《げり》をしはじめた。

「大変——！」

　嘔吐を伴った下痢は、豚伝染性胃腸炎《TGE》か豚流行性下痢《PED》の症状だ。ウイルス性だからあっという間に農場全体へ広がりかねない。

　聡美は清水と協力し、即座に患畜を隔離豚舎に移した。途中から〝サイト1〟の交配豚舎で働く先輩従業員も手伝ってくれた。〝サイト2〟で働く従業員たちは、農場同士の移動でも〝シャワーアウト〟してから〝シャワーイン〟しなければならず、駆けつけてくれたころには大半を隔離し終えていた。

　一段落すると、場長が額の汗を拭《ぬぐ》いながら訊いた。

「何があった？」

聡美は下唇を嚙んだ後、首を横に振った。

「……分かりません。豚たちの様子がおかしくて。病気です」

「まずいな。各所に連絡だ」

豚に異常を発見したら、家畜保健衛生所や家畜診療所など、関係機関に連絡しなければならない。速やかな病性鑑定が大事だ。

「清水君、頼む」

清水が「はい」と応じ、事務所のほうへ駆け去っていく。

待っていると、清水に連れられて父がやって来た。二人の背後には——三浦拓馬《みうらたくま》の姿があった。日焼け気味の肌に汗を搔いている。彼は幼馴染《おさななじみ》で付き合いが深く、大学卒業直前に水難事故で両親を亡くしてからは、聡美の両親から息子同然に扱われている。と畜検査員だ。食肉衛生検査所に勤務し、家畜に病気がないか、一頭一頭検査する。

市場に出回る食肉は、何重にも安全性が徹底されている。生体検査で異常が見つかればとさつを禁じ、解体前検査で異常が見つかれば解体を禁じる。そこで合格しても、解体後は頭部、内臓、枝肉を検査し、食用に適さないと判断されれば破棄される。

拓馬は食の安全を守る番人だった。

「拓馬君……何であなたが？」

拓馬はきらめく汗を拭おうともせず、聡美に答えた。

「たまたま近くまで来たんだけど、おじさんから一大事だって聞いて。患畜は？」

「隔離豚舎に」

「そっか。症状は？」

「食欲不振、四十度以上の発熱、嘔吐、下痢」

拓馬の顔が深刻な色合いを帯びる。

「……ウイルスが原因の可能性が高いな」

「感染対策は怠らなかったのに……」

『仙石養豚』でも、他の多くの農場と同じくしっかりワクチネーションプログラムを組んでいる。ワクチン接種によって疾病を防ぎ、大打撃を避けるためのプログラムだ。病気を百パーセント防げるわけではないとはいえ、なぜこんな事態になるのか。感染対策など考えもしない犯人たちの侵入が原因ではないか。汚い手で無理やり分娩させたせいで――。

拓馬は同情するようにうなずくと、率先して農場へ向かった。聡美は管理棟で〝シャワーイン〟し、作業服に着替えた。拓馬は一足早くシャワーと着替えを済ませ、隔離豚舎に入っていた。すでに患畜を診察している。

と畜検査員は公務員だから、本来、幼馴染とはいえ、特別扱いはできない。今回は、病気が発覚して蔓延《まんえん》の可能性がある緊急事態だから、手助けしてくれているのだ。

感染している豚たちは、苦しげに横たわり、ときおり嘔吐や下痢をしていた。房には黄土色の吐瀉《としゃ》物があふれている。饐《す》えた悪臭が鼻をつく。

父が「どうだ？」と心配そうに訊いた。

「……しっかりした検査が必要でしょうけど、やっぱりウイルス性の病気でしょうね」

「荒巻さんのとこと同じで、ＰＥＤの可能性はないかな」

豚流行性下痢は届出伝染病に指定されている。全ての日齢の豚に発症する。若いほど症状が重く、特に哺乳豚は高確率で死亡する。人には感染しない。

「で、でも――」聡美は口を挟んだ。「成豚はＰＥＤを発病しないことも多いでしょ？」

拓馬が豚を診ながら答えた。

「たしかにそうだけど、繁殖母豚なら分娩後数日以内に哺乳豚と共に発症することが多いよ。成豚より重い症状が出る」

聡美は拓馬の横に立った。

「……感染を何とか最小限に抑えなきゃ」

PEDなら急性型TGEに比べたら感染の拡大が遅いから、隔離が迅速だったなら食い止められるだろう。

豚舎を消毒し、空舎期間を設けてウイルスを死滅させるしかない。農場に蔓延したら大打撃だ。

「とにかく――」拓馬は立ち上がった。「専門家の到着を待ったほうがいいと思う。豚舎の消毒なら手伝うよ」

「ありがとう」

聡美は隔離豚舎を出ると、管理棟で再びシャワーを浴びた。分娩豚舎は六棟あるから、手分けして消毒することにする。

消毒槽で念入りに長靴を消毒してから、豚舎に入る。遅れて清水もやって来た。

「残った豚は守らなきゃ」聡美は彼に言った。「よろしくお願いします」

清水は「はい」と小さく答え、奥に向かった。その後ろ姿を眺めながらふと違和感を覚えた。

何だろう。

視界が捉《とら》えた〝何か〟が頭の中に引っかかっている。だが、それが何なのかが分からない。消毒をはじめる彼の姿を見つめ、違和感の正体を探ろうと努めた。

遠目に全身を観察した後、視界を自分のほうまで手繰り寄せる。通路にあるべきものが見当たらなかった。

靴跡――。

そう、豚舎に入ったばかりなら存在する靴跡がない。

聡美は自分の足元を見た。長靴の跡がうっすら残っている。消毒液に浸した直後なのだから当然だ。しかし、彼の歩いた場所に濡れた足跡は一切なく、代わりに土粒が散っている。

なぜ？

清水は消毒槽で長靴を消毒していない？

ウイルスの蔓延が問題になっているこの状況で、消毒の大切さが自明なのに消毒槽を使わないなどありうるだろうか。善意で解釈すれば、清水自身、現状にパニックになっていて、うっかり失念しただけかもしれない。

だが、出入り口の目の前に置かれている消毒槽を見逃す可能性など皆無に近い。

意図的だとしたら――。

「清水さん……」

聡美が声をかけると、清水は怪訝《けげん》そうな面持ちで振り返った。

長靴はちゃんと消毒した――？

尋ねる台詞《せりふ》は喉《のど》の奥に絡まり、口からは出てこなかった。胃の辺りに氷の塊が居座った感じがする。

「何すか？」

聡美は首を横に振った。

「何でもないです」

二人で協力しながら分娩豚舎を消毒するあいだも、頻繁に清水を目で追ってしまう。

長靴を消毒しなかったのは意図的なのか、度忘れなのか。

消毒が終わると、聡美は「先に行ってます」と分娩豚舎を出た。消毒槽で長靴を洗った後、豚舎の陰に身を潜めた。そして――清水が出てくるのを待つ。

五分後、清水が鉄扉を開けた。彼は警戒するように周囲を見渡すと、消毒槽を飛び越えた。まるで、槽の中に濃硫酸でも満ちているかのように――。

5

聡美は壁の角を握り締めるようにしたまま、身動きできなかった。心臓は肋骨《ろっこつ》が痛いほど高鳴り、額から脂汗が滲み出る。

清水は――故意に消毒を避けた。その行為の意味するところは一つしかない。

「清水さん！」

聡美は衝動的に飛び出していた。足音に振り返った清水は、目を剝き、硬直していた。農場のど真ん中で向き合う。

「な、何すか」

表情こそ平静を装おうとしていたものの、声には動揺が忍び込んでいた。

「それ――」聡美は彼の長靴を指差した。「消毒してないですよね」

口にし、身構えた。

清水の目が泳ぐ。

「変な言いがかり、つけないでくださいよ。消毒は徹底してますよ」

「……嘘。消毒液の靴跡がないから、何日も前から監視してたんです」

薄皮を剝がすように清水の顔色がさっと変わった。まばたきの回数が増え、汗の量も多くなった。

「どうしてそんなことを？　豚が病気に感染するリスクが高まるのは明らかですよね」

推測の内容が確定事項のように追及した。清水の表情は今や追い詰められていた。握り固めた拳を震わせている。

「豚を病気にしたかったんですか」

清水は嚙み締めた唇の隙間から吐き出すように、言った。

「打撃を与えるための犠牲だ」

今までのおどおどした敬語は消え失《う》せ、声はぶっきら棒な攻撃性を帯びている。

「打撃って――うちに？」

「豚や牛を出荷している連中だ。動物の犠牲をなくすには、牧場や養豚場を潰すしかない」

「……最初からそのつもりで？」

「ああ。俺はＡＳＧの実行部隊だ」

「ＡＳＧ――？」

「反種差別集団《アンチ・スピーシスト・グループ》だ。人間を頂点にして動物を下に見る、種差別主義者《スピーシスト》を絶対に許さない集団だ」

ＡＳＧが何の略語なのかようやく分かった。

「動物は何をされても拒否できない。だから俺たちは喋《しゃべ》れない動物の代わりに声を上げているんだ」

「まさか貼り紙もあなた？」

清水が冷笑で応えた。

愕然《がくぜん》とした。清水は――自分の正義を盲信する過激な動物愛護主義者だったのだ。なぜ気づかなかったのか。脅迫的な電話の主は仲間だろう。

豚が好きだ、と語った清水の愛情には、歪んだ狂気があったのか。真摯な響きを帯びていたから、言葉どおりに受け取ってしまった。性格は暗くても、本気で豚を愛しているのだ、と。

「そのためにわざと感染対策を怠ったんですか。いつかウイルスに感染して豚が病気になるように。養豚場が打撃を受けるように」

「そうだ」

「まさか、『荒巻養豚』の子豚たちも？」

「分娩豚舎を一人で担当できたからな。〝初乳〟を与えなかったら、一斉に感染した」

「なんてひどい……」

「ひどい？　ひどいのはどっちだ！」清水はとたんに歯を剝き出しにし、唾《つば》を撒《ま》き散らしながら怒鳴《どな》った。「その子豚だって、半年後には出荷されて殺されるんだろうが」

「食肉として飼育しているんだから当然でしょ」

「それが残酷なんだよ！　どうせ殺される運命なら、新しい命が生まれては殺される〝死のサイクル〟を止めるための犠牲になってもらう」

「そんなの、おかしい……」

「おかしいのはお前らだ！　俺は正義のためなら――動物の命を助けるためなら何でもする！」

まるで平和のためなら人も殺す、というような論理――。

聡美は彼の暴力的なまでの主張に言葉をなくし、立ち尽くしていた。だが、雑草を踏みにじるような靴音で我に返った。清水が距離を詰めようとしていた。獲物に飛びかかるタイミングを窺《うかが》う肉食動物のようだった。

聡美は危機感を覚え、後ずさりした。

来る――！

覚悟を決めた瞬間、背後から「おーい！」と呼ぶ声がした。反射的に振り返ると、拓馬が奥の分娩豚舎から出てきたところだった。

舌打ちが耳に入って向き直ると、清水は踵《きびす》を返していた。農場の出入り口へ向かって駆け去っていく。

聡美はその姿を見つめるしかなかった。

6

聡美は事情を全員に話した。

誰もが啞然《あぜん》としていた。

「まさか、清水が……」父が当惑した顔で言った。「あいつ、逃げてったんだな？」

「うん」聡美は拓馬をちらっと見た。「拓馬君が出てきたから慌てて」

「長靴を消毒せず、か。もしかしたら、〝シャワーイン〟や洗濯も適当だったかもな」

「よっぽどの汚れじゃないと、肉眼じゃ分からないもんね。感染対策を無視して出入りしていたなんて……全然気づかなかった」

先輩従業員が怒気を孕《はら》んだ声で言った。

「一一〇番しましょうよ。許せないですよ、社長！」

父は眉を顰めたままうなっている。

「社長！」先輩従業員が父に詰め寄った。「犯罪ですよ、これ！」

「……早まるな。経営者としてはデメリットも熟慮しなきゃならん」

「デメリットって何ですか！」

「豚はたしかに病気に感染した。だけど、直接ウイルスを注射したわけじゃないなら、どういう罪に問う？　清水が感染対策を怠ったから外部のウイルスに感染した、なんてどう証明する？　証拠は何もないんだぞ。起訴以前に、逮捕されるかすら分からん」

「いや、でも、民事で損害賠償とか――」

「証拠がなきゃ同じことだろ。裁判費用のほうが高くつく。損のほうが大きいかもしれん」

「見逃すんですか。子豚だって連れ去られてんですよ」

「……そりゃ、俺だって責任を取らせたい。だけどな、俺まで感情で行動しちまったら、歯止めが利かんだろ」

先輩従業員が「クソッ！」と草土を蹴り飛ばした。土が飛び散り、地面が削れる。

場長が憤懣《ふんまん》の形相で進み出た。

「みんな腹が立ってる。でも、社長の言うとおり、感情に任せても損するだけだ。豚の飼育がおろそかになったら本末転倒だろ。奴だってもう遠くに逃げてるさ。俺らが通報したと思って」

先輩従業員は歯嚙みした。

先輩の気持ちは痛いほどよく分かる。

悔しい。子豚を誘拐し、母豚たちをウイルスに感染させるような身勝手な人間を野放しにしなきゃならないなんて――。

だが、組織的で計画的な犯行なら立証は難しい。第一、社会の〝何か〟に対して不満を持ち、苛烈《かれつ》に抗議する連中は、えてして過激な手段やパフォーマンスで注目を浴びたがるものだ。『仙石養豚』が通報してニュースになったとたん、大喜びで養豚糾弾の声明を発表したり、世界の様々な団体と連携して外圧をかけたりしてくるかもしれない。騒動は向こうの思う壺《つぼ》、という可能性もある。メディアも面白がって取り上げるだろう。

手段を問わず注目されたら勝ち――か。

嫌な連中だと思う。許せない。だが、何もできない。

聡美は握り締めた拳に怒りを封じ込めた。

後日、臨床症状と遺伝子検査の結果、母豚たちは拓馬の見立てどおり、PEDだと判明した。県により、豚舎や車両消毒の徹底が指導された。そして、県内の全農場に対し、PEDの発生が周知される。清水の存在を公表しなくても、『仙石養豚』が受けたダメージは少なくなかった。

PEDは法定伝染病の高病原性鳥インフルエンザなどと違い、殺処分は行われない。治癒《ちゆ》すれば出荷もできる。だが、感染した豚たちの症状は重く、死は避けられなかった。

日曜日、聡美は実家に拓馬の訪問を受けた。隔離した全十頭の死亡を知り、気遣いに来てくれたのだ。ダイニングのテーブルに向き合って座る。

拓馬は事態を招いたASGの批判を続けていた。

「あんな連中、本当の動物愛護者じゃないよ。エセだよ、エセ。自分たちの正義に酔っぱらって、目につく人間、目につく人間に難癖つけて絡んで……」

聡美は黙ってうなずいた。

返事を考えているうち、話をする気分ではないと誤解されたのか、拓馬は「手洗い借りるよ」と席を立った。

聡美は一人になると、天井を仰いだ。

家畜を病気にして殺し、損害を受けた養豚場が潰れたら、本当に動物のためになると信じているのだろうか。目的のためにはそんな抗議手段が果たして許されるのか。それは正義なのか。

思考の海に沈んでいると、庭のほうからリュウの吠《ほ》える声が聞こえた気がした。

聡美は椅子から立ち、カーテンを引き開け、ガラス戸をスライドさせた。庭を覗き込み、「リュウ？」と呼びかける。再び激しく吠える声。しかし、姿は見えない。

サンダルを突っかけ、庭に降りた。愛犬の名前を呼びながら吠え声のほうへ向かう。

樹木の後ろ側から人影が現れた。心臓が飛び上がった。清水が子犬のリュウを抱きかかえ、喉首にナイフの切っ先を突きつけている。

なぜ清水が実家の庭にいるのか。逆恨みした〝思想犯〟に常識など通じないことを思い知らされた。

「な、何してるの！」

怒鳴り声は、自分でも驚くほど震えを帯びていた。

清水が薄笑いを浮かべた。

「お前たちが殺してきた動物の数に比べれば、犬の一匹くらい、ゼロも同然だろ」

「やめて！」

叫びながらも、説得力のある反論が出てこない自分に気づいた。

家畜と動物《ペット》は違う――。

一瞬、脳裏をよぎった台詞。だが、本当にそうなのか？　家畜とペットを分けるのは何だろう。結局のところ、人間が自分たちの定義で区別しているにすぎないのではないか。同じ命と考えたら、自分たちのしていることは――。

葛藤《かっとう》を見て取ったらしく、清水の笑みに勝ち誇ったような、どこか陰険な感情が浮かび上がった。

「……リュウを返して」

「犬を食う国じゃ、こいつも食用だ。お前にはそれが許せるのか？」

「それは――」

「動物の命は人間より軽いのか？」清水は貼り紙の文句を口にした。「それとも、重いのか？　あるいは等しいのか？　あんたの命を差し出せばペットを助ける、と言ったら、どうする？」

リュウのために死ねるか、という問いは、自分の中の建前と本音をえぐり出した。

清水は嘲笑《ちょうしょう》すると、彼自身の喉笛にナイフの刃を添えた。

「な、何を――」

聡美は思わず一歩を踏み出していた。

「さあ、あんたはどっちを選ぶ？」

「え？」

「愛犬か、俺か。選んだほうの命を奪う」

「な、何を言ってるの」

今度は自分の命を天秤《てんびん》に掛けようというのか。正気とは思えない。

「人間と犬――どっちの命が重い？　片方しか助けられないなら、大勢が人間を選ぶだろう。犬か鼠《ねずみ》なら？　犬を選択するだろう。人は誰しも〝種〟によって優劣をつけ、差別している。基準は何だ。同じ犬でも愛犬と野良犬の命なら？　ペットを助けるだろう。赤の他人とペットなら？　悩むだろう。身内とペットなら？　あるいは犯罪者とペットなら結論は変わるか？　どうだ？」

答えられない。答えてはいけない。答えたとたん、自分の価値観は崩壊し、立ち直れなくなるだろう。

「イルカの殺害はノーで、マグロがオーケーなのは？　哺乳類か魚類かの差か？　なら、哺乳類の豚や鼠を殺すことは許されなくなる。知能があるかないかの差か？　知能の基準は何だ？　生き物はそれぞれ人間に真似できない能力を持っている。人間を基準に知能を判断することは正しいのか？」

純粋な問いのはずなのに、どす黒さを持って胸に沁み込んでくる。何も選択できない。

清水は「十秒だ」と言い放った。「十秒経って俺かペットか、選んでなきゃ、こいつの首を切り裂いた後、俺の首も切り裂く。いいな」

「ま、待って！」

「十……九……八……」

清水は容赦なくカウントダウンしはじめた。瞳には狂気が居座っている。

彼とリュウ？　そんなもの、迷う必要はない。答えられる。リュウだ。ずっと家族として暮らしてきたリュウだ。

「六……五……」

答えは分かっているはずなのに、口にできなかった。

リュウを選べば清水は本当に自殺するのか？　自分の選択が人の命を奪うのか？

「三……二……」

追い詰められた聡美は本能のままに叫んでいた。

「リュウ！　リュウ！　リュウ！」

そこには倫理も論理もなく、感情だけがあった。

清水はそれこそ自分の勝利だと言わんばかりに笑い、リュウを手放すや、自分の喉にナイフをあてがった。

聡美は反射的に顔を背け、目を閉じた。

砂袋が落ちるような音がした。続けざまに清水の怒鳴り声――。

聡美は恐る恐る目を開け、顔を向けた。拓馬が清水を押し倒し、揉《も》み合っていた。ナイフを持つ彼の手首を両手で押さえ込んでいる。

二人の攻防をハラハラしながら見守るしかなかった。最悪の事態も脳裏に浮かび上がる。だが、体格に勝る拓馬がナイフを取り上げ、後ろへ放り投げた。そして――清水を取り押さえた。

聡美は呼吸を取り戻し、安堵《あんど》の息を吐き出した。

7

清水は警察に逮捕された。

あのとき拓馬は叫び合う声を耳にし、室内から庭の状況を覗き見て焦《あせ》ったという。後先考えずに飛び出すことも考えたものの、冷静に事態の把握に努め、玄関のほうから回って不意打ちで飛びかかったのだ。

彼の判断に救われた。

取り調べでは、清水は養豚場に潜入しての犯罪行為を自発的に告白しているという。被害者である『仙石養豚』にも刑事が事情聴取に現れ、先輩従業員が我慢できずに子豚の連れ去りを伝えた。警察はしっかり追及すると約束してくれた。

だが――。

聡美は事務所で二人きりになったとき、父に話しかけた。

「子豚の窃盗は否定してるんだって。刑事さんから聞いた」

父は壁の分娩スケジュールを眺めながら、興味なさそうに答えた。

「仲間が実行したんだろ」

「それが――ASGとしても、実行してないんだって」

「犯罪者の言い逃れだろ」

「でも、もっと罪が重い犯罪行為はむしろ積極的に話していて、自分たちの主張をマスコミにリークするよう、要請もしてるって。子豚の件だけ隠すのは変じゃない？」

「何が言いたい？」

「ASGは本当に子豚の誘拐には関わっていないのかも。そういう可能性も警察に伝えたほうがいいのかな」

父は振り向いた。顔には苦渋が滲み出ている。

「……余計な話はするな。面倒になる」

父の言いざまに不自然さを覚えた。

「お父さん、何か知ってるの？」

父は髪の毛をわしゃわしゃと掻き毟った。

「犯人を知ってる」

聡美は目を瞠《みは》った。耳を疑う台詞だった。

「え、え、え？　知ってんの？　何で？　誰？」

「落ち着け。犯人にも同情するべき点があってな。だから、俺は口をつぐんでる。お前も引っ掻き回すな」

「……誰？」

父は言いづらそうに唇を歪めている。

「ここまで言って隠すのはなしだよ。事情が分からなきゃ、私だってどうすればいいのか判断できない」

父は思案げにうなると、嘆息と共に椅子に座り込んだ。机の上で両手の指を組み合わせる。

「誰にも言うなよ。本人にもな」

「……うん」

「荒巻さんだ」

聡美は「へ？」と声を漏らしたまま、何も言えなかった。

『荒巻養豚』の社長が子豚を連れ去った犯人？　なぜ？　なぜ同じ養豚場の経営者がそんな犯罪行為を――？

「ほら、荒巻さんは子豚がずいぶんやられて、経営が危うくなってたろ。切羽詰まって、首が回らなくなって……で、うちの子豚に手を出してしまったんだろう」

「まさかそんな。いくら何でも……根拠はあるの？」

「あの夜、俺が居残って仕事してたの覚えてるか？　深夜、窓から不審者を目撃してな。荒巻さんと他に二人ほどいて、子豚を連れ去るところだった。さすがの俺も異様な雰囲気に怯《ひる》んでしまって、止められなかった」

にわかに信じがたい話だった。ASGの悪意による犯行だと思い込んでいた。まさか同業者による養豚場の立て直しが動機だったとは――。

肥育に必要な費用を考慮すれば、一頭あたりの利益は一万円ほどだ。百頭以上盗んでいるから、百万円――か。それが『荒巻養豚』を持ちこたえさせるために必要なお金なのだろう。

「訴えないの？」

父は悩ましげにため息をついた。

「……そんなことをしたら『荒巻養豚』は潰れるぞ。世間の批判に押し潰される」

「お人好し！　自業自得でしょ、犯罪を犯したんだから」

「本当に自業自得なのか？　ASGの人間を知らず知らず雇い入れてしまって、豚を故意に病気にされた。その結果、経営が危なくなった」

「悪いのはASGなんだから、連中に損害賠償させれば――」

「素直に金を払う連中じゃないだろ。なんにしても、子豚の連れ去りを訴えたら『荒巻養豚』は終わる」

「公にせず、返してもらったら？」

「とぼけられたらどうする？　証拠は俺の目だけだぞ。結局、真偽を明らかにするには法廷に持ち込むことになる。何より——悔しいじゃないか」

「私だって悔しい。大事な子豚を奪われて……」

「違う。そうじゃない。ＡＳＧなんかの目論見《もくろみ》どおりになることが、だ。連中は養豚場を潰そうとしてあんなまねをした。養豚場同士が仲違《なかたが》いして法廷で争って、一方が潰れて……。連中はほくそ笑むぞ。それでいいのか？」

　聡美は言葉に詰まった。

　ＡＳＧに屈するのはごめんだ。

「俺は悔しい。連中の思いどおりになってやるもんか。幸い、うちには余力があるし、百頭の子豚を失っても潰れはしない。頼む。荒巻さんを許してやってくれ！」

　懇願の眼差しと口調は切実で、それ以上は何も言い返せなかった。『荒巻養豚』が持ち直してくれれば、ＡＳＧに負けなかったことになる——。そう自分に言い聞かせ、口を閉ざすしかないのか。

「子豚に〝初乳〟は？」

「当然、ワクチンを打っているだろう。荒巻さんが生命線の子豚を死なせたりするもんか」

「そう……」

当初、盗まれた子豚たちは全滅したと思っていた。だが、元気に育てられているなら――。

聡美はしばらく思い悩んだ後、全身の緊張を抜くように息を吐いた。

「……分かった。真実は私の心に留めておく」

ふっと父の顔の緊張が緩んだ。

「ありがとう、聡美」

聡美はうなずくと、事務所を出た。そして――農場に並ぶ豚舎を眺めた。相次いだ問題や事件の数々など無縁であるかのように、白雲はマイペースでゆったり青空を流れている。

「よう」

拓馬がいつの間にかやって来て、横に並んだ。

「表でまだやってるよ」

ASGの仲間たちによる抗議活動の話だ。不当逮捕だ、被害届を取り下げろ、と十数人が農場の前で声高に叫んでいる。まだ直接的な暴力行為には及んでいないものの、怒声や罵声を撒き散らすから、誰もが怯えている。社長に会わせろ、とがなり、出入りするトラックを停車させては、中に隠れているだろう、と検問が行われる。出荷する豚の存在を発見するや、トラックの前に立ちはだかり、出発を妨害する。攻撃的な感情は豚たちにも伝わるらしく、豚は荷台の中で神経質な仕草を見せるという。活動家たちは、小学生の職場見学でも、子供たちにさえ威嚇《いかく》する。

拓馬は嘆息混じりに続けた。

「だいたいさ、自分から『俺は差別に反対で、思いやりがあって、弱者を助ける善人だ』なんてアピールしなきゃならない人間なんて、ろくなもんじゃないよ。そんな御旗を掲《かか》げなきゃ正義の立ち位置にいられないって自覚しているから、必死で自称するんだ。だから、否定されたらむきになるんだよ。本当に思いやりがある人間はわざわざ自分が聖人だなんて吹聴しないだろ」

何かに強烈に反対している時点で強い感情を抱いているのだから、〝反何々〟と自称する者ほど他者に攻撃的になるのも当然だ。自分なら、何かに怒りをぶつけない人たちに囲まれてすごしたい。

反種差別を唱えるＡＳＧが異常なことは誰もが分かっている。だが、それはそれとして、彼らの問いにはどう答えればいいだろう。

家畜の命。動物の命。ペットの命。人間の命。誰もが意識的に――あるいは無意識的に、種によって命を選別している。それは悪なのか。人間である以上、仕方がないのではないか。

割り切る――というよりも、覚悟だ。個人個人が自分の物差しに責任を持ち、判断していくしかない。

聡美は決意を握り締めて顔を上げた。前方をはっきり見据える。

自分はこれからもそうするだろう。豚を飼育し、出荷する。美味しい食肉を消費者のテーブルに届けるために――。

不正疑惑

1

人間として赦《ゆる》されないことでした——。

小野田智一《おのだともかず》は、記事に書かれた一文を何度も反芻した。新聞の縁を握る手に力が籠《こも》り、くしゃっと皺《しわ》が寄る。

赦されないこととは何なのか。

『柳谷彰浩《やなぎたにあきひろ》さん（48）が死去』

記事によると、三日前の未明、訪ねてきた知人によって柳谷が自宅で首を吊っているのが発見されたという。通夜は昨日営《いとな》まれたと書かれていた。

心臓が激しく動悸《どうき》を打ち、部屋の空気が薄れたように息苦しく、呼吸が乱れた。

まさか。柳谷が自殺――？

記事を読み返しても、同姓同名の別人ではなかった。有名大学の細胞研究所に勤める准教授という肩書きも、年齢も――何より、記事の横の顔写真が――、死亡したのが柳谷彰浩だと示していた。

小野田は精神神経医療研究センターの無味乾燥な一室で天井を仰《あお》いだ。照明がやけに眩《まぶ》しかった。

記事によると、発見された遺書には、たった一言、『人間として赦されないことでした』と書かれていたという。

一体何があったのか。

小野田は他の研究者たちに帰宅の意思を告げ、研究センターを後にした。傘も意味をなさないほど篠突く夜の雨の中、打ちのめされた気分で歩き、気がつくと、若かりしころ柳谷とよく医学談義を交わしたバーに来ていた。

何年ぶりだろう。雑居ビルの地下一階にあるそのバーは、扉に掲《かか》げられた店名のプレートが薄汚れている以外、当時と変わらずそこにあった。

傘の雨粒を払い、閉じる。

扉を開けると、「いらっしゃいませ」と低音の声に迎えられた。バーテンダーの顔には自分でも意外なことに見覚えがあった。額《ひたい》は後退し、白髪も増えているものの、言葉を差し挟むでもなく酒を提供してくれた、あのバーテンダーだった。

雨のせいか、流行《はや》っていないせいか、店内に客は一人もいない。

小野田は懐かしさを覚えながら、カウンター席に腰を下ろした。百六十五センチの自分には大きすぎ、百八十センチの柳谷には小さすぎるスツールも、昔のままだった。

ただ、隣に柳谷だけがいない。

「……マティーニですか？」

バーテンダーの声が耳に入り、自己憐憫《れんびん》にも似た感傷から引き戻された。

はっとして彼の顔を見る。

バーテンダーの表情には訳知り顔のような笑みはなく、ただ、既知の問いを繰り返しただけ、という雰囲気だった。必要以上に踏み込まず、それでいて気が利いている。相変わらずだった。何年も前の好みを覚えてくれていたことが嬉しくもあり、逆に何だか寂しくもあった。

柳谷が生きていれば、また彼の情熱的な弁舌が聞けたのに、と思う。

小野田は黙ってうなずき、マティーニが作られるのを見つめた。ボトルの操り方は、一流マジシャンのテーブルマジックを思わせる手並みだ。ほんのわずかに琥珀《こはく》がかった液体がステアされる。ＢＧＭの類いがないため、グラスの中で氷がからからと騒ぐ音だけが大きく響き続けている。

カクテルグラスに注がれた液体にオリーブが沈められ、「どうぞ」と差し出される。

小野田は液体に映る自分自身の瞳と見つめ合った後、口をつけた。自分の舌には辛すぎるマティーニが喉《のど》を焼きながら流れ落ちていく。

弔《とむら》いには早すぎる。

何のために酒を飲むのか。思い出に浸るためなのか。

柳谷は大学の同期で気が合い、卒業後も同じ研究者として親しく付き合っていた。彼はがんを縮小させるための研究に勤《いそ》しみ、意欲と情熱に満ちた顔で「将来はがんで死亡する人間を一人でも減らしたい。それが自分のライフワークだよ」と語っていた。

アルコールの味が苦手だという柳谷は、トマトの風味が濃いブラッディマリーを飲みながら、よく赤ら顔で主張した。

「病気ってのはさ、遺伝的なものとか、不摂生とか、色んな理由があるけど、つまるところ、運、不運だと思うんだ。研究者の台詞《せりふ》じゃないな」柳谷は開けっ広げな笑い声を上げた。「何で自分が――ってやつ。病気はある日突然誰にでも降りかかる可能性がある。俺だって、お前だって、そう。だろ？」

「そうだな。事故や天災と同じ」

「人はそういうとき、不運を神様に嘆《なげ》く。あるいは、何かに理由を求めようとする。あれが悪かったのかも、とか、あのとき出発を早めなければ、とか。病気も同じだと思うんだよ」

「何が言いたいんだ？　不運だったから諦《あきら》めろって？」

「違う違う。運悪く罹《かか》った病気で命を落とすなんて、悔しいだろ。だから俺はそんな不運を嘆く人を一人でも減らしたいんだ。そのための研究だ」

当時は柳谷の真っすぐすぎるほどの考え方を羨《うらや》ましく思ったものだ。年齢を重ねてもその志は揺るがず、研究に精を出していた。〝命〟に敬意を持ち、それを粗末にする愚行を――自殺的行為や自殺そのものを嫌っていた。

愛娘の死が柳谷を絶望のどん底に突き落としたのか？　医学の道も、未来も、何もかも諦めてしまうほどのどん底に――。

七年前、柳谷は年上の妻の妊娠に大喜びしていた。なかなか子宝に恵まれず、諦めていた矢先だったという。だが、高齢出産だったこともあり、難産で、娘を産むと同時に命を落としてしまった。悲嘆に暮れた柳谷も、妻が遺してくれた一人娘を守り育てていく、と前向きになり、立ち直った。

その娘が入院中だと知ったのは、半年前だった。他の研究者から情報が漏れ聞こえてきたのだ。柳谷に会って話すと、「ちょっと重くてな……」と言われた。打ち沈んだ顔で黙り込む姿を目の当たりにし、病名を訊くのははばかられた。

心臓病――。

病名を知ったのは、思わぬ形だった。

テレビや新聞で心臓移植成功のニュースが報じられ、柳谷の娘の名前と顔写真が流れていた。柳谷自身も、泣き濡れた顔で感謝を述べていた。

「移植、成功して良かったな。これ、返すよ」

次に柳谷に会ったとき、四年前に借りた百万円を返した。

柳谷と違って小野田は結婚が早く、二十代で娘が生まれた。娘は勉強に励み、医大を目指した。だが、無理して組んだ様々なローンが重なり、学費の捻出《ねんしゅつ》が難しかった。

『諦めろとは言いにくいけど、言わなきゃな……』

ついつい愚痴《ぐち》を漏らしたとき、柳谷は『親の事情で子供に夢を諦めさせるなよ。夢を追えるのは幸せなことなんだ』と百万円を貸してくれた。無利子無担保で。

そのときの百万円だった。

「移植費用のために家まで売ったんだろ。生活の足しにしてくれ」

百万円に五十万の利子をつけた。

柳谷は「ありがとな」と笑った。「遠慮なく受け取るよ」

そのときは、柳谷とその娘には長く幸せな未来が待っているのだと信じていた。

だが――。

またしてもニュースで知ることになった。今度は娘の訃報を。

容体の急変だったという。医療ミスはなかったのか、批判的に論じる記事を見かけた。愕然とし、すぐさま柳谷に連絡しようとした。しかし、指は携帯で彼の名前を選択したまま動かなかった。

愛娘を溺愛していた柳谷の想いを知っているだけに、掛ける言葉が見つからなかったのだ。何を言っても慰めになるどころか、むしろ傷つけそうで怖かった。

覚悟を決めて名前をプッシュするも、留守電に繋がるばかり……。

折り返しの電話があったのは、翌々日の夜だった。発した言葉は柳谷の声以上に震えてしまった。熟慮に熟慮を重ねたお悔みも、いざ彼の声を聞くとろくに口にできず、逆に気遣われた。葬儀は身内だけで執り行うという。参列はきっぱりと断られた。すまなそうな言葉の中にも、断固とした拒絶があった。

それほど愛娘の死を受け入れられていないのだ。形式ばった儀式で冷静に喪主を務める自信がないのだろう。

柳谷の最後の言葉は何だったか。

そういえば――。

〝これでよかったんだろうか〟

柳谷は電話の最後に悔恨が滲んだ口ぶりでそう言った。そのときは、愛娘に先立たれた父親の苦しみを漏らしたのだ、と思っていた。だが、柳谷が謎めいた遺書を残して自殺した今、実は何か別の深い意味があったのではないか、と思わずにはいられない。

精神神経医療研究センターの研究者として、心や精神の病気の原因究明や治療に日々取り組んでいる。相談さえしてくれていたら何か手助けができたのではないか。自殺する友人に頼られもせず、何が精神神経医療の専門家か。

いまだかつて、これほどの無力感に打ちのめされたことはない。自分の長年の研究が友人によって全否定された気分だった。

小野田は情けなさを嚙み締めた。

自分は症例ばかり見て、本当の意味で人間を診ていなかったのではないか。

マティーニが半分以上減ったとき、ふいに雨音が耳に入ってきた。外界から隔絶された店内では異質で、出入り口のドアが開けられたのだと分かった。

横目で見やると、コートの肩を濡らした男が入店してきた。特に興味もなく、視線をカウンターに戻す。

カクテルグラスを取り上げたとき、真横でスツールが床を引っ掻く音がし、視界の片端に人影が入ってきた。

十席以上並んでいるにもかかわらず、わざわざ隣に座るのか。居酒屋じゃあるまいし、気安く話しかけられたら面倒だと思い、もう一瞥すらしなかった。目を一切合わせることなく、他人を寄せつけない空気を作り出す。

「小野田さんと同じものを」

思わず「え？」と相手の顔を見た。まさか自分の名前が出てくるとは思わなかった。

横顔を見せているのは、四十代くらいの男だ。長めの前髪が眉を隠し、寝ぼけ眼《まなこ》のような半眼で、顎鬚《あごひげ》をわずかに生やしている。服装はグレーのポロシャツと濃紺のジーンズ。

振り向いた男と目が合うと、相手は神妙な顔つきのまま小さく目礼した。

「どこかでお会いしましたっけ……？」

尋ねると、男は「失礼しました」と名刺をカウンターに置いた。『真崎直哉《まさきなおや》』と名前があり、電話番号とメールアドレスが併記されていた。肩書きは『医療ジャーナリスト』だ。

「以前、取材していただいていたらすみません。ちょっと記憶に残っていなくて……」

「いえ」真崎は首を横に振った。「初めてお会いします。精神神経医療研究センターで副センター長をされている小野田さんですね」

正直言って、否定してしまいたかった。それは相手が醸し出している雰囲気が原因だろうか。

「……そうですが、何か」

「警戒なさらないでください。アポなしでお訪ねし、受付ですったもんだしているとき、研究センターを出て行かれる姿をお見かけし、慌てて追ってきた次第でして」

なぜ途中で声をかけなかったんですか？

問おうとして、同時に答えに思い至った。

機会がいくらでもあった路上で声をかけなかったのは、道端だとむげに扱われると確信があったからだ。雨も降っているからなおさら。つまり、逃げ場がない場所で話したかったのだ。

「用件は？」

普段なら誰に対しても礼儀正しく応じるものの、柳谷の死を知った直後で神経がささくれているうえ、計算ずくの不意打ちで現れたジャーナリストが相手ではそれも難しかった。

真崎はわざとらしい苦笑で応じた。

「直球ですね」

「回りくどく話す必要はないでしょう」

「……分かりました。では、単刀直入に。すでにご存じかもしれませんが、柳谷彰浩氏の自殺の件で」

自分の頬が引き攣《つ》るのが分かった。

柳谷の名前が出てくるとは——。

「僕も新聞で知ったばかりです」小野田はカウンターに向き直った。「今夜はそっとしておいてください」

「このたびはご愁傷様です。柳谷氏とは大学の同期で、ずっと親しくされていたと伺いました」

小野田は答えず、カクテルグラスに口をつけた。よりいっそうマティーニの辛さが舌に染みる。

「柳谷氏の自殺の原因について、です」

「僕は何も知りませんよ。知っていたらこんなに苦しまない」

見ると、真崎は後頭部を掻《か》き毟《むし》っていた。だが、無念がるような仕草に反し、表情に失望の色は表れていなかった。

「原因は摑《つか》んでいるんです、私」

素っ気ない態度を貫くのは難しく、小野田は目を瞠《みは》り、真崎の顔をじっと見返した。

真崎は眉間に縦皺を寄せると、カウンターに一冊の週刊誌を置いた。

「有名人のゴシップばかり追いかけている三流誌ですが、中には見過ごせない記事もありまして」

小野田は週刊誌を取り上げると、付箋が貼られているページをめくった。

毒々しい文字が目に飛び込んでくる。

『有名研究者、カネとコネで移植操作!』

私の娘は殺されたんです――。記事はそう続いていた。

2

提供されたマティーニに真崎が口をつける傍《かたわ》ら、小野田は週刊誌の記事を流し読みした。

匿名の主婦の告発だった。柳谷の名前は出ていないものの、大々的な移植手術成功の記者会見の様子や、病院名、〝某研究者〟の肩書きが明記されており、誰でも柳谷の名前が思い浮かぶ構成になっている。

記事によると、重篤な先天性の心臓病の娘を抱える主婦は、国内での移植手術にわずかな希望を見出し、日本臓器移植ネットワークに登録していたという。優先順位の最前列に座っているはずだった。だが、心臓が手に入ったという吉報を受けて喜んだのもつかの間、『検査の結果、適合は難しく、別の患者さんへの移植が決まった』と無情の宣告を受けた。

主婦はその場で泣き崩れたという。これで元気になれるからね、と励ました娘に何と言えばいいのか。与えた希望を母親の手で奪わねばならない絶望感――。

後日、テレビで心臓移植成功のニュースを観た。大病院の名前と有名心臓外科医、そして――テレビで特集されたばかりのがんの研究者Y。

消沈する主婦に対し、病院関係者が「何か包まれたかもしれないですね」と言い、移植医療の闇を見た思いだったという。

記者が研究者Yに直撃すると、「私の娘の症状が重かったことと、運よくその心臓が適合した結果です。やましいことは何もありません」と怒気もあらわに断言したらしい。

小野田は週刊誌を睨みつけながら、静かに閉じた。

「いかがです?」

記事を書いた記者は別人にもかかわらず、所詮、同じ穴の貉《むじな》、という思いが強く、真崎に反発心が生まれてくる。

「柳谷が病院側に袖の下を握らせたとしたら、相当な金額でしょう。家を売って何とか手術費用を捻出した柳谷に、賄賂に使える余裕などなかったはずです」

「……金銭の問題はクリアできます。彼には研究費の不正受給に関わっていた疑いがあります」

思わぬ言葉が飛び出してきて、小野田は返事が遅れた。

「不正受給って……何ですか」

真崎は顎鬚を軽く撫《な》でた。

「実は私は前々から柳谷氏の不正疑惑を追っていました。証拠を集めている矢先、この主婦の記事が出たわけです。これは大金が必要な動機ですね」

カウンターの上で絡めた指同士が締めつけ合う。

「柳谷が研究費を騙《だま》し取って、病院への私的な賄賂に使った、と言っているんですか？」

「……うーん、ちょっと違うんです。柳谷氏は研究費を不正受給させた見返りに報酬を受け取っていたんです」

一瞬、思考回路が停止した。

「不正受給させた？　一介の研究者に一体何の権限が」

「そういう反応をされるということは、ご存じないんですね。柳谷氏は『学術調査官』だったんですよ」

学術調査官――？

理解するのに記憶を漁《あさ》らなければならなかった。たしか、研究者への助成金である科学研究費補助金――いわゆる科研費の受給に関して、申請された研究内容を調査する文部科学省の職種だったか。

そもそもどういう過程で就くのか、具体的にどのような職務なのか、研究者の立場ながらほとんど知らない。うちの研究センターも過去に科研費を申請したことがあるものの、全部他の研究者に任せていた。

「柳谷が学術調査官として申請に便宜を図《はか》っていた、と？」

「私はそう疑っています」

「根拠はあるんですか」

「……柳谷氏が審査を担当していた研究への助成金受給率の高さです。彼は申請者と頻繁に会い、親密にしていました。ホテルのラウンジでの会話を録音しています」

そのような証拠があるとは思わなかった。言葉をなくしていると、真崎がＩＣレコーダーを取り出した。

「持参しています。お聞かせしましょうか？」

「……ええ」

緊張が絡みつく乾いた声でそう答えるのが精いっぱいだった。

真崎は勝ち誇るでもなく、静かに再生ボタンを押した。まず雑音からはじまり、そして――。

柳谷の声が喋《しゃべ》りはじめた。一枚目のビューグラフから専門用語を使いすぎると印象が悪いことなどの基本的な助言にはじまり、申請された研究分野のアピールの仕方など、懇切丁寧に教えている。比較的若そうな女性の声が感謝の言葉を返し、質問をぶつけた。そしてまた答える。その繰り返しだ。

「どうです？」真崎がＩＣレコーダーを停止した。「この女性は二十代後半の美人研究者で、この密会から二ヵ月後の秋、科研費を申請しています。翌年の夏に採択されました」

含みがある言い回しだった。

「柳谷はこの女性研究者と特別な関係があると？」

「……二人がその後どうしたかまでは分かりません」

真崎はＩＣレコーダーを操作し、別の録音を再生した。今度は皺深い声の男性と会話している。柳谷は不採択の理由を説明し、次回の申請に向けた助言をしていた。

「これも――問題ですか？」

「はい」真崎はうなずいた。「何人かの研究者に話を伺ったところ、不採択の理由は、評定ごとの平均点が電子システムで開示されるだけで、審査員から個別に助言は貰《もら》えない、と証言しました。柳谷氏は不採択者へのアフターケアもばっちりです。職分を越えています」

思い返してみれば、研究センターの若手が科研費を申請して採択されなかったとき、理由は曖昧《あいまい》だったと聞かされた。申請者の数が膨大なため、一人一人に丁寧な審査情報は開示できないのだという。杓子《しゃくし》定規だった。

柳谷は掟《おきて》を破り、担当している申請者に審査内容を流したのか。もしそこに金銭の授受などがあれば、たしかに大問題だろう。

二〇〇七年十二月、当時の文部科学相が細胞研究関連分野に力を入れると公表し、早くも翌年には前年の八倍になる二十二億円の予算を出している。二〇〇九年には、日本政府が三千億円の研究支援基金を新設すると発表した。とはいえ、全ての研究者が恩恵に与《あずか》れるわけではない。

研究者は誰もが助成金を欲しがっている。最新の設備があれば研究の質が格段に上がるからだ。だからこそ、研究機関で不正を行う者が後を絶たない。偽装納品による架空請求、品名替え、水増し請求、カラ給与、カラ謝金、カラ出張――。あの手この手だ。額も数十万から数百万。多いときは一千万を超える。有名大学の教授という立派な椅子に座っていながら、不正受給が発覚し、人生を棒に振った者も少なくない。

そう、どんな肩書きも清廉潔白を保証したりはしないのだ。

何より、娘の移植手術のためであれば――きっと大抵の倫理的ハードルは飛び越えてしまうだろう。

「後は記事にするだけでした。まず週刊誌上で追及し、柳谷氏が事実無根だと否定したら、デジタルの媒体に録音データをアップロードする――。そういう二段構えの準備を整えていたんです」

用意周到な攻め方に背筋が薄ら寒くなった。

「柳谷は探られていることを知っていたんですか？」

「はい。私は数日前、柳谷氏を直撃しました。『あなたのしたことを知っています。罪についてどうお考えですか！』と。お決まりの手です。油断している本人に不意打ちで疑惑をぶつけ、戸惑った様子や言い逃れじみた否定の言葉を引き出すんです」

「柳谷の反応は!?」

「澱《よど》んだ目で私を見て、不快そうに眉を顰《ひそ》めただけでした。私が『記事が出たら無視はできませんよ』と叫ぶや、彼は観念したような微笑を見せ、『人間として赦されないことでした』と答えて自宅へ入っていきました」

遺書と同じ台詞だ。

柳谷は一体何を悔やんでいたのか。本当に金銭で移植の優先順位を操作したのか？

「私はその反応を含めた記事を書き、さあ、来週号で問題提起するぞ、と気合を入れたんですが……翌々日には自殺の報が入ってきまして」

「……娘を亡くして間もない柳谷を責め立てたからでしょう？」

自分でも想像以上に強い非難の棘《とげ》が口調に紛れ込んだ。

真崎は顔に動揺を全く滲《にじ》ませていない。

「不正が事実なら、それを追及することに何か問題がありますか？　結果がどうあれ、加担した彼自身が招いたことです」

小野田は顔が強張《こわば》るのを感じた。正論だ。だが、論理と感情は違う。眼前の医療ジャーナリストは、柳谷を自殺まで追い詰めたかもしれない男なのだ。不正行為は間違っているとしても――割り切れないものがある。

「真崎さんはなぜ僕を訪ねてきたんですか。不正へのコメントを取るためですか？　ICレコーダーの録音も公開して、死者に鞭《むち》打つ記事を書くんですか」

真崎はわずかに唇を歪《ゆが》めた。

「死で逃げるのは卑怯《ひきょう》ではありませんか？　今回の件は、二重の不正です。移植の順番で優遇してもらい、そのための金銭を助成金の不正で賄う……。あってはならないことです。たとえば、研究の分野では、近年、様々な問題が噴出しています。存在しない研究成果をでっち上げたり、論文を盗用したり――。今こそ、膿《うみ》を取り除いて、研究者一人一人が襟《えり》を正すべきです」

ジャーナリストはどうしてこう揃《そろ》いも揃って正義を語り、正義で突っ走り、理想論めいた大仰な目標を主張するのだろう。自分が暴き立てた真実で世界を動かしたがる。その陰でどれほどの真面目な人間が苦しむか、想像しようともしない。

たしかに不正行為は許せない。当たり前の感情だ。誰かが不正に手を染めれば、同じくその陰で苦しむ人間がいる。損をする人間がいる。だからといって、その世界を綺麗にするために、森ごと焼き払うようなやり方は正しいのか。

助成金の問題だけであれば、粛々《しゅくしゅく》と処分すればいい。本来、新聞の片隅に『助成金不正受給の准教授を懲戒処分』と載る程度の話で、世論を巻き込んで国会を揺るがせるような大事件ではないのだ。一部の不届き者を全体の問題であるかのようにセンセーショナルに取り上げれば、熱意ある研究者のための素晴らしい制度が締めつけられかねない。審査が厳しくなれば、涙を呑む研究者が増えるのだ。

そんな〝現実〟を訴《うった》えても、きっと真崎は――いや、ジャーナリストは聞く耳を持たないだろう。

「申しわけありませんが、コメントは差し控えます」

そう答えるしかなかった。どうせ、何を訴えても柳谷の不正糾弾記事は書かれるのだろう。研究の世界を思いやってのコメントも、柳谷擁護のコメントを発したように捻《ね》じ曲げられ、正義感を発揮したい人々の批判を一身に受ける。死者を一方的に中傷するのは気が引けるだろうから、生きている〝敵役〟は手頃な標的だ。

真崎は困り顔で言った。

「実はコメントのために伺ったのではありません。取材に協力していただきたいと思いまして」

耳を疑う話だった。

「ご冗談でしょう」

「私は追加取材の必要性を感じています。柳谷氏は自殺してしまっているわけですから、単なる糾弾記事ではたしかに死者に鞭打つ行為で、批判が記事のほうに向いてしまいます。訴えたい内容が世間に届きません。ですから、もう少し情報を集めて、掘り下げたいんです」

「なぜ僕がそんなことに協力しなければいけないんですか」

「ご自身の世界の不正を正すため——ではいけませんか？」

「研究者の仕事は社会正義を唱えて誰かを糾弾することじゃなく、人の役に立つ成果を目指して研究することですから。何より、僕は柳谷の不正を信じていません」

断言しなければ、悪魔の囁きに耳を貸してしまいそうだった。

「先ほどの録音を聞かれて、なお、そうおっしゃるんですか？」

「……アドバイスに金銭の授受があった証拠はありません。どんな業界でも、オフレコであれば、親しい間柄の相手には多少の便宜は図るものでしょう？」

「では、移植の順位に関してはどう思われます？」

巧妙に喋らされているのを承知しながらも、柳谷を弁護せずにはいられなかった。

「告発者の主婦の思い込みでは？　柳谷は本当に真面目な性格でした。不正など、考えられません」

「……真面目な研究者でも、娘の命がかかっていたら手を汚すものでは？」

反論の言葉に詰まる。

柳谷がどれほど娘を溺愛していたか、知っている。多忙でも記念日には必ず休みを取り、カメラ片手に思い出を作っていた。娘がケーキのクリームを顔いっぱいにつける姿も、ジュースを床にこぼしてしまう姿も、笑いながら撮影していた。決して怒鳴りつけたりせず、優しく注意していた。

もし、金銭で移植の優先順位が変わると囁かれたら——。

自分の沈黙が言質になる。何か答えなければ、と思ったとき、先に真崎がつぶやいた。

「私は手を汚せませんでした……」

あまりに絶望と悲嘆が絡みついた声だったので、「え？」と真崎を見た。彼はマティーニの液体に視線を落としている。見つめ返す自分の瞳から何かを探し出そうとでもしているかのように。

真崎は横顔を見せたまま、重々しい語調で言葉を絞り出した。

「実は私も息子を心臓病で亡くしていまして。私の場合はお金が捻出できず、移植が叶《かな》いませんでした」

作り物ではない苦悩が滲み出ていた。

「妻からは新聞で募金を呼び掛けてほしいと懇願されましたが、公私混同はできません。応じられなかった私は、ずっと息子の死に責任を感じています。親ならば、なりふり構わず我が子を救うべきではなかったか。誰に罵《のし》られ、誰に蔑《さげす》まれ、誰にあざ笑われても」

真崎はマティーニを呷《あお》った。

話を引き出すための作り話ではないと確信したから、小野田は「お気の毒に……」と返した。

「新聞社を辞めてフリーの医療ジャーナリストになったのは、それが理由なんです。それからは医療の問題に関わる傍ら、移植待ちの少年少女の手助けなんかをしています。募金を呼びかける両親の想いを記事にしたり。まあ、微力なので、時には無力感に打ちのめされる現実もあるんですが」

小野田は彼の横顔を眺めたまま、黙ってうなずいた。

「柳谷氏の気持ちは分かります。しかし、彼を憎む主婦の気持ちも分かるんです。もし、不正で順番を抜かされたとしたら、それはやはり許されないことです」

返す言葉がない。何か反論せねば、と切迫感に追い詰められる。

またしても真崎が先に言った。

「実はつてが欲しいんです。私がアポを取ろうとしても、研究者の方々はけんもほろろでして。でも、小野田さんなら顔が利くでしょうし、口利きしていただければ、と」

「……みんな引っ掻《か》き回されたくないんですよ。助成金制度は、資金難に苦しむ研究者のライフラインでもありますから」

「危惧《きぐ》は重々分かります。では――お目付け役ということでどうでしょう？」

「は？」

「小野田さんの懸念は、一方的で恣意《しい》的な記事では？　小野田さんがご一緒なら情報を歪めたり、切り貼りしたり、印象操作ができないでしょう？」

小野田は真崎の瞳をじっと見返した。彼の眼差しは率直で、嘘はなさそうに思えた。これが他人を信じさせるための演技なら、彼は記者として最適な才能の持ち主だ。

真崎にとってこの提案はメリットとデメリットがある。メリットは言うまでもなく、研究者へのつてを得られることだ。デメリットは結論ありきの記事を書けないことだ。悪意ある記事を掲載されたら、取材に同行した身として『恣意的に情報を取捨選択したフェイクニュースだ！』と反論できる。

彼の提案は自分自身を縛るものでもある。

――柳谷、出鱈目《でたらめ》な記事は書かせないからな。

小野田は一呼吸してから言った。

「分かりました。協力します」

3

最初に訪ねたのは、柳谷が勤めていた大学の研究室だった。自殺を知って間もないからだろう、研究者たちは一様に動揺していた。声をかけて自己紹介すると、誰もがかしこまるのだが、ジャーナリスト連れと分かるや口が重くなる。亡くなったのは、自分たちの研究室で研究を主導する准教授なのだ。悪く言うはずがない。

真崎も空気を読み、柳谷の不正疑惑を調べているとは言わなかったが、自殺というデリケートな話だから下手なことは口にできない、とみんな慎重になっているのだろう。

研究者たちに話しかけていると、銀縁眼鏡をかけた細面の若者が積極的に応じてくれた。

「娘さんを亡くされてからの柳谷先生は、本当に消沈されていて、見ていて気の毒なほどでした」

「いったんは成功したんだろう？」小野田は訊《き》いた。「手術」

「……はい。僕らも大喜びで、お祝いは何がいいですかね、なんて話していたんです。

それなのに、まさかあんな――」

「容体が急変したとき、柳谷の様子は？」

「柳谷先生は、どうしても外せない学会がアメリカであって、出席中に連絡があったそうです」

悪夢のような間の悪さだ。連絡を受けたとき、柳谷はどれほど自分を責めただろう。

「現地の出席者から聞いた話なんですが、柳谷先生は、他の研究者の発表中に電話に出て、青ざめた顔で話しはじめたそうです。マナー違反を咎《とが》められたら、絶望的な顔で『娘の心臓が止まる』と言い残して、会場を駆け出ていったらしく……」

「死に目には？」

細面の研究者は、悲痛な面持ちで静かにかぶりを振った。

「そうか……」小野田は無念の籠った嘆息を漏らした。「移植が決まったときの柳谷はどんな様子だった？」

「決まったとき、ですか？　それはもう大喜びだったと思います」

「思う、というのは？」

「懸命に興奮を押し隠されているようでした。たぶん、喜んだ瞬間、不適合とか、見落としとか、移植予定が撤回になるかもしれないって怯えていらしたんだと思います」

気持ちは理解できる。研究の分野では、実験が成功したと思った矢先、意気消沈する結果になるケースも少なくない。何度も検証して確証を得られるまで、手放しで喜びにくいものだ。

「何か奇妙な様子はなかったかな？」

「奇妙？」

「あっ、いや、忘れてくれ」

不正で移植待ちの順番を上げていても、同じく大喜びはしにくいだろう。

柳谷は不正に手を染めたのか否か。

「柳谷が親しくしていた人を知らないかな？　プライベートの悩みを打ち明けるような相手とか」

細面の研究者は小首を捻《ひね》ってうなった後、「あっ」と声を上げた。

「緊急時の連絡先として、いとこの女性の電話番号を渡されていました」

「教えてもらえるかな？」

「ええと……」細面の研究者は言いよどんだ。「相手の方に許可を取ってからで構わないでしょうか？」

マナーが徹底している。

「もちろん」

彼は「では少し失礼します」と辞儀をし、部屋を出て行った。二人きりになると、真崎が「ご協力感謝します」と頭を下げた。

「僕は柳谷の無実のために動いているんです」

「それで構いません。私は真実を突き止めたいんです。死を選ばざるを得なかった柳谷氏の絶望は、一体何に根差しているのか……」

真崎が掻き集めた情報を聞くかぎり、柳谷が学術調査官として逸脱していたのは間違いない。ICレコーダーは決定的な証拠になる。不正と言われても仕方がない。問題はそこに金銭の授受があったのかどうか。あったとしたら、移植手術の優先順位を上げるための賄賂に使ったのかどうか。

戻ってきた細面の研究者は、「構わないとのことです」と言い、いとこの女性の連絡先を教えてくれた。さっそく電話して自己紹介し、お悔みを述べた後、「お話をしたいんです」と切り出す。柳谷佳織《かおり》と名乗った彼女は説得に応じ、待ち合わせ場所を指定した。

小野田は真崎と共に研究室を後にすると、地下鉄で一本の街にある喫茶店へ移動した。柳谷佳織は先に来ていた。喪服のような黒を基調にしたワンピースを着ている中年女性だ。

改めて自己紹介する。真崎のことは知人だと紹介した。注文したコーヒーが届くまでは互いに無言だった。

コーヒーに口をつけながら水を向けると、彼女は少しずつ話しはじめた。柳谷が仕事中、よく娘の優奈《ゆりな》の世話を引き受けていたという。入院中も母親代わりとして着替えを持参したり、話し相手になったり、遊び相手になったり——。

「でも、ある日、急に優奈ちゃんが苦しみ出して……あたしは大慌てでナースコールを押しました。それからはもう何が何だか分からないほどの大騒動で」

「大変でしたね……」

「お医者さんの話では、再移植しか助かる道はない、と。でも、心臓ですし、そんなにすぐ手に入るわけもなく、後は死を待つだけという状況でした」

柳谷佳織は洟《はな》をすり上げると、ハンカチで目を拭った。瞳は濡れ光っている。

「手術を担当した医師が休暇で海外旅行中の容体急変だったので、別の女医さんが治療にあたってくれました。補助人工心臓も使えない状態だったので、何とか心臓が手に入らないか、できるかぎりのことはする、とおっしゃってくださいましたが……ただ、奇跡的に心臓が見つかって再移植したとしても、間違いなくすぐ駄目になってしまうだろう、と」

「柳谷には？」

「慌てて連絡しました。渡米中だったんですが、その日の便で急遽帰国することになりました。でも、その女医さんの話だと、アメリカから駆けつけるまではもたない、という話でした」

娘のそばにいてやれなかった柳谷の絶望感は、一体どれほどのものだっただろう。

しばらく無言の間が続いた後、真崎が口を挟んだ。

「最初の移植手術が成功した後、週刊誌に中傷的な記事が載ったのはご存じですか？」

柳谷佳織は眉を曇らせた。噛み締められた下唇に怒りが滲んでいる。

「お金で移植の順番を上げてもらった、とか、そういう記事ですよね。まったくのデマです。彰浩君はそんな卑怯なまねはしません！」

「しかし、娘さんの命がかかっていたわけですし……」

「それでもしません！　彰浩君があの記事にどんなに傷ついていたか。そのせいで再移植の話だって――」

柳谷佳織ははっと目を見開き、すぐ口を閉ざした。

「何です？」

「いえ、何でもありません。とにかく、彰浩君は打ちのめされていました。移植待ちをしていた人間として、その主婦の方の苦しみも分かるだけに、本当に思い悩んでいたんです。彰浩君は言っていました。絶望のどん底に落ちた人は陰謀論に縋《すが》りつきたくなってしまうものだ、って」

陰謀論か。移植が叶わず落ち込んでいる主婦を慰めるため、もし病院関係者が不正の可能性を示唆していたら、それを信じて被害妄想を膨らませてしまったかもしれない。

何かが無念の結果に終わったとき、まるで不当な圧力がかかったかのように匂わせたら、自分の無能や力不足、認識不足を誤魔化せるから、計算ずくで思わせぶりな言動を取る人間は少なくない。なかったことなど決して証明できないから、それをいいことに、好き勝手吹聴するのだ。

件《くだん》の主婦もそれで陰謀論を信じ込んでしまったとしたら？

小野田と真崎は小一時間、柳谷佳織から話を聞いた。柳谷が賄賂で優先順位を操作した根拠などは何も見つからず、むしろ、デマの被害者である確信が強まっただけだった。

しかし、何もなければなぜ『人間として赦されないことでした』と遺書を残し、死を選んだのか。学術調査官としての数々の便宜は一体——。

便宜、か。

そもそも、柳谷は不正を行っていたのか？　学術調査官として金銭の授受はあったのか、あったとしたらその使い道は賄賂なのか、疑って調べてきた。

もしその前提が間違っていたら？

自分は学術調査官に関して何も知らない。

二人きりになると、小野田は真崎に向き直った。

「今度は僕に付き合ってください」

4

柳谷と小野田の恩師である天童美苗《てんどうみなえ》教授にアポがとれたのは、一週間後だった。学術調査官を拝命した、と苦笑混じりの年賀状を受け取っていたことを思い出したのだ。

当日は真崎と待ち合わせ、彼女が勤務する大学へ行った。約束の時間に研究室のドアをノックする。

「どうぞ」

室内から天童教授の凛《りん》とした声が応じた。小野田は「失礼いたします」と辞儀をしながら入室した。専門書が詰まった七段の本棚が左の壁いっぱいに並び、マホガニーのデスクの上にも本が山積みになっている。天童教授はデスクの前に立っていた。グレーのパンツスーツに細身を包んでいる。白髪は染めず、六十代間近の年齢相応の小皺が目立つ。化粧も最小限だ。

相変わらずだな、と思う。彼女は女性を利用して成功したと思われるのを嫌い、いわゆる〝女性らしさ〟を好まなかった。インタビューにそのスタンスが記載されたときは、『そんなふうに女が遠慮させられる閉鎖的な男社会は害悪だ』と訴える市民団体に利用されそうになり、迷惑がっていた。

「お久しぶりです、天童先生」

彼女は口元の皺を深めるように微笑した。

「お久しぶり、小野田君。後ろの方は？」

小野田は曖昧な笑みを返しながら振り返り、言いよどんだ。真崎が進み出て名刺を差し出す。

「初めまして、天童教授。医療ジャーナリストの真崎です」

天童教授の不審そうな目が小野田に向けられた。

「実は事情がありまして……」

小野田は言葉を選びながら、柳谷の不正疑惑を調べている真崎が恣意的な記事を書かないよう、見張る意味で同行している、と説明した。

天童教授の眉は歪んでいた。

「柳谷君が不正――？」

「はい」真崎が答えた。「助成金の不正受給斡旋《あっせん》疑惑です」

「あの柳谷君が？　一体何の根拠があって……」

「根拠はいくつかあります。どうか、話を聞かせていただけませんか」

彼女は悩んだあげく、嘆息し、「じゃあ、どうぞ」と答えた。黒革のソファがコの字形に配置され、中央にテーブルが置かれている。小野田は真崎と隣り合って座り、天童教授と向かい合った。

「で、柳谷君が不正を行った根拠というのは？」

天童教授は単刀直入だ。昔から回りくどい話をされるのが嫌いで、『要するに？』が口癖だった。その一言が出るや、学生は長ったらしい説明を切り上げ、一言二言に纏《まと》めて説明する。すると彼女は、やればできるじゃない、とばかりにほほ笑んでくれる。そんな彼女に師事していたから、自分も無駄話を避けるようになった。

ただし、彼女自身は回りくどく話す傾向がある。

真崎は遠回しな会話のほうが得意なのか、癖のように後頭部を掻き、周辺事情から説明しはじめた。だが、天童教授に「要するに?」と訊き返されるや、当惑を見せたすえ、答えた。

「柳谷氏は学術調査官という立場を利用し、研究者に便宜を図っていました。証拠の録音もあります」

真崎はICレコーダーを取り出し、再生した。先日も聞いた柳谷と研究者の会話が流れていく。どうすれば助成金が交付されるか、懇切丁寧に助言している。

天童教授は録音を聞き終えると、緊張を抜くように息を吐いた。

「これで終わり?」

「はい」真崎はICレコーダーの停止ボタンを押した。「便宜の決定的証拠です。同じ学術調査官としてご感想は?」

天童教授は呆《あき》れ顔でかぶりを振った。

「本来、無知は罪ではないの。九十パーセントの一般人が答えられる〝常識問題〟を間違ってしまった人でも、九十パーセントの一般人が答えられない〝非常識問題〟の答えを知っているかもしれない。誰もが知っている知識を知らなかったからといって、その人を馬鹿にした言葉は、いずれ自分に返ってくる。どんな人も自分にはない何かしらの知識を持っている、という当たり前の事実を理解していたら、おいそれと他人を見下せない。とはいえ、無知ゆえに人を追及し、名誉を貶《おとし》め、苦しめたとしたら、それは罪よ」

　天童教授の口調は指示棒でぴしゃりと打ち据えるように鋭く、真崎は言葉を詰まらせていた。

「え、ええと……どういう意味でしょう？」

「どうやら学術調査官の仕事内容を思い違いしているのね。拝命される研究者も初耳の肩書きだったりするほど珍しいから、無理もないけれど。あなたは学術調査官についてどの程度知っているの？」

「助成金を交付するかどうか、申請された研究の内容を審査する職業ですよね？」

「やっぱりその程度……。基本的なことから教えましょうか。私のときは、大学に文科省から依頼文書が届いたの。そこで初めて学術調査官の仕事内容を知った」

　天童教授は説明しはじめた。

　学術調査官の任期は二年。文科省から委託される非常勤の文部官だ。月に二回ほど文科省に出向き、ヒアリングや評価の審査会議に出席する。

「詳細はともかく、学術調査官の職務が私の認識とそれほどズレているとも思えないのですが……」

「大違い。あなたは肝腎な部分を誤解している。学術調査官は審査会議に出席する――なんて言われたら仕方がない面もあるけれど。学術調査官は事務方だから審査はしないの」

真崎は「え？」と目を剝《む》いた。小野田も同じく驚いた。学術調査官は審査をしない？

「〝調査官〟なんて付いているから、助成金絡みの研究を調査したり審査したりするように思うだろうけど、実際の職務は事務。ＰＯ《プログラム・オフィサー》なの。審査するのは各委員会の審査委員の先生方。学術調査官には意見を口にする権利もない」

「じゃあ、何のために審査会議に出るんですか」

「審査に立ち会って、その内容を纏めて所見を書くの。で、調査官の視点から助言し、先生方の確認を得て記載する。つまり審査に口出しできない学術調査官に不正は無理。審査員じゃないんだから」

「では、録音の内容は何ですか？　柳谷氏の助言の数々は職務逸脱行為で、便宜では？」

「真崎さんは大前提を間違ってる。学術調査官は申請者の相談に乗るのも通常の職務なの。私だって、その研究が採択されるには申請書をどう書けばいいか、申請者にアドバイスしてる」

小野田は思わず拳を握り締めた。

柳谷は職務を逸脱していなかった——。

「しかし……」真崎が食い下がった。「不採択になった研究者たちは、こんなふうに助言は貰えないと答えましたよ」

「ああ、なるほど。そういうこと」天童教授は苦笑した。「マスコミ報道の怖さね。もし〝科研費を申請したことがある研究者によると〟なんて表現でその発言が掲載されたら、一般人はすぐ騙されるでしょうね。それっぽい説得力を感じて柳谷君を疑ってしまう」

「騙されるという表現は強すぎませんか？」

「そうでもないと思うけど」

天童教授は丁寧に語った。

科研費には、研究の段階や希望に応じて研究種目が分けられている。国際的に高い評価を受けている研究で、格段に優れた成果を出す可能性がある〝特別推進研究〟、独創的・先駆的な研究の格段の発展を目指す〝基盤研究S〟、研究者個人の独創的・先駆的な研究である〝基盤研究A〟〝基盤研究B〟〝基盤研究C〟、若手研究者の自立を支援する〝若手研究〟などなど――。四種類の〝基盤研究〟は、研究期間や研究費総額によって区別されている。

「おそらく、真崎さんがコメントを取ったのは、〝基盤研究〟で申請した研究者でしょう。それが誤解のもと。〝基盤研究〟は日本学術振興会の管轄だけど、学術調査官が担当するのは文科省が直轄する高額の〝新学術領域研究〟なの。学問の新領域の形成や挑戦的な研究を支援する種目ね」

「つまり――？」

「学術調査官は現状二十七名で、百件ほどの〝新学術領域〟を担当してる。〝基盤研究〟には学術調査官は関わっていない。そもそも〝基盤研究〟は数万件も応募があるんだから、一つ一つに懇切丁寧な助言はできない。審査結果の開示はどうしても事務的になる。開示の方法も管轄も違うんだから、〝基盤研究〟に申請した研究者からコメントを取ったら、自分たちはこんなふうに親身になってもらえない、って答えるのは当然」

思い込みが覆《くつがえ》された。

小野田は情報を頭の中で整理した。

学術調査官は審査に関与しない。申請者に助言するのは通常の職務の範囲内。〝新学術領域研究〟は、担当する学術調査官が採択後も不採択後もフォローする。だが、数万件の〝基盤研究〟は学術調査官が無関係で、不採択の理由の開示も事務的になる――。そういうことか。

天童教授はＩＣレコーダーをちらっと見やった。

「その録音は便宜でも優遇でも何でもなくて、むしろ、柳谷君が学術調査官の職務に則って誠実に仕事をしていた証拠。今日は私を訪ねてくれてよかった。学術調査官の職務内容を知らないまま記事を書かれたら、ありもしない便宜や優遇を図った悪者として世間に認知されるところだった」

真崎が慎重な口ぶりで訊いた。

「違法性は本当に全くないんですか」

「ゼロ」彼女は断言した。「学術調査官に相談できることを知らない研究者が多いから、あまり機会はないけれど、相談があったら誠実に答えなきゃ、逆に失格」

「天童先生」小野田は身を乗り出した。「じゃあ、柳谷は無実なんですね?」

「もちろん。彼の真面目な性格は知っているでしょう？」

柳谷は〝倫理〟と〝規範〟が服を着ているような性格で、誰もが気軽にしている程度のルール違反も犯さなかった。

「柳谷君は逆に不正があるなら正したいと思っていたはず。前に審議会で顔を合わせたとき、『先生は不正を知ったらどうしますか』って訊かれたくらい」

「先生は何と？」

「『詳細が分からないまま安易に返事はできない』って答えた。柳谷君は『ですよね』って苦笑いして、それっきり。だから、柳谷君にかぎって不正はありえない」

天童教授から話を聞けてよかった。柳谷の無実が証明された。申請者へのアドバイスが通常の職務なら、そこに金銭の授受などあるはずがなく、移植の順番を操作する賄賂の疑惑も必然的に消えてなくなる。

横目で見やると、意外にも真崎は納得したようにうなずいていた。

5

研究室を出ると、小野田は鉛色《なまり》の空を仰いだ。建物を覆うように押し寄せる黒雲は、今にも涙を流しそうだった。

――柳谷、やっぱりお前は潔白だったんだな。

安堵のあまり胸が詰まり、しばらく言葉も口にできなかった。

一呼吸し、真崎を見る。

「これで柳谷の記事はなくなりましたよね」

真崎は思案げに見つめ返してきた。

「……はい。不正はなかったということですから」

「信じていいんですか？　ずっと柳谷を追っていたんでしょう？」

「今の話を無視して記事にしたりはしません」

「でもマスコミは多いですよね、そういうの。結論ありきで、不都合な真実には触れずに一方的な報道をする。何度も目にしてきましたよ」

「信用ないですねえ」

「以前、顔見知りの教授が激怒していましたから。専門家としてコメントを求められて正直に答えたら、テレビ的に都合が悪かったらしく、その部分は放送されなかったんです。放送は逆の論調で、誘導的な番組構成になっていたようです。〝マスコミが視野狭窄《きょうさく》で一方だけを向いている問題への取材には注意しろ〟と忠告されました」

真崎は人差し指で二、三度顎を引っ掻いた。

「お気持ちは理解できます。ですが、私は何が何でも自説に固執しようとは思いません」

「そう願います」

「……正直に言えば、私自身、柳谷氏の件には少々懐疑的だったもので。不都合な事実を隠したいなら、最初から〝お目付け役〟なんて提案したりはしませんよ」

「それは僕のつてを利用するための方便でしょう？」

「……まあ、方便は方便ですね」

「やっぱり」

「ですが、動機は逆なんです」真崎は躊躇《ちゅうちょ》を見せた。覚悟を決める時間を欲するように間を置き、口を開く。「柳谷氏の潔白を明らかにしたかったんです」

小野田は一瞬、言葉の意味が呑み込めなかった。

「それはどういう……？」

「最初は不正疑惑を追っていたんですが、色んな人から話を聞けば聞くほど、柳谷氏の生真面目なエピソードばかり集まって。本当に彼が不正に関与していたのか、疑問に思うようになりまして」

言いにくそうに語りながら苦笑する。

「それを信じろって言うんですか?」

「信じてもらえるとは思っていません。ただ、小野田さんには正直にお伝えしたほうがよいだろう、と思いまして」

「本当にそうだとしたら、なぜ最初に言わなかったんですか。今ごろ告白されても言いわけじみて聞こえます」

「正直さが必ずしも伝わるわけではありませんから。柳谷氏の不正を追っていた初対面のジャーナリストがいきなり現れて、『彼の潔白の証明のために協力してください』なんて言っても、やっぱり鵜呑《うの》みにはできないでしょう?」

言われてみればそのとおりかもしれない。お目付け役としてどうですか、と提案されたからこそ、協力を決めたのだ。最初から潔白うんぬんと訴えられていたら、怪しみ、断ったと思う。

「今回は私の認識が間違っていました。学術調査官について生半可な知識とイメージだけで記事を書いていたら、大誤報をやらかすところでした。正義面して疑惑を追及した結果、実は違法どころかグレーでもなく、むしろ職業上奨励されている行為だったなんて発覚したら、どうなっていたか。ぞっとします」

誠実な口調だった。それが事実なら、疑惑が存在しないところに印象操作で疑惑を作っていくジャーナリストもどきと一緒にして申しわけなかった。

「でも――」真崎は表情を引き締めた。「不正をしていなかったなら、柳谷氏はなぜあんな遺書を残して自殺したんでしょう」

そのとおりだ。潔白なら真崎の間違った追及など恐れる必要がないのだ。記事が掲載されたら柳谷を疑う人間はいるだろうし、無実の身で批判を浴びるかもしれないが、専門家によって学術調査官の職務が説明されたら誤解はすぐ解ける。いや、それよりも、真崎の突撃を受けた時点で実情を話せばよかった。助成金の不正受給の斡旋や便宜などありえない、と論理的に説明すれば終わりだ。それでも自説に固執して記事を掲載するようなら、真崎のほうがジャーナリストとして立ち直れない打撃を受けるだろう。

一般市民の大半は、マスコミの偏向ニュースや印象操作、フェイクニュースに嫌気が差している。火がないところに煙を作り出し、大火事に見せかけるやり口に苛立《いらだ》っている。

学術調査官が申請者の相談に乗り、丁寧に助言することは職務として定められているのに、それを違法な便宜だと騒ぎ、『新学術領域研究』と『基盤研究』では管轄や不採択理由の開示方法が違うにもかかわらず、学術調査官とは無関係な『基盤研究』の申請者からコメントを取り、罪に見せかける――。そんな記事を書けば、真崎の信用度は地に落ちる。

だが、柳谷は説明もしなかった。真崎の主観的な印象をどこまで信じられるのか分からないが、柳谷は観念したような微笑を浮かべていたという。

一体なぜ？

明らかな勘違いで責められたら、誰でも否定するものではないか。

柳谷はなぜそうしなかったのか。

「結局、柳谷氏の心の奥底は分からずじまいでしたね」

――お前は一体何に苦しんでいたんだ？

小野田は、ぽつりぽつりと涙雨を流しはじめた鉛空を見上げ、答えが返ってこない問いかけを続けた。

6

白雲が流れる青空の下、常緑樹の枝葉が風にざわめいていた。一帯には墓石が並んでいる。

小野田は墓石をたわしでこすって洗うと、花と供物を供えた。柳谷と妻子の名前が刻まれている。

「お前は俺を助けてくれたのに、俺はお前を助けられなかったな」

柄杓《ひしゃく》で水をかけると、墓石は涙を流しているように見えた。

「許してくれ、柳谷」

柳谷の娘の話を聞いていても、自分に何かができたわけではない。だが、それでも教えてほしかった。手を差し伸べる機会を一度でいいから与えてほしかった。苦しいときに助けてくれた恩を返したかった。

小野田は線香と蠟燭《ろうそく》を立てると、手を合わせた。脳裏に浮かんでくるのは、若かったころの思い出ばかり。

「――小野田さん」

背後から呼びかけられ、小野田は目を開けた。ゆっくり振り返った先には真崎が立っていた。

「私も手を合わせても――？」

「……もちろんです」

真崎は進み出ると、墓前で手を合わせた。

小野田はその姿を眺めながら、何十秒か、突風が奏でる自然の囁《ささや》きに耳を傾《かたむ》けた。

やがて、真崎は目を開け、墓を見つめながら口を開いた。

「病院関係者がオフレコで教えてくれました。柳谷氏は娘の葬儀を終えた後、女医を訪ね、『私が間違っていました。きっと神は赦さないでしょう』と思い詰めた顔で悔やんでいたそうです」

柳谷は無神論者だったのに、神を持ち出すほど自分を責めていた。一体何に？

彰浩君があの記事にどんなに傷ついていたか。そのせいで再移植の話だって——。

柳谷佳織が漏らしかけた叫びが蘇る。

週刊誌の中傷的記事のせいで再移植の話が——どうなった？　死に目に会えず娘が亡くなっている以上、再移植は実施されていない。

もしかしたら、柳谷は自ら再移植を拒否したのではないか。

病院が八方手を尽くして心臓を探している状態で、柳谷は主婦の悲痛な訴えを思い出してしまった。誰かが優先的に心臓を貰えば、誰かは貰えない。その当たり前の事実に思い至ってしまった。

女医は柳谷佳織に説明したという。

『奇跡的に心臓が見つかって再移植したとしても、間違いなくすぐ駄目になってしまうでしょう』

心臓が手に入っても、娘を救うことはできない。だが、その心臓が適合するどこかの誰かなら救える。

同じ移植するなら助かるほうへ――。

柳谷は血を噛むような思いで、もう心臓を探さなくても構わない、と伝えたのではないか。もちろん、奇跡的に心臓が手に入ったと言われていたら、誰の恨みを買おうと再移植を望んだだろう。だが、その時点ではまだ病院が心臓を探している段階だった。だからこそ、もういいんです、と言えたのではないか。

いつの間にか地面を睨みつけていた。顔を上げると、真崎の悲痛な表情と対面した。

「……私が以前、取材したある母親は、こんな本音を漏らしました。『移植の優先順位が高い子供が亡くなってくれたら、と思ってしまう瞬間、自分にぞっとするんです』」

それこそ、綺麗事では誤魔化せない移植手術の現実だ。

「柳谷氏はその現実に苦しんだのではないでしょうか」

真崎の言葉を聞き、彼もまた、柳谷の懊悩に思い至っているのだと気づいた。

アメリカから急遽帰国した柳谷は、娘の死に目に間に合わなかったとき、何を思っただろう。なりふり構わず心臓を探し求めていたら、奇跡が起きた可能性はなかったか。そう後悔したのではないか。

——これでよかったんだろうか。

——人間として赦されないことでした。

——私が間違っていました。きっと神は赦さないでしょう。

柳谷が漏らした言葉の意味がようやく理解できた。実際は数時間で心臓が手に入る可能性などはなく、柳谷のほうから再移植を拒否しなくても、結果は変わらなかっただろう。だが、理屈で割り切れないのが感情だ。

同情すると同時に失望もあった。妻を失い、娘も失えば、自暴自棄にもなるだろう。生きている意味も見出せなくなるだろう。それでも死を選んでほしくなかった。

絶望のどん底を経験していない人間の綺麗事かもしれないが、妻子の後を追うより、生きて、大勢の患者のための研究を続けてほしかった。それが使命ではないのか。

後追い自殺は現実逃避の責任逃れだ。

生きたくても生きられず、無念のままがんに屈して死んでいく患者を一人でも多く救うための研究ではなかったのか。自殺は患者への冒瀆ではないか。健康に生きられる人間が自らその権利を手放したのだから。

相反する感情が胸の内側でごちゃ混ぜになり、叫び散らしたい衝動に駆り立てられた。

どれほどその場に突っ立っていたか。

小野田は真崎に目礼し、柳谷一家の墓に背を向けた。足元には血の色をした彼岸花《ひがんばな》が毒々しく咲いていた。

※前知識が必要なので必ず他の四篇の読了後お読みください

究極の選択

1

医師たちは廊下で目が合うや、すっと視線を逸《そ》らし、心持ち早足で真横を通り抜けていく。

進藤《しんどう》太一《たいち》は白衣に包まれた太鼓腹を持て余しながら歯噛《はが》みした。准教授に挨拶すらしない。今までは、仮に目を合わせないにしても、眩《まぶ》しすぎる太陽を直視できないのと同じく、誰も彼も権威に畏怖《いふ》していた。だが、今や、見つめていたら目が汚れる汚物であるかのような態度をとる。

医局の中で日増しに立場が悪くなっていく。

クソッ――と内心で吐き捨てる。

教授連中にも気に入られ、期待されていた。今後は将来の教授選に向けて手術成功の実績を重ねていく予定だった。ライバルは女性准教授の都薫子《みやこかおるこ》。彼女は研究と論文で実績作りを行っている。現場の技術がない女医に負けるわけにはいかない。そう思っていた。

あの失敗が全てを狂わせてしまった――。

心臓移植実施施設として認定されたばかりの光西《こうさい》大学附属病院としては、心臓移植の実績を積んでいく方針をとっていた。だからこそ、医局での地位を確固たるものにするため、難易度の高い心臓移植手術を実行したのだ。

手術は成功し、医局も大喜びでマスコミに喧伝《けんでん》した。集まった記者たち。焚《た》かれるフラッシュの雨あられ。日本じゅうの目が自分に注がれているような興奮が湧き起こり、万能感に支配された。都准教授を一気に突き放した実感があった。

翌日は病室に記者を招き入れ、新たな心臓を手に入れた女の子の笑顔と並んで撮影させた。利害の一致だ。メディアとしても、視聴者や読者の感情を煽《あお》る〝絵〟が欲しいのは分かっていた。目論見《もくろみ》どおり、その写真と映像は話題になった。

教授連中も鼻が高かったはずだ。

だが、一ヵ月半後のことだった。休暇でハワイ旅行中、女の子の容体が急変した。

一報を受けたとき、目の前にさっと暗幕が下りた。戦慄《せんりつ》した全身の血は冷水さながらで、胃も締めつけられた。

心臓移植失敗――。

話を聞くかぎり、数時間以内に再手術するしか助かる道はなかった。だが、適合する心臓がそんな短時間で手に入るわけもなく、避けられない死に絶望が押し寄せてきた。

現実を直視できず、予定を早めての帰国はできなかった。後から聞いた話では、都准教授が女の子を引き受け、遺族への対応も行ったという。

なぜ彼女が？

決まっている。移植手術が失敗した原因を探り、教授選のライバルの汚点を摑《つか》んでおこうと考えたのだ。

帰国したときには全てが激変していた。味方だった記者たちは手のひらを返し、『ミスはなかったのか』『失敗の原因は何か』『女の子の死をどう思うか』と詰問した。

職務を放棄してハワイで豪遊して女の子を死なせたかのように書いた週刊誌もある。病院に待機していても手の施《ほどこ》しようがなかったにもかかわらず、悪意ある印象操作を行っていた。一体誰のリークか。こうして既成事実が作られていく。

英雄から一転、〝戦犯〟へ。

進藤は苛立《いらだ》ちを噛み殺しながら医局を出た。鉛色《なまり》の空が建物全体に重くのしかかり、木枯《こが》らしが枯れ葉を舞い上げている。裸木は寒そうに身を震わせていた。

白衣の襟元を掻き合わせると、ベンチに腰を落とした。陰鬱《いんうつ》な気分のまま天を仰《あお》ぐ。

光西大学附属病院での将来は閉ざされてしまった。

心臓移植の失敗だけでなく、政敵の都准教授に握られた〝弱み〟も決定的だ。

ある夜の飲酒運転の証拠だ。飲酒中に急患があり、タクシーが捕まらなかったので仕方なく車を運転して病院に駆けつけた。間に合わなければ患者は死んでいた。だが、人命救助のためとはいえ、違法行為は違法行為だ。

アルコールでふらつきながら車を降りる姿を病院の駐車場の防犯カメラが捉《とら》えており、そのデータを都准教授は入手したという。政治力を駆使して教授選への推薦を得たとしても、その映像を出されたら決して選ばれない。それどころか、医局から厄介払いされる可能性もある。

「あのう……」

突如《とつじょ》、声が降りかかってきた。

ベンチの前に立っているのは新米の倉敷《くらしき》医師だった。顔色を窺《うかが》うように緊張を滲《にじ》ませている。

思い返せば、飲酒運転の証拠映像を都准教授が握っている、という情報を持ってきたのは彼だった。まあ、だからといって感謝する気もない。証拠を揉《も》み消してきました、という報告だったならば、礼の一言二言は述べたかもしれないが。

「何か用かな、倉敷君」

声に不機嫌さが滲み出た。

倉敷医師は慎重な口ぶりで答えた。

「実は都先生の件で」

「都先生が何？」

倉敷医師は喉仏《のどぼとけ》を上下させ、周囲に目を這《は》わせた。見舞客らしき女性を目に留めると、彼女が通りすぎるのを待ってから向き直った。目を閉じ、静かに一呼吸置いてから目を開ける。

「……実は昏睡患者の運び出しの犯人は都先生です」

進藤は目を眇《すが》めながら倉敷医師を見つめた。

「運び出しって、あの？」

「はい」

轢《ひ》き逃げされた男が光西大学附属病院に入院していた。緊急手術で一命は取り留めたものの、意識は戻らなかった。急性の肝不全を起こしていたため、二、三日以内に肝臓移植を行わなければ死亡するという状態だ。その昏睡患者には親族がおらず、身内からの提供は期待できない。

短期間で都合よく移植用の臓器が手に入るわけもなく――。

昏睡患者に待っているのは〝緩慢な死〟だった。

そんなある夜、その昏睡患者が忽然《こつぜん》と消えた。一人で移動できるはずがない。誰が何のために連れ去ったのか。

「君にも疑われたねえ」

「すみません！」倉敷医師が頭を下げた。「都先生にそそのかされて……。あの昏睡患者は、健康保険証で臓器提供の意思表示をしていました」

死者の肝臓が手に入らねば死を免れない昏睡患者が、自分の臓器提供を望んでいた――。なんとも皮肉な話ではある。

「ああ、そうだったねえ。だから？」

「進藤先生は臓器移植の実績を積もうとされていました。臓器提供の意思表示をしている昏睡患者が亡くなれば、機会が巡ってきます。臓器が手に入るわけですから。でも都先生はその昏睡患者を助けようとしていました。だから、進藤先生が秘密裏に関連病院に転院させて、脳死判定をしてから、臓器を摘出したのではないか、と」

「荒唐無稽《こうとうむけい》な話だねえ。前にも話したけど、僕にとってリスクが高すぎる」

「すみません。タイミングがあまりに合いすぎていて。直後に進藤先生が心臓移植をされたので、てっきり、その心臓が昏睡患者のものだとばかり……」

「あれは違法性のない心臓だよ。で、都先生がその運び出しの犯人だったっていうのは？」

倉敷医師は順を追って説明した。

その昏睡患者には幼馴染《おさななじみ》の女性がおり、見舞いにも来ていた。彼女は彼の体が切り刻まれること――臓器が摘出されること――を嫌い、悩んでいたという。避けられない死ならせめて体だけでも綺麗なままにしておきたい、と。都准教授は女性の気持ちを汲《く》み、光西大学附属病院から昏睡患者をこっそり運び出した。静かに看取らせるために。

語り終えた倉敷医師が黙り込んでも、衝撃の余韻は抜け切らない。

「その話は――本当なの？」

「はい」倉敷医師はうなずいた。「僕がその可能性に気づいて、都先生にぶつけたら、認めました」

医者が情にほだされ、昏睡患者を無断で運び出した？　にわかには信じがたいが、事実ならこれは大問題ではないか。何の権利もない幼馴染の女性の懇願で、臓器提供を望んでいた患者を逃がしたのだから。そんなまねをしなければ、彼の臓器で何人の命が救えた？

見方を変えれば、彼女は早々と〝命〟を諦《あきら》めたとも言える。最先端の設備がある光西大学附属病院にそのまま入院させておけば、肝臓が入手できるまで生存できた可能性もゼロではないのに、独断で運び出してしまったのだ。

進藤は膝頭《ひざがしら》の上で拳《こぶし》を握り締めた。

これは彼女の〝弱み〟だ。飲酒運転と対等の――いや、ある意味それ以上の〝弱み〟になる。

進藤は、口元が緩《ゆる》んでくるのを隠すことができなかった。

一方だけが武器を持っている状況では闘えない。だが、これで自分は首の皮一枚で繋《つな》がる。

彼女が昏睡患者を運び出さなければ、奇跡的に肝臓が手に入って命を救えたかもしれないし、駄目だったとしても、彼の臓器で他の患者数人を助けられたのだ。

臓器提供が患者の意思だったなら、家族にしか拒否権はない。赤の他人に阻止する権利などない。幼馴染の女性は、医師が臓器を無慈悲に強奪しているとでも思っているのではないか。

脳挫傷患者の臓器提供を身内が承諾したある例を思い出した。摘出を担当した医師が未熟だったため、腎臓の血管内に大量の血が残って固まり、臓器が使えなくなってしまったのだ。

——息子の臓器を役立ててやってほしかった。

提供失敗を知った身内の悲嘆のつぶやきは、今も忘れられない。本人や家族に提供の意思がある以上、後悔させないためにもきちんと叶《かな》えてやるのが医師の務めではないか。

都准教授は私情で過ちを犯した。

「都先生には口止めされていたんですけど……」

倉敷医師はきまりが悪そうに言った。

「君はなぜこの話を僕に？」

「え？　それは——僕は〝進藤派〟ですし」

光西大学附属病院の研修医や新米医師は、教授の椅子を狙《ねら》っているそれぞれの准教授の派閥に属している。

「なるほど、僕の権威が落ちれば君も困る、というわけだ」

「い、いえ！　そんなつもりでは……」

「それとも、都先生の罪を握っていることで優遇してもらえると計算していたら、逆に厄介者として遠くへ飛ばされそうになっているとか？」

倉敷医師は顔に動揺を滲ませた。

「それで今度は僕にもう一度取り入ろうってわけだ」

大人の色香に惑《まど》わされたか、一度は都准教授に吸い寄せられた若造も、結局は女《め》狐《ぎつね》に利用されただけだと思い至ったらしい。二人の准教授から見限られては光西大学附属病院での未来はないから、恥を忍んで舞い戻ってきたのだろう。

本来なら、裏切り者の新米など、救いを求めて手を伸ばしてきても、崖下へ蹴落としてやるのだが――。

進藤はベンチから立ち上がると、倉敷医師の肩をポンと叩いた。

「なかなかお手柄だったよ」

求心力を失いつつある今は、子飼いの者を抱えておくに越したことはない。都准教授を失脚させられるほどの弱みを手土産にしたのだから、一度の失点はひとまず目をつぶってやろう。

進藤は踵《きびす》を返し、歩きはじめた。

「あの……どちらへ？」

背後から倉敷医師の声が追い縋《すが》る。

進藤は振り返らず、ひらひらと手を振った。

一般病棟に併設された白亜の研究棟を睨《にら》み据え、突き進んだ。

都准教授は現場より研究を好み、大抵は研究室に籠《こも》っている。一刻も早く昏睡患者の運び出しの件を突きつけてやろう。飲酒運転の件を暴露するなら一蓮托生《いちれんたくしょう》だぞ、と。

進藤は研究棟に踏み入ると、廊下を歩き、都准教授が所属する第二研究室へ向かった。一歩一歩に力が入っていた。近づくにつれ、興奮で歩みが速くなる。

T字になっている角を右に曲がったとき、突き当りのドアが開いていて、その前に都准教授が立っているのが見えた。男女の二人組と話しているようだ。野球帽の男と細身の女——。

二人きりでなくては話せない。

気勢を削《そ》がれた形となり、進藤はいったん廊下の角に姿を隠した。

角から覗《のぞ》き見ると、男が都准教授に頭を下げ、振り返った。その顔を見たとたん、心臓が止まりそうになった。

男は彼女に運び出されて死んだはずの例の昏睡患者だった。

2

進藤は見開いた目で男の顔を凝視した。

目深に被った野球帽で顔を隠し気味にしているものの、見間違えようがなかった。

続いて細身の女性が振り返った。昏睡患者の幼馴染の女性だ。

なぜ？　一体何がどうなっているのだろう。

一卵性双生児でもないかぎり、昏睡患者が生きていたことになる。いやいや、ありえない。急性の肝不全を併発していたから、肝移植しないかぎり三日ともたなかったはずだ。死が確実だったからこそ、彼の臓器をどう使うか、すでに計算しはじめていたのだ。移植リストの順番を考えれば、一つは自分の担当患者に回ってくる。だから手術に備えていた。

では、なぜ生きているのか。光西大学附属病院から運び出されてどこかで死を待つ中、奇跡的に肝臓が手に入ったのか？　そして移植手術を受け、意識も回復した？

馬鹿な。

そもそも。そもそも、だ。都准教授自身、助かる可能性がないと判断したからこそ――すぐには死者の肝臓が手に入らないと判断したからこそ、昏睡患者の幼馴染の女性の想いを汲み、運び出しに協力したのではないのか。

なぜ生きている？

二人が歩いてくると、進藤は思わず顔を引っ込めた。自分に隠れなければならない理由などないはずなのに、なぜか本能的に体が動いていた。

やがて、廊下に伸びた影が曲がり角の向こうから見えてきた。

場を離れるべきだったと思い至ったのは、そのときだった。なぜ気づかなかったのか。このままでは鉢合わせしてしまう。迂闊《うかつ》だった。だが、動くには遅すぎた。白壁に背を貼りつけたまま、ぎゅっと拳を握り締めた。

男女が姿を現し、そして――真っすぐ進んでいく。曲がってはこなかった。

二人の背を目で追いながら、安堵《あんど》の息を吐く。

進藤は第二研究室のほうを覗き見た。ドアは閉まっている。都准教授は室内に戻ったのだろう。

どうする？

昏睡患者が死んでいなかった以上、都准教授の弱みにはならない。彼女と対決する武器を失った。

進藤は、遠のいていく男女の背中を追いかけた。二人は西口から研究棟を出た。植込みの前で立ち止まり、会話する。

距離を縮めると、辛《かろ》うじて声が耳に入ってきた。

「――に感謝しなきゃね」

「そうだな」

「じゃあ、私、車をとって来るね。待ってて」

「すぐそこだろ。一緒に行くよ」

「病み上がりなんだから無理しないで」

彼女はほほ笑むと、駐車場のほうへ足早に去って行った。男はぽつんと取り残されている。

進藤はつかの間ためらったものの、男の背中に声をかけた。

「ちょっと失礼」

男は振り返った。若干の警戒心が浮かんでいたが、白衣を見て表情を緩めた。

進藤は間近で顔を観察した。やはり例の昏睡患者だった。昏睡中に何度も病室で眺めていたから間違いない。

男は「ええと……」と言いよどんだ。

何と答えるべきか。嘘をついても話は聞き出せないだろう。率直に話すしかない。

「僕は進藤。昏睡中のあなたの担当医でね」

嘘も方便だ。

「そうでしたか。大変お世話になりました」

「たしか……」進藤は男の顔を見つめながら、立てた人差し指を前後に動かした。

「名前は――」

「三浦拓馬《みうらたくま》です」

「そうそう、三浦さんね」

思い出した。彼はそのような名前だった。

「病室から忽然と姿を消したんで、心配していてねえ」

「え？　退院許可が出たんで――」

「いやいや。意識を取り戻してからの話じゃなく、昏睡中にね」

「昏睡中に？」

三浦拓馬は心底怪訝《けげん》そうな顔をしている。

「おや、知らない？　幼馴染の女性——何て名前だったか、今さっきの」

「仙石聡美《せんごくさとみ》です」

「その仙石聡美さんたってのお願いで、都先生が運び出してねえ」

「え？　なぜ？　もっと設備が整った病院へ……？」

「ここより優秀な医大は全国でもごく少数だよ。あなたは肝移植しないと助からない状態でね。仙石さんは、あなたが臓器提供の意思表示をしていると知って、あなたの体を傷つけられたくない、と考えたようで。どうせ助かる見込みがないなら自分が看取りたい——と」

「信じられません」

「……あなたは当然、肝移植したんでしょう？」

「そう聞いています」

「都先生から？」

「はい。都先生が僕を治療してくださったんです。肝移植した後も眠り続けていたらしいんですけど、この前、意識を取り戻して」

「目を覚ました場所は？」

「ここです」

仙石聡美は三浦拓馬の死が避けられないと知り、都准教授の協力のもと光西大学附属病院から運び出した。静かに看取るつもりだったが、彼は予想より一日か二日、持ちこたえた。そこで幸運にも肝臓が手に入ったという報を受け、舞い戻り、移植手術を行った――。そういうことなのか？

いや、何か引っかかる。

「人工呼吸器を外せない三浦さんを彼女が自宅に引き取ることは、まず不可能だった。最低限の設備がなければ、一時間ともたなかっただろう。ここから運び出された後の話は聞いているかな？」

「……いえ。何も知りません。轢き逃げに遭って、意識不明で、手術を受けて奇跡的に回復した、と。そう聞かされました」

運び出しの件をなぜ本人に隠す？　都准教授としては、職務倫理上許されないことを独断で行ったのだから、当人が回復した以上、伏せておきたいだろう。『僕の治療を早々に諦めたんですか。匙《さじ》を投げたんですか』と責められてはたまらない。

仙石聡美としても、万が一の回復の可能性を捨てて、彼を勝手に看取ろうとしたわけだから、正直に事情は告白しにくいだろう。

心情的には理解できる。だが、なぜか腑《ふ》に落ちない。

質問を重ねようとしたとき、エンジン音が近づいてきた。見ると、仙石聡美が運転する軽自動車だった。そばに停車した彼女は窓から顔を出し、三浦拓馬に話しかけようとして進藤に目を留めた。一瞬、顔に驚きの表情がよぎった。

気まずい沈黙が降りてくる。

彼女は言葉を探しているようだった。唇が開きそうで開かない。

進藤は先に話しかけた。

「その節はどうも。一度病室で会っているね」

仙石聡美は車内で小さく辞儀をした。

「友人の彼が回復して何より。移植手術、行えたんだねえ」

「……はい、そうなんです」

彼女のほほ笑みはどこかぎこちなかった。

「いやあ、あのときは度肝を抜かれたよ。何せ――」

「すみません。私たち急ぎますから」

彼女は遮ると、三浦拓馬を促して助手席に乗り込ませた。そして――さっさと発車する。

仙石聡美は排気ガスの臭いを残し、光西大学附属病院から逃げるように去って行った。

3

三浦拓馬は運転席の聡美の横顔を窺った。

昏睡から目覚めてまだ何も分かっていない。彼女が光西大学附属病院から自分を運び出した、というのはどういうことだろう。たしかに自分は臓器提供の意思表示をしていた。万が一のことがあった場合、自分の臓器で誰かを救いたいと思っていた。幸か不幸か、反対する身内はいない。

だが、聡美が臓器の摘出を嫌がり、女医に頼んで勝手に運び出させるとは――信じられない。

「――本当によかった、拓馬君が助かって」

聡美は運転しながら喋《しゃべ》り続けていた。他愛もない話ばかりで、耳を素通りしていく。

「そういや、さ」拓馬はさりげなさを装って切り出した。「僕は光西病院でずっと意識不明だったわけ？　いや、事故の日からの記憶がないし、色々気になって」

急に黙り込んだ彼女の横顔には、緊張が滲み出た。だが、それは一瞬のことだった。

「うん、ずっと光西病院で眠ったまま。すごく心配したんだから。都先生が親身になってくれて……だから助かったんだよ、拓馬君」

彼女はなぜ運び出しの件を隠すのだろう。感情的な行動を今になって後悔しているのだろうか。

「一番近くに光西病院があってよかったね、本当」

聡美は他意がなさそうにほほ笑んだ。

事故に遭ったのは、獣医師が集まる会が都内で開かれた日だ。出席した帰り、ヘッドライトが金色の矢のように目を射り、あっと思ったときには衝撃に打ちのめされていた。意識を取り戻したのは病院のベッドだった――。

軽自動車が茨城県に入った。都市部から離れていく。山並みを背景に田畑が広がる道を走る。

聡美は『仙石養豚』の前で停車した。

「お父さんも心配してたし、顔見せてあげてよ」

エンジンを切った聡美が先に降りた。

拓馬は軽自動車を出ると、車の前を回った。聡美がキーをロックし、率先して歩きはじめる。

「なあ」拓馬は立ち止まり、彼女の背に話しかけた。「何で、僕を病室から運び出したんだ？」

聡美が「え？」と振り返る。その瞳には動揺がちらついていた。

「な、何の話？」

「病室から僕がいきなり消えて、担当医は慌てたらしいね。僕がもう助からないって思って、諦めて、聡美が運び出させたって聞いた。臓器を摘出させないために」

「ち、違うの。それは拓馬君を助けようとして、、、、、、、、、――」

助けようとして？

聡美ははっと目を瞠《みは》り、唇を引き結んだ。

「どういう意味？」

明らかにおかしい台詞《せりふ》だった。進藤准教授の話を信じるなら、聡美は自分が看取るために都准教授に運び出しを訴えたはずだ。助けようとしたわけではない。むしろ――諦めだ。死の受容だ。

「それは、その……拓馬君を助けてくれそうな病院があって、そっちに転院させたくて……」

「だったら無断で運び出す必要なんてないだろ」

「だから、それは——」聡美は逃げ場を探すように目をさ迷わせた後、追い詰められた小動物を思わせる表情で答えた。「光西病院じゃ助かる見込みがなくて」

「設備が整った有名医大だろ」

「そうなんだけど、ほら、あの進藤って准教授。あの人、拓馬君の臓器を待ち望んでたの。だから拓馬君を積極的に助けようとはしないって都先生が教えてくれた。普通に転院させようとしても邪魔されるだろうから、都先生が手助けしてくれたの」

「その後は？」

「……転院した病院で数日、持ちこたえたとき、都先生から、肝臓が手に入るって連絡があって。また光西病院に戻ったの」

筋は通っている気がする。だが、本当に鵜呑みにしていいのか？　疑念は寄生虫のように頭に棲《す》みついていた。

「ほら、早くお父さんに会いに行こ」

聡美はさっと背を向け、事務所へ歩いていってしまった。

4

退院から十日。

拓馬は聡美に呼び出され、『仙石養豚』の事務所を訪ねた。彼女に迎え入れられると、黒革のソファの横に見知らぬ男が立っていた。ジャケットの下に紺系のシャツをラフに着こなしている。長めの前髪が半眼の上で揺れていた。

男はうっすらと生やした顎鬚《あごひげ》を撫《な》でながら近づいてきた。

「どうも。三浦拓馬さんですか？」

「……そうですけど、あなたは？」

「おっと、失礼。私はジャーナリストの真崎《まさき》です」

男は名刺を差し出した。気だるそうな顔に笑みを浮かべると、とたんに人懐っこそうに見える。

「あなたの轢き逃げの件に興味がありまして」

「らしいの」聡美が手を合わせた。「ごめんね、拓馬君。理由も言わずに呼び出しちゃって。拓馬君をうちの従業員と勘違いして、訪ねてこられたの」

「悪質な事件だと思いまして。全国的に報じることで犯人逮捕に繋がるかもしれませんし、少しお時間をいただいても？」

警察は轢き逃げ現場の塗料などを分析しているものの、盗難車だったらしく、まだ犯人の特定には至っていないという。先日は刑事から申しわけなさそうに謝られた。

拓馬は曖昧にうなずき、聡美と隣り合ってソファに腰を下ろした。真崎はテーブルを挟んで対面に座った。

「轢き逃げで生死の境をさ迷われて……」真崎は同情するように眉尻を下げ、眉間に皺《しわ》を刻んだ。「さぞ大変だったでしょう」

「そうですね。ただ、僕はずっと意識不明だったので……」拓馬は顔を顰《しか》めた。思い出すと、折れた肋骨《ろっこつ》が痛む。「命があっただけでも不幸中の幸いでした」

「肝臓移植もされたとか」

「はい」

「光西大学附属病院ですよね。あそこは移植医療に力を入れていますから、幸運でしたね」

「感謝しています」

「ちなみに執刀医はどなたが？」

「え？」

「いえね、私は医療方面に多少明るいので、もしかしたら存じている医師の方かと」

拓馬は聡美と顔を見合わせた。光西大学附属病院での話になると、彼女は歯切れが悪い。ジャーナリストに語っていいものかどうか。

表情からは答えを得られなかった。

「……都先生です」

「都薫子准教授ですか？　彼女は日ごろ研究に専念されているので、執刀は滅多にされなかったような……」

真崎は不可思議そうに首を捻《ひね》った。

「正確には都先生のチームです」聡美が慌て気味に割って入った。

「意外ですね。てっきり進藤准教授のチームかと」

「進藤先生はお忙しかったんだと思います」

進藤准教授と都准教授の対立は隠すつもりらしい。語ったら相手に迷惑をかけかねないので、賢明かもしれない。

「それより、轢き逃げ犯の話を」

聡美は話を変えた。少し強引にも見えた。

真崎は意外にもすんなりうなずいた。

「そうですね、そうしましょう」

轢き逃げ事件とは別の何かに関心があるように感じたものの、気のせいだったのかもしれない。

「犯人特定の手がかりになりそうな情報、何か記憶されていますか」

何も答えられずにいると、聡美が代わりに口を開いた。

「犯人は連中です」

連中？

聡美の横顔には憂慮の陰があった。

「はい。ＡＳＧです。絶対そうです。連中の復讐《ふくしゅう》に決まっています」

ＡＳＧ——聡美は反種差別集団《アンチ・スピーシスト・グループ》が轢き逃げ犯だと疑っているのか。

都会では珍しくない交通事故の一件だと考えていた。だが、まさか、ＡＳＧとは……。

たしかに可能性はある。

「私たちは彼らの嫌がらせを受け続けていました」

聡美は真崎に説明しはじめた。

発端は、『仙石養豚』の事務所の壁への貼り紙だった。

『動物の命は人間より軽いのか？』

明らかに養豚場への敵意が感じられた。それだけではない。一日に一回か二回、養豚を批判する抗議電話もかかってきた。

『家畜だから殺してもいいのか？　犬なら？　猫なら？　同じことをするのか！』

養豚場関係者が疲弊していたある日、『仙石養豚』の分娩豚舎の母豚十頭が豚流行性下痢《PED》に感染した。感染対策を徹底していたのに不可解すぎる。

犯人を突き止めたのは聡美だ。あるパートの従業員を怪しんで、こっそり見張った結果だった。

パートとして入り込んでいたのはＡＳＧの活動家だった。わざと消毒を怠り、養豚場の経営に打撃を与えようとしていたのだ。

正体を見破られた活動家は、聡美の実家の敷地に押し入り、彼女の飼い犬と自分の命を天秤《てんびん》にかけ、どちらかを選べ、と脅迫的に迫った。思い悩んだ彼女が飼い犬を選ぶと、活動家はナイフで自分の首を掻き切ろうとした。

「直前で僕が飛びかかって取り押さえました」

拓馬は話を引き取った。

真崎は神妙な顔つきで話を聞いていた。聡美が続けて語る。

「私たちは誰もが誇りを持っています。美味《おい》しい食肉を食卓に届けるため、家畜の健康に気を遣って、出荷するその日まで大事に大事に飼育しているんです」

真崎が拓馬に顔を向けた。

「三浦さんは獣医師だと伺いました。職業柄、複雑な感情をお持ちでは？」

拓馬は苦笑いした。

「僕は小動物臨床獣医師ではありませんから」

真崎は首を傾《かし》げた。

「小動物臨床獣医師というのは、要するにペット病院の獣医師です。僕は食肉衛生検査所で働く地方公務員の獣医師――いわゆると畜検査員なんです」

「と畜検査員というのは、食肉として解体される家畜の安全性をチェックする職業ですよね。これは個人的な興味なんですが……ペット病院のほうを選択したくはなかったんですか？」

拓馬は膝の上に置いた自分の拳を見つめた。当時の苦悩が否応なく蘇《よみがえ》ってくる。

獣医学部で学んでいるときは、多くの学生同様、小動物臨床獣医師を目指していた。動物の命を守りたい、という想いも強かった。

心境の変化があったのは二〇一〇年だ。宮崎県で口蹄疫《こうていえき》が発生した。当時の政府は何も対策せず、ようやく重い腰を上げても後手後手に回る始末。

いくつもの全国紙で獣医師不足を報じる記事を散々目にした。記事によると、宮崎は全国有数の畜産県にもかかわらず、防疫対策を担《にな》う家畜保健衛生所の獣医師は四十七人しかいなかったそうだ。

口蹄疫の発生から四日後、宮崎県は県内外の獣医師に応援を要請した。集まった獣医師は千百人を超えたものの、牛の静脈すら見つけられないような、牛や豚の診療に不慣れな者が多かったという。

『口蹄疫拡大、獣医師不足が深刻化』

そんな記事が躍った。一人が五百頭を殺処分しなければならない過酷な状況だったらしい。政府は二十万頭以上の家畜へのワクチン接種を決めたが、獣医師不足ですぐに実施できず、見送りになるなど、何もかも杜撰《ずさん》だった。

拓馬はかぶりを振りながら語った。

「口蹄疫は同級生の中でもずいぶん話題になりましたが、どこか他人事で。自分はペットの命を救う獣医師を目指しているから関係ない、みたいなスタンスだったんです。僕は学生ながら歯痒《はがゆ》い思いをしていました」

真崎は共感を示すように静かにうなずいた。

獣医学部を増やして獣医師の全体数を上げるか、小動物臨床獣医師以外の職場の待遇をよくするか。解決策はかぎられている。だが、増えすぎた弁護士が仕事を奪い合っているのと同じく、獣医師が無駄に増えれば自分たちが損をする、と考えている獣医師会の反対もあり、獣医学部は一九六六年以降新設されていない。足踏み状態だ。

「進路は僕もずいぶん悩みました」

公務員の獣医師は治療をほとんどしない。むしろ、安楽死させたりすることが多い。『動物の命を救う』という信念では長続きしない。そのうえ、給料は所詮公務員だから安い。公務員を優遇する政策は世間一般的に反発が強く、改善も困難だ。

「でも、公務員の獣医師不足を報じる記事を見るうち、決意したんです。誰かがやらなきゃならない、って」

当時の新聞の切り抜きは今でも保管してある。迷ったとき、初心に返るために――。

「実際、働いてみると、安全で美味しい食肉を食卓に届けるために、誰もが情熱を持って働いていると知りました」

幼馴染の聡美は、昔は養豚場を嫌っていた。小中学生のころは、今と同じく細身だったにもかかわらず、養豚場の一人娘という理由で『豚女』『豚女』とからかわれていた。陰で泣いている姿をよく見かけた。彼女はそれがいやで都会の高校に通ったものの、農業系大学に進み、『仙石養豚』に戻ってきた。

そんな彼女を傷つけたASGは許せない。

「活動家の逮捕直後から仲間が警察署前に集まって、『不当逮捕だ』『権力による弾圧だ』『即刻釈放しろ』って抗議デモで大騒ぎしているそうで」

「そうなんです」聡美が嘆息混じりに言った。「私の実家にも、『被害届を取り下げろ』なんて脅迫の手紙や電話があります。家の前にも強面《こわもて》の人たちが集まって、威圧してくるんです。差別主義者《レイシスト》呼ばわりされて、睨みつけられて……」

「それはひどい話ですね。私も肉は好物ですよ」真崎は相変わらず人懐っこい笑みを浮かべた。「犬を飼っていますが、別に肉も食べます。豚、牛、鶏――」

「それが大多数だと思います。ASGは〝反種差別〟なんて言って、それを攻撃の正当化に利用しています。反、なんてわざわざ何かに付けている人ほど攻撃的な気がします。少し気に入らない発言を目にしただけで集団で罵倒《ばとう》したり」

「そういう傾向はあるかもしれませんね。〝正義の人〟宣言をしなくても、心優しく、差別発言をせず、悪口も言わない人は大勢いますよ。動物愛護を唱えながら養豚場を攻撃するのは間違っていると思いますね。逮捕されたのも犯罪行為をしたからです。

〝自分たちが正しいと盲信する正義〟を叫んでいればどんな罪も見逃されるとしたら、それこそ一般市民に対してアンフェアでしょう」

彼の眼差しに嘘はなく、本心からのようだった。〝ジャーナリスト〟という肩書きで少し先入観があったものの、それこそ偏見そのものなのかもしれない。

「ただ……」と真崎が付け足した。「動物の命か人間の命か、というのは、色んな場面で付き纏《まと》う問いかもしれませんね」

率直な意見も、正直に語ってくれている印象があり、不快感や反発は湧いてこない。

そう、人間の命を守るために動物の命はどこまで利用が許されるのか。

動物実験が許されるなら、種によって線引きはあるのか。類人猿は？　豚は？　ラットは？

動物に関わる仕事をしていたら、誰もが直面する問いだ。割り切るのか、向き合うのか、見て見ぬふりをするのか、自分なりの線を引くのか。

ノックがあったのはそのときだった。聡美が「はーい」と応じ、ドアを開けた。

『荒巻《あらまき》養豚』の荒巻社長だ。白髪の下に、横皺が三段になっている広い額《ひたい》があり、脂汗が滲んでいた。太り気味の体型に反して頰《ほお》は痩せこけている。心労だろうか。

「荒巻社長……」

つぶやいた聡美の表情には、嫌悪混じりの敵意が表れていた。一体どうしたのだろう。『仙石養豚』と『荒巻養豚』は切磋琢磨《せっさたくま》しながら良好な関係を築いていたはずだ。

「お父さんは――いるかな？」

「……父に何の用なんですか」

彼女の声に隠し切れない棘《とげ》がある。

荒巻社長は困惑顔で彼女を見返した。

「どうした、聡美ちゃん。今日は不機嫌だな」

「別に……」

聡美はそっぽを向いた。荒巻社長は後頭部を掻いた。

彼にも思い当たる節はないのか。いつも他人に露骨な態度をとったりしない聡美のこの反応は何だろう。

拓馬は彼女の代わりに訊いた。

「今日はどうされたんです？」

「おお、三浦君！　轢き逃げで入院中って聞いたけど……」

と畜検査員として、『荒巻養豚』から出荷される豚も検査している。顔見知りだ。

「ご心配をおかけしまして。肋骨はまだ折れてるんですけど、何とか」

「そうか。命があって何よりだ」

「ただ、臓器移植したので、免疫抑制剤を飲み続けなければいけなくて。制約も多いんです。免疫力が落ちて感染症にかかりやすくなっているので、動物との濃厚な接触は禁じられてしまって。『荒巻養豚』の豚をまた検査できる日を楽しみにしていたんですが……」

荒巻社長は同情するようにうなずきながらも、顔を歪《ゆが》めていた。眉間の皺がいっそう深まる。

「……実はね、もう豚を出荷する予定はないんだよ。この前のＰＥＤ騒動で子豚がほとんどやられて、その赤字分が持ち直せなくてね。経営を続けていけなくなった」

無念の形相だ。

拓馬は二の句が継げなかった。そんな中、荒巻社長に詰め寄ったのは聡美だった。

彼の真ん前に立ちはだかり、睨みつける。

「うちの子豚を盗んだくせに経営難って何ですか！」

5

場が一瞬で緊張した。

一体何の話だ？

拓馬は二人を見た。聡美は剝《む》き出しの怒りを向けている。一方の荒巻社長は目をしばたたかせていた。無実の人間が突如痴漢として告発されたような反応だ。

「こ、子豚を盗んだって？　何だ、それ」

「とぼけないでください」

「ちょっと待った。冷静になろう。本当に何の話だ？」

「……二ヵ月前、うちの分娩《ぶんべん》豚舎の母豚たちの胎内から子豚が消えました。あなたの仕業でしょう？　損失を補塡《ほてん》するために子豚が必要で、従業員たちに手伝わせて――」

「おい！」荒巻社長の顔つきが一変した。巣を攻撃された獣のような表情だ。「いくら聡美ちゃんでも、それは許されないぞ。うちの従業員たちにもあまりに失礼だ！」

「誤魔化さないでください。知ってるんですよ」

「一体なぜそんな思い込みを？　神に誓って、子豚を盗んだりなんかしていない」

「嘘。深夜も事務所に残ってた父が目撃してるんです。あなたと従業員たちが子豚を盗んで逃げ去る姿を」

荒巻社長の目玉はこぼれ落ちそうになっていた。

「仙石さんが？　まさか。何かの間違いだ」

「父は、『荒巻養豚』のために目をつぶれって言ったんです。ASGの活動家に感染させられた病気で『荒巻養豚』が潰れたら、連中の思う壺《つぼ》だからって。自分たちの子豚で経営が持ち直してくれたらって。なのに早々に諦めて……そのうえ、嘘までつくんですか」

何もかも初耳だった。PEDで子豚を失って経営が危ぶまれた『荒巻養豚』が『仙石養豚』から子豚を盗んだ？　それを目撃したのが仙石社長？　どうりで彼女が荒巻社長に敵意と怒りを向けるはずだ。

荒巻社長は深呼吸した。

「……聡美ちゃん、それは出鱈目《でたらめ》だ。子豚の窃盗が事実だったとしたら、仙石さんの見間違いだ。深夜だったんだろ？」

「百頭以上盗んでおいて白々《しらじら》しい」

「本当だ。いくら経営が危ないからって、他の養豚場から子豚を盗むか？　第一、百頭で何ができる？　子豚を盗んで何ヵ月も肥育して販売して――なんて悠長なことをするくらいなら、金策に走り回って資金を借り入れしたほうがよっぽどいい」

「で、でも……」

「閉鎖を告げに来て、こんな話を聞かされるとは思わなかった。仙石さんと話したいから、呼んできてくれ」

聡美は迷いを見せたものの、そうするしかないと判断したらしく、事務所を出て行った。

荒巻社長は所在なさげに立ち尽くしている。真崎が進み出て話しかけた。

「まあまあ、何か誤解があるかもしれませんし、とりあえず、座って待ちませんか」

荒巻社長はそこで初めて真崎の存在に気づいたらしく、彼の顔を観察した。

「新顔さん？」

「ジャーナリストの真崎です」

荒巻社長の顔色がさっと変わった。警戒心が剝き出しになる。

「まさかマスコミに……？　濡《ぬ》れ衣《ぎぬ》なんだぞ」

「いえいえ、それこそ誤解です。私が取材に訪れたのは、三浦さんの轢き逃げの件なんです」

荒巻社長は疑り深そうに真崎の全身を眺め回している。

やがて、聡美は仙石社長を連れて戻って来た。彼は顔に大量の汗を掻いている。自分の判断ミスで大惨事を引き起こした責任者——という表情だ。

「あ、荒巻さん」仙石社長は汗を拭おうともせず、乱れがちの呼吸と共に言った。

「何か誤解があったようで……」

「誤解も何も……子豚の窃盗犯にされた。俺を目撃したって？」

「い、いや、すまん、荒巻さん。大きな間違いだ。荒巻さんを目撃したりはしてないんだ」

荒巻社長が「はあ？」と顔を顰める。

聡美が混乱した顔で割り込んだ。

「お、お父さん！　だって、前は荒巻さんを見たって——」

仙石社長は心底申しわけなさそうな顔で娘に向き直った。

「たしかにあの場ではお前にそう言った」

「でしょ。なのに目撃してないって何？」

「どう説明すればいいのか……。お前に納得してもらうために、もっともらしい話をでっち上げたんだ。ダシにしてしまった荒巻さんには申しわけないと思ってる」

荒巻社長は彼を睨みつけたままだ。

「どういうことか話してくれるよな？」

「そ、それは――」

仙石社長は真崎に目を向けた。

「記者の方ですよね。その前ではちょっと……」

真崎は苦笑し、「外しましょうか？」と言った。

ジャーナリストとしては意外な返事だった。

「そうしてもらえると――」

荒巻社長はふんと鼻を鳴らした。

「後ろめたいことがないなら堂々と話せばいい。それとも、記者に聞かれたらまずいのか？」

仙石社長は苦悩の顔で歯噛みしていた。ポケットを叩いた後、ハンカチがないことに気づいたのか、袖口で額の汗を拭う。やがて観念したようにため息を漏らした。

「……評判を気にしたんだ」

「評判？」

「何頭もの母豚の胎内から子豚たちが消えたのは事実だ。犯人は深夜に豚舎に侵入して、分娩させて、持ち逃げしたってことになる」

「は？　分娩させてって——一晩でそんなこと、無理だろ。被害は百頭だろ？」

「ああ」

「一人二人の仕業じゃないだろ、それ。組織的にやらなきゃ、不可能だ」

仙石社長は渋面でうなった。

「……だからこそ、なんだよ。子豚の窃盗なんてニュースが流れたらどうなる？」彼は拳を震わせていた。「夜中に不審者が簡単に出入りできる養豚場だというイメージが広まって、安全性はもちろん、感染対策にも疑問符がつく」

「それで何で俺が疑われる？」

「いや、荒巻さんを疑ったわけじゃないんだ。娘が事件のことを騒ぎ立てないよう、何か説明が必要で、つい。悪かった。もちろん、娘の他には誰にも——」

「そういう問題じゃないだろ」荒巻社長は呆《あき》れ顔で言った。「俺は——『荒巻養豚』は犯罪集団に思われてたんだぞ、聡美ちゃんに」

「すまん」

拓馬は居心地の悪さを感じ、身じろぎした。

聡美は絶句していたものの、荒巻社長に向き直り、深々と頭を下げた。髪の毛が垂れ下がる。

「すみません！　失礼なことを言っちゃって――」

荒巻社長は複雑な顔つきで首の裏側をがりがりと掻いていた。

「いや、話を聞いたら聡美ちゃんが悪かったわけじゃないし……もういいよ」

顔を上げた彼女は唇を結んでいた。

「あのう……」真崎が口を挟んだ。「誤解が解けたようで何よりですけど、結局、誰が犯人なんでしょうね。動機も不明ですし」

子豚たちの窃盗――か。たしかに動機が分からない。高級メロンや養殖の鰻《うなぎ》が一夜にして盗まれた事件などは、しばしばニュースになる。自分たちが食べるのか、売り捌くのか。目的は想像しやすい。だが、子豚を百頭以上も盗んでどうする？　豚肉として売って儲《もう》けるにしても、設備が整った豚舎で何ヵ月も丁寧に育てなくてはならない。手間と労力が見合わない。

だからこそ、病気で失った子豚の代わりが必要で『荒巻養豚』が盗んだ、という父親の作り話を聡美は信じてしまったのだろう。

仙石社長が慎重な口ぶりで答えた。

「ＡＳＧの仕業かもしれん。養豚場にダメージを与えるために」

養豚場への嫌がらせ、という動機は一番しっくりくる。だが、それならばなぜ母豚そのものを奪わず、わざわざ分娩させて子豚だけを奪ったのか。そうしなければならない理由があったのか？

考えれば考えるほど謎だらけの事件だ。

真崎が仙石社長に「犯人たちを目撃したというのは？」と訊いた。

「もし目撃していたら飛びかかってる。大事な豚をやすやすと盗ませたりはしない」

聡美がぽつりと言った。

「その犯人たちのせいで母豚たちも……」

拓馬は彼女に顔を向け、「どういうこと？」と尋ねた。

「犯人たちが乱暴に分娩させたから、弱った母豚たちがＰＥＤに感染して、死亡したんじゃないか、って」

なるほど、可能性はある。ＰＥＤに感染した場合、子豚の死亡率は極めて高いものの、成豚はそうでもない。体力もあり、大抵は回復するし、出荷もできる。それなのに全滅した。なぜか。病気に耐えられないほど弱っていたとしか思えない。

問題は犯人か。

だが、いくら考えても答えは出ないままだった。真崎は仙石社長に頼まれ、記事にはしないと確約して去って行った。

事務所の外で真崎を見送ると、拓馬は聡美に話しかけた。

「わけ分かんない事件だよな」

「私も最初は些細な違和感だったの。外陰部の変化とか、神経質な仕草とか、そういう、普段あるものがなくて。乳頭を摘んでみても――」

彼女は目を見開いたまま硬直した。顔には驚愕《きょうがく》が貼りついている。

「どうした？」

「〝泌乳〟も〝射乳〟もなかったの！」

母豚は分娩が近づいてくると、乳が滲み出る〝泌乳〟がある。分娩直前になると、勢いよく噴射する〝射乳〟がある。

「つまり？」

「はっきり思い出した。あの朝、母豚たちを調べたとき、私はたしかに乳頭を摘んだの。でも、〝泌乳〟も〝射乳〟もなかった」

「妊娠してたんだろ？」

「でもなかったの。乳が全く出なかった。何で気づかなかったんだろ。画像解析で胎内が空っぽなのを確認して、パニックになって……すっかり頭の中から飛んでた」

「分娩後だって〝初乳〟が出るんだし、全く乳が出ないなんてありえない」

「……どういうことだろ？」

聡美は超常現象でも目の当たりにしたような顔で首を捻っている。

状況から推測できることは――。

「〝泌乳〟も〝射乳〟も〝初乳〟もないってことは、その母豚たちは妊娠経験がなかったとしか考えられない。少なくとも最近は」

聡美の顔に緊張がみなぎった。

拓馬は深呼吸で気持ちを落ち着け、それが何を意味するかも分からないまま言った。

「妊娠中の母豚の胎内から子豚たちが奪われたんじゃなく、母豚そのものがすり替えられていたんだよ」

聡美が目を剝き、あんぐり開けた口を手のひらで隠した。

母豚のすり替えだとしたら、色んな不自然さが解消する。

深夜に数人で分娩豚舎に侵入し、分娩を促進する方法を実行しながら百頭以上の子豚たちを出産させる――あるいは強引に引きずり出す――のは、実際問題、時間的にかなり無理がある。発見のリスクも高い。そんな犯行が本当に実行可能なのか。現実的なのか。

母豚十頭のすり替えならば、それほど難しくはない。母豚を運び去るための乗り物に、代わりの母豚を乗せてくればいい。

問題は、犯人がなぜそんなことをしたのか——だ。

子豚の消失に見せかけたかった？　いやいや、わざわざ摩訶不思議《まかふしぎ》な現象を起こすメリットがない。ではなぜか。

ふと思い出すのは、子豚を失った母豚たちが病気に感染した、という聡美の話だ。つまり、それはすり替えられた代わりの母豚たちが病気に感染したことを意味している。

犯人は、ウイルスに感染している母豚十頭と、妊娠中の健康な母豚十頭をすり替えたのではないか。そうだとしたら、過激な動物愛護団体とは無関係だろう。むしろ、養豚業者のほうが怪しい。

本当に荒巻社長は無実なのか？

改めて疑念が湧き上がってくる。そもそもなぜ彼を無実だと思い込んだのか。仙石社長が嘘を認めたからだ。深夜に子豚を連れ去る荒巻社長とその仲間を目撃したというのは作り話だ、と。

だが、冷静に考えてみれば、それは決して荒巻社長の無実を証明してはいない。仙石社長は犯行現場を一切目撃していないと答えたのだから。

養豚業者としては、病気に感染した母豚と、出産を控えた妊娠豚を交換できたら、大損は免れる。今後も子豚を産んでくれるのだから、百万円どころか、かなりのプラスになる。経営難で追い詰められた荒巻社長が犯人ではないと誰に言い切れるのか。

拓馬は聡美と視線を交わした。

母豚のすり替えの犯人は？　動機は？

事務所から出てきた仙石社長は、ただならぬ空気を嗅ぎ取ったらしく、緊張が滲み出た顔で喉仏を上下させた。

6

真崎直哉《なおや》は光西大学附属病院の前に立ち、真昼の太陽の下に屹立《きつりつ》する病棟を見つめた。

院内で囁《ささや》かれていた噂――昏睡患者の消失事件――に関心を持ち、医療ジャーナリストとして調べた結果、本人が奇跡的に回復している事実を知った。守秘義務を徹底している医師や看護師から情報を得るのは容易ではなく、辛うじて〝養豚場の娘〟というキーワードを得られた。そして『仙石養豚』を突き止め、轢き逃げ事件の取材という建前で仙石聡美に会い、昏睡患者が三浦拓馬という獣医師だと分かった。

調べているのは、都准教授の周辺で起きている不可解な謎だ。

だが、三浦拓馬が秘密裏に運び出された件には何かがある、という直感で行動したら、『仙石養豚』内で起きた思わぬ騒動を知り、職業病の好奇心で関心が一時的に移ってしまった。肝腎の都准教授の話があまり聞けず、失敗したな、と思う。

真崎は病棟に入り、三階の北にある個人病室を訪ねた。ノックすると、物腰が柔らかい夫婦が招じ入れてくれた。奥のベッドには、モスグリーンの病衣に身を包んだ八歳の男の子が横たわっている。特発性拡張型心筋症を患《わずら》っており、補助人工心臓で命を繋ぎ止めている状態だ。

「どうぞよろしくお願いします」

夫婦が揃《そろ》って深々と辞儀をする。

真崎はうなずきながら、男の子に近づき、話しかけた。もし元気になったらサッカーがしたいと笑顔で語る姿は痛々しく、肌も紙同然に白い。

補助人工心臓は、血液循環のポンプ機能を補う装置で、心臓の代役を担ってもらう。だが、心臓移植までの橋渡し《ブリッジユース》が前提の装置だから、長期間使用すれば血栓ができやすくなり、最悪の場合、脳梗塞《のうこうそく》も引き起こしてしまう。一刻も早い心臓移植が必要だが、国内では難しく、渡米が必要だ。

丸椅子に腰掛け、男の子を眺めていると、息子の顔と重なった。

――紙面で募金を呼びかけて。

思い詰めた顔の妻の懇願だ。

心臓移植をしたくても、億単位の費用が捻出《ねんしゅつ》できなかった。妻から募金の呼びかけを頼まれたときも、新聞を私物化できず、断った。

――あの子を愛してないの？

卑怯《ひきょう》な問いかけだと感じた。感じてしまった。その一言が決定的な溝《みぞ》になり、確執が生まれた。

結局、移植費用不足で心臓移植は叶わず、息子を亡くした。妻は葬儀の席で『やれることは全部してほしかった』と漏らした。

納得できなかった。できることには範囲も線引きもある。自分はその囲いの中で努力した。それでもどうにもならなかったんだから、仕方がない。心臓移植のために億単位の寄付金を募《つの》る家族も、私財を全てなげうったうえで募集しているわけではない。現実問題、本当になりふり構わず、というわけにはいかないのだ。

すれ違ったまま夫婦生活を続けることはできず、翌々月に離婚した。独りになり、息子の死について考え続ける日々――。

仕事でも医療の問題には関わらないようにしていた。だが、ある日、移植待ちの子供を取材せざるをえない理由ができた。〝数字優先主義者〟の先輩ジャーナリストがお涙頂戴の記事を書こうとしていて、反論し、売り言葉に買い言葉で自分が取材する、と宣言してしまった。

病院や病室の前で何度二の足を踏み、立ち尽くしただろう。覚悟を決めて取材を敢行した。話を聞くと、祖父母を含めて全員が必死だった。祖父母は住み慣れた実家と土地を孫のために売り、不慣れなアパート暮らしを了承してくれたという。共働きの夫婦は、ジレンマに苦しんでいた。働かねば金が入らず――目標金額には微々たるものでも――、働けば働くほど我が子との時間が減る。人様のお金に頼ることへの罪悪感を抱え、それでも、恥を忍んで人々の善意に頼るしかない、と涙ながらに語った。

夫婦の苦悩を聞き、自分の覚悟不足を思い知った。新聞を私物化できない、などともっともらしい言い逃れを口にし、実は高いプライドを捨てられなかっただけではないか。同業者たちの前で土下座して頼み込むような、そんなみっともないまねは――できなかった。

心の奥底に隠していた本音に気づいたとき、一時は立ち直れなくなり、休職した。どん底まで落ちに落ち、そこでようやく前を向けるようになった。

迷わず新聞社を退社し、フリーの医療ジャーナリストになった。そして――心臓移植などで寄付金を募る家族の支援として、取材したり、情報を拡散したりしている。自分のような不幸な家族を一人でも減らしたい、という想いがある。

真崎はベッドの男の子との会話を再開した。

頭の中にはすでに記事の見出しのイメージも浮かんでいた。

『たかひろに心臓移植を　夫婦が募金を呼びかけ』『目標募金額一億六千万円』

続けて夫婦から話を聞いた。

取材を終えると、「どうぞよろしくお願いします」と縋《すが》るように頭を下げる夫婦に記事を約束し、病室を辞去した。

自分の記事で一人でも多くの命を救えるといい。それは、息子を見殺しにしたも同然の父親としての、贖罪《しょくざい》なのかもしれなかった。

腕時計を確認すると、約束の五分前だった。予想より長引いた。息子が年齢を止めてしまったのとほぼ同じ年ごろの男の子を前にし、時間を忘れた。

少し早足で廊下を歩き、四階にある目的の准教授室をノックした。室内から「どうぞ」と素っ気ない一言が返ってくる。

真崎は「失礼します」とドアを開け、入室した。デスクの向こう側で、進藤准教授が恰幅《かっぷく》のいい体をアームチェアに押し込んでいた。脇には若い医師が突っ立っている。

医学の専門書が詰まった両側の本棚は威圧的だ。准教授クラスだと質素な部屋しか与えられない病院も珍しくない中、光西大学附属病院ではなかなか立派な個室をあてがっているようだ。

「本日は時間をとってくださってありがとうございます」

進藤准教授は球根形の鼻に皺を寄せ、唇を歪めた。

「ずいぶん医局内を嗅ぎ回っているようだけど……都先生の差し金かな？　よほど僕を追い落としたいと見える」

敵意や警戒心を抱かれるのも無理はない。以前は、進藤准教授の心臓移植失敗の件を取材しようと付き纏った。手術に落ち度はなかったのか、答えを得ようと執拗《しつよう》に食い下がった。

「ねえ、倉敷君」進藤准教授は脇の医師に流し目を向けた。「君もジャーナリストなんかに気を許しちゃ駄目だよ。味方に見えても、虎視眈々《こしたんたん》と喉笛を狙っているからね」

倉敷医師は長年の飼い犬さながら従順そうに「はい」とうなずいた。「心得ておきます」

「で、今日は何の用？」

「実は本日は、都先生の話で……」

切り出したとたん、進藤准教授の顔が好奇に輝いた。白衣からせり出した太鼓腹にのしかかるように、上半身を乗り出す。

「都先生が何？　彼女、何かやらかした？」

露骨なまでに喜びを隠そうとしない態度に、真崎は苦笑いした。教授の椅子を巡る争いの激化は噂どおりらしい。

「いえ、何かやらかしたというわけでは……」

「何だ、そうなの？」

進藤准教授は落胆の表情で上半身を引き戻し、アームチェアの背もたれに体重を預けた。

「彼女にも何かある気がしたんだけどねえ」進藤准教授は倉敷医師を一瞥《いちべつ》した。「ねえ、何かないと困るよねえ」

倉敷医師は一瞬だけ躊躇《ちゅうちょ》を見せたものの、すぐ「はい」と同意した。ずいぶん飼い慣らされているようだ。だが、ときおり垣間見せる表情——唇を噛む様子や、眉を顰める様子——は、決して心から従順でいるわけではない、と感じさせる。医局の中には部外者に窺い知れない人間関係があることくらい、知っている。彼には彼の葛藤《かっとう》があるのだろう。

真崎は進藤准教授を見つめた。彼の敵愾心《てきがいしん》をくすぐれば話を聞きやすいかもしれない。

「実は、ない、とも言い切れないところでして」

進藤准教授は「ほう?」と片眉を吊《つ》り上げた。平静を装って最低限の仕草で応じた、という感じだった。今さらだが。

「私が進藤先生の心臓移植の件を調べていたとき、気になることがありまして」

心臓移植に触れたときだけ、進藤准教授は苦々しそうな顔をした。

「というと?」

「最初に不自然さを覚えたのは、その心臓移植の失敗で亡くなった女の子の件です。私と無関係ではないもので」

進藤准教授が目を剝いた。まさか身内なのか、と問いたげだが、肯定されるのを恐れて何も言えずにいる——。そんな表情だ。

「取材対象者の娘さんだったんですよ」

「あ、ああ……」

吐息と共に進藤准教授の胸が軽く上下した。

その取材対象者は柳谷彰浩《やなぎたにあきひろ》。学術調査官だった。

術後の娘の容体急変。柳谷に緊急の連絡が入ったのは、彼が学会に出席するために渡米しているときだった。慌てて帰国したときにはもう遅く、娘の亡骸《なきがら》と対面したという。

——人間として赦されないことでした。

柳谷の言葉だった。柳谷はおそらく、すぐに駄目になると分かっている心臓の再移植の可能性を自ら捨ててしまったのだろう。だからこそ、娘の死後に漏れた後悔なのだと思う。

詳細に関しては進藤准教授に黙っておいた。移植失敗で患者の父親が自殺したなど、伝えても苦しめるだけだろう。

「進藤先生がハワイに行かれているときの急変だったそうですね。いや、非難するつもりはないんです。医師も休暇を取る自由は当然ありますし、調べると、進藤先生が待機されていても助からなかったことは間違いありませんから」

「そうだよ。世界じゅうのどんな名医でも助けられなかった。再移植をしないかぎり、死は避けられなかった。だが、適合する心臓が数時間で手に入るはずもなく……残念だが」

「……その死が避けられない女の子を都先生が引き受けた、という話を聞きまして」

「引き受けたって？」

「都先生が女の子を引き受け、父親――柳谷さんというんですが、彼にお悔やみを告げて状況の説明までしたそうで」

「ああ、その話なら知ってるよ」

「死が確実な少女を引き受けて、その父親に訃報を告げる役なんて、普通、誰もしたがらないものでしょう？」

「僕の執刀ミスであるかのように吹き込んだんじゃないの？　そのために引き受けたのかもねえ」

「柳谷さんは医療ミスを訴えてはいませんし、その心配はないのでは？」

「……僕を貶《おとし》めるつもりじゃないなら、何だろうねえ」進藤准教授は猪首《いくび》を捻った。

二重顎の脂肪がねじれる。「都先生は患者を研究対象としてしか見ていない節があるから、面倒事は嫌ってるんだよね。あの患者も別に彼女の興味を引くような症例だったわけでもなし」

「私もそれで少し気になって、彼女の周りを調べたんですが、少し前、昏睡患者が病室から消える事件が起きたことが分かりまして」

進藤准教授は重たげな腰を浮かせた。人差し指を立てる。

「知ってる。消えたのは僕の患者だったんでねえ。ただ、あれは――」

彼は何かを言いかけ、はっとした顔で口を閉ざした。真崎は続きを引き取った。

「昏睡患者が回復したから、問題にはならない？」

進藤准教授が目を丸くした。

「なぜ知っている？」

「苦労して情報を掻き集めたんです。当事者の仙石聡美さんと三浦拓馬さんからも話を聞いてきましたよ。まあ、彼女は警戒心が強くて、あからさまに話を変えられてしまいましたが。分かったのは、三浦さんに肝移植したのは都先生のチームだということです」

都准教授は医局の上層部のお気に入りらしく、寵愛され、独自のチームを持てるほど権力を握っているという。

「昏睡患者は臓器提供の意思表示をしていてね。それを望まない幼馴染の女性の懇願で、都先生が一度は病室から運び出したって話だけど」

「私が得た都先生の人物像にどうもそぐわない行動で、何かが奥歯に引っかかっているような違和感があります」

「僕もだよ。一患者の幼馴染のためにキャリアを危うくするなんて、彼女らしくない。都先生は計算機で損得勘定するのが得意なタイプでねえ」

進藤准教授はデスクの上で指を組み合わせた。今や悪巧みの共犯者に向けるような、下卑《げび》た笑みを浮かべていた。

「都先生を丸裸にする手伝いなら、喜んでさせてもらうよ」

7

光西大学附属病院を出ると、鉛色の雲が重たげに垂れ込めていた。太陽は隠れ、街全体が薄暗い。枯れ葉を巻き込みながら吹きつける寒風に切りつけられ、真崎はくしゃみをした。

エアコンが適度に効いていた進藤准教授の部屋から出ると、とたんに寒さを感じる。湊をすりながら思案する。

柳谷彰浩——か。

進藤准教授との会話でふと思い出した。柳谷は恩師に「不正を知ったらどうするか」と相談したらしい。学術調査官として担当していた研究で何らかの不正に気づき、悩んでいた可能性は高い。

柳谷が担当していた『新学術領域研究』を調べてみよう。もしや、という可能性もある。

真崎は小野田智一《おのだともかず》に連絡を取った。柳谷の大学時代の同期で、彼の不正疑惑を晴らすために〝お目付け役〟として取材に同行した研究者だ。精神神経医療研究センターで副センター長を務めている。

餅《もち》は餅屋、だ。

小野田が電話に出ると、真崎は挨拶もそこそこにして本題を切り出した。彼は単刀直入が好みのようだから、むしろ回りくどい話し方のほうが嫌われる。

「柳谷氏が学術調査官として担当していた研究、分かりませんかね」

「……まだ柳谷を調べているんですか？」

不審そうな口調だった。

「違います、違います。柳谷氏が担当していた研究のほうが目当てでして。ほら、不正の可能性があるっていう」

「ああ、ありましたね、そんな話。今度はそっち方面の疑惑を追っているんですか」

「まあ、興味本位です」

「……調べるのは難しくありませんよ。関係者を当たればすぐ判明すると思います」

「詳細まで分かりますか？」

「『科学研究費助成事業データベース』がありますから簡単です。インターネット上で誰でもアクセスできます。研究種目、研究機関、研究者代表、研究期間――年月のほうの期間です――、研究領域、と全部公開されています」

「研究者代表まで分かるんですか。ぜひ！」

真崎は小野田に頼み込んだ後、電話を切った。ファミリーレストランで昼食を摂《と》り、自分のマンションへ戻った。電話が鳴ったのは予想よりもかなり早く、三十分後だ。愛犬に餌をやっている最中だった。

「調べましたよ、真崎さん」

小野田は専門的な研究名を列挙しはじめた。ドーパミン受容体がどうの、循環調節機構がどうの、フェロトーシスがどうの——。専門用語を聞かされてもさすがに素人では理解できない。

「研究機関から教えていただけますか?」

小野田は苦笑すると、順番に研究機関——大学が多かった——を口にしていく。

「——そして、光西大学附属病院」

大当たりだ。

不正疑惑のある研究——。それは光西大学附属病院が申請した研究ではないか。

ここまで光西大学附属病院の名前が出てくると、確信があった。

「ところで、光西の研究者のお名前は?」

「医学研究科の都薫子准教授です」

真崎は思わず拳を握り締めていた。

やはりそうだったのか。ここで都准教授の名前が出てきた。全ての中心に彼女がいる。

柳谷は都准教授と顔見知りだった可能性が高い。学術調査官は助成金が認められた〝新学術研究領域〟のフォローも職務だという。彼女と会い、助言などをしていたに違いない。おそらく、そこで不正の可能性に気づいた——。

柳谷が都准教授の不正を疑っていたとしたら、どうなる？　都准教授は、自分を疑う学術調査官の娘を引き受けたことになる。柳谷の口を縫《ぬ》いつけておくために、心臓移植に失敗して死が避けられない娘を利用したとしたら――。

まだ助かる見込みがあるように思い込ませ、何か取引を強要した可能性は？

――人間として赦されないことでした。

自分は柳谷の言葉の意味を誤解していたのかもしれない。

取引に応じて正義を曲げてしまったとしたら、そう漏らす気持ちは理解できる。

〝人間として〟という表現は少々大仰に感じるが。

都准教授との取引に応じたにもかかわらず、娘も助からなかったら――その絶望と罪悪感はいかほどのものか。何もかも失い、生きる意味を見出せなくなっても不思議はない。

「――真崎さん？」

長い沈黙に焦《じ》れたらしく、小野田が声をかけていた。

柳谷の自殺は娘の死が原因ではないかもしれない、というのは、あくまでも想像にすぎない。小野田に話す必要はないだろう。

「いえ、何でもありません。ちなみに、都准教授が助成金を受け取っていた研究テーマは何でしょう？」

小野田はある研究名を答えた。それを聞いたとき、真崎は真相の断片を摑んだ気がした。

確認の必要を感じ、真崎はスマートフォンに登録されている『取材者』のアドレス一覧を開いた。選択した名前は――内海賢《うつみけん》だ。彼は父親である元厚労省事務次官・内海大二郎《だいじろう》の疑惑記事を書かないよう、抗議に――むしろ懇願に近かったか――現れた長男だ。

真崎は本棚から週刊誌を取り出し、該当ページを広げた。

『元厚労省事務次官・内海大二郎、パーキンソン病は詐病か⁉』

センセーショナルな見出しをつけた。内海大二郎がタクシーから降りようとする瞬間を連写で撮影した白黒写真つきだ。

元々は、パーキンソン病の発病を理由に辞職した内海大二郎の事務次官時代の収賄《しゅうわい》疑惑を追っていた。だが、尾行していると、自宅前で普通にタクシーから降りる姿を目撃した。常に構えていたカメラで思わず連写していた。

公の場で見せている挙動と全然違った。もしかしたら、タクシーの中で服用した薬の効果でたまたま病状がましだったのかもしれない。そう考えるのが現実的だろう。

だが、もしもパーキンソン病が詐病だったなら——と疑念が頭の中に棲みついた。

収賄の追及逃れでパーキンソン病を装ったのではないか。

荒唐無稽な推理だと承知している。だが、不祥事を引き起こしてバッシングされた政治家や官僚が〝入院〟するケースは枚挙にいとまがない。その日以降、行動を監視していると、内海大二郎は何度か、明らかに健康体としか思えない動きを見せた。公の場での体が不自由な動作に比べたら、薬の一時的な効果とは考えられないほどの自然さだった。

パーキンソン病が演技なのは間違いない。

記事化する前に本人からコメントを引き出そうと思い、電話した。応対したのは長男の内海賢だった。不意打ちで詐病疑惑への反応を見るなら、百戦錬磨の官僚よりもその息子のほうがうまくいくかもしれない。そう思い、彼に疑惑をぶつけてみた。

内海賢の動揺は顕著だった。表情が見えなくても、息を呑む音や黙り込んだときの息遣いなど、詐病を承知している可能性を疑うには充分だった。考えるまでもなく、一年半以上も家族を欺き続けるのは至難の業だろう。家族だけは詐病を知っているはずだ。

電話を切ろうとしたとき、会って話したいと向こうから提案された。願ったりだった。喫茶店では、記事を書かないように懇願されたが、それは予想の範囲内だ。

結局、言葉を交わしたことにより、『詐病は間違いなし』と確信を得るに至った。そして記事を書いた――。

彼にはずいぶん恨まれているだろう。だが、問題の真相を知るには確認しなければならないことがある。

真崎は内海賢に電話をかけた。数度のコールの後、彼が出た。

「真崎です。ご無沙汰《ぶさた》しています。その節は、どうも」

内海賢は第一声に迷ったかのように、しばし沈黙した。

「……はい」

言葉は続かなかった。

真崎は言葉を選びながら用件を切り出した。

「内海氏の疑惑記事の件では、おっしゃりたいこともおありでしょう。私のほうでもお訊きしたいことがありますので、どうでしょう、一度お会いできませんか」

「……言いたいことはあります」内海賢が意を決したように言った。「訂正記事を――書いてください」

「訂正記事、ですか」

「父の詐病に関する記事は誤報です」

「……誤報というのは？」

「真実は違います。それが分かったんです。電話では話せません。会って話します」

どの部分が誤報だというのだろう。詐病か？　それとも——収賄か？　真相を追及するには是が非でも聞かねばならない。

真崎は待ち合わせ時刻と場所を相談しながら、先ほどの週刊誌のページを繰《く》った。自分の文章を流し読みする。内海大二郎がK病院から賄賂《わいろ》を受け取り、厚生労働省として便宜を図《はか》った疑惑が書いてある。

K病院——か。

記事では光西大学附属病院の名は伏せた。

何から何まで光西大学附属病院に繋がっていく。

一時間後に都内の喫茶店で会う約束をし、マンションを出た。電車で一駅だ。

さて、どんな話が飛び出してくるのか。訂正記事を要求するからには、反論に相当自信があるのだろう。

覚悟を決め、喫茶店のドアを開けた。適度に席が空いており、店内のＢＧＭもスローテンポだ。話しやすい空間が形成されている。店員に「後から連れが来ます」と告げ、案内されるままテーブル席に着く。ブラックのコーヒーを注文し、飲みながら待った。内海大二郎の収賄疑惑で使った資料を再読し、反論に備えながら。

約束の時間ぴったりに内海賢は現れた。ダークブラウンのスーツに身を包んでいる。ノーネクタイで、シャツの襟はボタンを一つ開けていた。

「お待たせしました」

内海賢は対面の椅子に腰を下ろし、ウーロン茶を注文した。運ばれてくる前に彼は切り出した。

「電話の件ですが……」

「早速ですか」

「駆け引きは必要ありませんから。真崎さんは間違っています。俺は記事にしないよう、頼んだはずです」

「記事の内容には自信を持っています。内海氏がパーキンソン病を偽っていたのは、事実だと確信しています。あなたも薄々感じていたでしょう？　前回お会いしたときの反応で分かりました」

「……たしかに父は詐病でした」

真崎は驚いて彼の目を見返した。一瞬言葉を失った。

「詐病を――認めるんですか？」

「父から聞かされたのは、あなたと会った後です」

「詐病が事実なら、何が間違いだと？」

ウーロン茶が運ばれてくると、内海賢は口もつけず、黙って一呼吸置いた。

「動機です。あなたが書いたように、収賄隠しで辞職の口実にしたわけではありません」

「ではなぜ？」

「……それには当時の話からしなければいけません」

内海賢が語ったのは、以前に厚生労働省でも取り上げられた安楽死の問題だった。人工呼吸器を外すような〝消極的安楽死〟のガイドラインは作成されたものの、薬剤などを投与して死亡させる〝積極的安楽死〟は最初から論外だった。だが、内海大二郎は、議論することなく問題に蓋《ふた》をしてしまっていいのか、と悩んだ。

〝積極的安楽死〟を望むほどの苦しみがどんなものなのかは、当事者にしか分からない。

内海大二郎が出した答えは、極力リアルに実体験することだった。アイマスクで全盲体験をするような一時的な試みではなく、年単位で病気を疑似体験すれば、患者の気持ちが理解できるのではないか――。

それがパーキンソン病を演じた動機だという。

「――ですから、父は疑惑から逃げる口実にしようとしたわけではないんです」

しばらく言葉が出てこなかった。唖然《あぜん》としたのは思わぬ〝真相〟が飛び出てきたからではない。

パーキンソン病は、疑惑逃れの詐病ではなく、〝積極的安楽死〟の是非を調査するための疑似体験だった？　彼がそんな与太話を信じていることに呆れた。

「真実を伝えてください！」内海賢はテーブルを揺らしながら身を乗り出した。ウーロン茶の液体が波打ち、しずくが飛ぶ。「父は疑惑の悪人ではないんです！」

真崎は彼とは逆に上半身を引いた。

内海賢は身内の醜聞《しゅうぶん》から目を背けたいあまり、ずいぶん客観性を失っているらしい。

しかも訂正記事？　収賄疑惑のある元厚生労働省の事務次官が〝積極的安楽死〟に繋がる絶望的な苦しみの実体験調査のために詐病を続けていた、などと報じ、一般市民が『それは立派な官僚だ』『彼こそ官僚の鑑《かがみ》だ』と称賛してくれるとでも？　メディアが手のひらを返して好意的に特集し、無私で社会問題に取り組む聖人扱いをしてくれるとでも？

誰もが取ってつけた荒唐無稽な言いわけだと見なすだろう。味方してくれる知識人はまずいない。そんな見え見えの〝言い逃れ〟を信じたら、見識を疑われ、どんな立派な肩書きも地に落ちる。世間から呆れられるリスクを背負ってまで誰も擁護《ようご》しない。

「落ち着いてください、内海さん。あなたは本気でそんな与太話を——失礼、説明を信じているんですか？」

内海賢は息を吐くと、椅子に座り直した。天井を一瞬だけ仰ぎ、言う。

「父は——土下座したんです。休職して介護していた俺に、すまん、って。父のあんな姿を見るのは初めてでした。罪悪感で押し潰されそうな顔で。本物の後悔です。家族には分かります」

「家族だからこそ、分からないこともあるのでは？　率直に申し上げて、詐病の動機に説得力がありません。疑惑の追及から逃れるための詐病でも、見抜かれたら罪悪感を抱くでしょう。一年半も家族を騙《だま》して介護させていたわけですから」

「辞職の理由に一生演技が必要なパーキンソン病を選択する意味は何ですか。口実にするなら、回復の見込みがある病気を選びますよね？　わざわざパーキンソン病を選んだことが父の主張を裏付けていると思いませんか」

「……内海氏がパーキンソン病を一年半も実体験することで、〝積極的安楽死〟を望む患者の苦しみを理解したとして、無職でどうするんですか？　演技で病気の疑似体験をするより、厚労省の事務次官としての立場を利用したほうが〝できること〟も多いはずです」

「そ、それは――」

父親を信じたいだけの彼を追い込みたくはないが、ジャーナリストとしては追及しないわけにはいかない。

「実体験調査が事実だったとして、辞職している身でその調査結果をどうするつもりなんですか。レポートにして提出する？　あなたは内海氏がレポートを作成しているのを見ましたか？」

「……い、いえ」

「本当に実体験調査なら、最低限、詳細なレポートを作成しているはずでしょう？　それもなし？　第一、そんな個人の独断実体験調査にどれほど信憑性《しんぴょうせい》がありますか？　厚労省なら、実際の患者たちを調査するとか、組織として動けるはずです。たった一人の主観に基づいた疑似体験を纏《まと》めても、何の役にも立たないでしょう。厳しい言い方ですが」

内海賢は下唇を嚙み、テーブル上の拳に視線を落とした。眉間に縦皺を作ったまま黙り込んでいる。

詐病の動機は、〝積極的安楽死〟の実体験調査などという立派なものではなく、やはり収賄の追及逃れだろう。実際、内海大二郎がパーキンソン病を理由に辞職したとたん、他の記者たちは取材をやめた。

「どうか客観的な目で内海氏の〝言い逃れ〟と向き合ってください」

8

内海賢は喫茶店から帰宅するなり、自室のベッドに倒れ込んだ。枕に顔を沈め、シーツを握り締める。

頭の中で真崎の最後の台詞がリフレインしている。

客観的な目で〝言い逃れ〟と向き合ってください――か。

全身に湧き起こるのは、自分の訴えを全て論破された悔しさではなかった。疑念だった。

そう、父がパーキンソン病を演じていた理由は何なのか。

自分自身、父の説明を信じたかったのかもしれない。だが、真崎の論理的な詰問に、説得力のある反論は何もできなかった。

心の中の疑念の芽に水をやられた思いだった。むくむくと育ち、触手が体じゅうを雁字《がんじ》搦《がら》めにしていく。

内海賢は起き上がると、壁にもたれかかった。

父の説明を全て語ることができていたら、また違っただろうか？

父は詐病の理由をこう説明した。

まずインターネットで実体験調査の経緯と結果を公表する。匿名で過激なタイトルをつけて、世間を煽《あお》る。旧知のジャーナリストと野党政治家にも話は通してあるから、公表と同時に行動を起こしてもらう。ジャーナリストがSNSで匿名ブログを取り上げて注目を集め、根回ししてある複数のインターネットメディアで記事にする。そこで執筆者が内海大二郎だと暴かせる。追い詰められたふりで事実を告白すると、新聞記事やテレビのニュースになる。即座に旧知の野党政治家が動き、安楽死問題を国会で取り上げる。『現役の事務次官が安楽死問題を考えるために職を退いてまで実験した。それをどう思うか』と。

告白された当時は説得力を感じた。真崎に語らなかったのは、もし本当にそれが父の計画なら、吹聴したとたん台なしになってしまう、と危惧《きぐ》したからだ。

計画どおりに実行したらたしかに騒動になるかもしれない。信憑性が保証されていない個人ブログや週刊誌の記事を元に国会で質問を行う野党政治家もいるのだから、元厚生労働省の事務次官が詐病までして一石を投じようとした、という話ならセンセーショナルだろう。

だが、真崎が言ったように、父は実体験のレポートなどをつけている様子はなかった。一年半、介護してきた自分がよく知っている。世話をする息子に隠し通せたとも思わない。

第一、父はいまだ実体験調査を公表する気配がないではないか。

夜になると、弟の総司《そうじ》が帰宅した。充実した顔だ。父の口利きで中小企業に就職し、真面目に働いている。

「どうかしたか、兄貴？」

思い悩む顔色を読まれたのか、総司が心配そうに訊いた。

――父さんは本当に実体験調査のためにパーキンソン病を演じていたと思うか？

問うてみたい衝動は辛うじて抑え込んだ。

総司は高校二年で自主退学し、音楽の世界を目指して家出した。長らく音信不通で、実家に顔を見せたのは数回。ミュージシャンを挫折してからは起業を試み、借金まで作ったという。父のパーキンソン病を心配して久しぶりに帰省し、それが詐病と知ったときはずいぶん激怒した。だが、気持ちをぶつけ合って和解した。それからは良好な家族関係を続けている。

詐病問題を蒸し返すことはない。

もし父に別の思惑があるのだとしても、表向きの説明を信じておけば、このまま平穏な生活を続けられるのだ。なぜわざわざ家族を疑い、また関係にひびを入れる必要がある？

詐病と知ったときは、一年半も介護していた身として腹立たしく思い、かなり感情的になった。だが、話し合ったすえ、許すことにしたのだ。

もう忘れてしまえ。

大事なのは〝今〟なのだから。

「——兄貴？」

総司に顔を覗き込まれている。

内海賢は笑みを繕《つくろ》った。

「いや、何でもない。今日は風邪気味で会社を休んだから、明日の仕事が増えそうでな。ちょっとうんざりしてた」

「……大丈夫なのかよ」

「熱もないし、まあ、何とかな」

適当に誤魔化すと、総司は「ならいいけどよ」とぶっきらぼうに応じ、自室がある二階へ姿を消した。

余計な疑念は忘れてしまおう。忘れることはできなくても、フリならできる。一番大事なのは家族関係なのだから。

そう思った。

だが――。

異様な光景と対面したのは五日後の昼だった。廊下を歩く父は以前のように猫背気味になり、すり足になっていた。両肩を内側にすぼめるようにしており、腕を震わせている。

父はなぜかパーキンソン病の演技を再開していた。

状況の認識が遅れ、しばし立ち尽くしていた。声が出るようになったのは、父と目が合ってからだった。

「と、父さん……何してんだよ」

父はぎろりと日玉を動かした。

「……実体験調査を続ける」

「は？」

思わず棘のある反応になった。

「ほら、賢、手伝え」

以前の傲慢《ごうまん》な命令口調が蘇っていた。黙っていると、父は苛立ち混じりの嘆息を吐き出した。

「一人じゃ満足に歩けん」

「……歩けばいいだろ」

「パーキンソン病だ」

「演技だろ。歩こうと思えば歩ける」

父は神経質そうに唇を歪めた。

「実体験調査はリアリティが肝腎だ。徹底しないと意味がない」

内海賢は呆れてかぶりを振るしかなかった。

パーキンソン病を演じるからまた介護を手伝え？　それほど滑稽なことがあるだろ

うか。詐病と知りながら父の体を支え、心配そうな顔でわざとらしく『大丈夫か？無理するなよ』と言えるはずがない。

「……何でまたはじめたんだよ」

父はすぐには答えなかった。手を震わせながら壁を支え、ふうと一息つく。

「データの補足のためだ」

鼻で笑いそうになった。

──あなたは内海氏がレポートを作成しているのを見ましたか？

真崎の問いが蘇る。

答えはノーだ。

レポートも作成していないのに補足も何もない。言い逃れの理由に説得力を持たせるための〝アリバイ作り〟にしか思えない。

父は本気で詐病を知る家族の前でまた演技する気なのか？

「もう勝手にやってくれ」

内海賢は背中を向け、父の「おい！」と鞭打《むちう》つように呼び止める声も無視して階段を上がった。自室のドアを開ける。今日はもう風呂に入る気も起きず、着の身着のままでベッドに横たわった。

真崎が言ったように、詐病の動機は別にあるのかもしれない。

詐病を知った総司が父に問いただした結果、父は実体験調査を口にした。正直、とても納得できる理由ではなく、介護に費やした一年半の感情を怒りに転化してぶつけようとも思った。だが、父の土下座を目の当たりにし、罵倒は喉に詰まった。自分さえ——自分さえ我慢すれば、事は丸く収まるのだ。壊れかけていた家族関係が修復できるのだ。そう思い、納得したふりをした。許すふりをした。

そう、それこそ、演技だ。演技し続けるうち、本当に納得し、許せる日が来ると信じていた。

だが——。

真崎の言葉で決意は揺れた。揺れてしまった。

そして、今では父の説明を完全に信じられずにいる。父はなぜパーキンソン病を演じていたのか。なぜまた演技を再開したのか。

突然、階下から陶器が割れるけたたましい音がした。

父が皿でも落としたのだろう。アクシデントか、それとも故意の演出なのか。

父は一体何のために——あるいは誰のためにパーキンソン病を演じているのか。

家族のためでないことは明らかだ。では、外の人間のためか？　誰かにパーキンソン病だと思わせなければならないのか。

それは誰だ？

内海賢はため息をついた。

父の詐病でまた家族関係にひびが入る気がした。

9

ＡＳＧの活動家を轢き逃げ容疑で逮捕した、と警察から聞かされた。しっかり証拠を固めないと、不当逮捕だと騒ぎ立てられるから時間がかかったという。

その日の夜、電話が鳴った。

三浦拓馬は自室でスマートフォンを取り出した。聡美の名前が表示されている。

「もしもし？」

「……拓馬君。話があるんだけど」

彼女の慎重な声が聞こえてきた。

「どうかした？」

無反応が返ってくる。

何だろう。先日、子豚の窃盗犯は、無理やり分娩させて連れ去ったのではなく、妊娠中の母豚そのものをすり替えた、と見破った。事件が進展しそうな手がかりを得たのだろうか。

黙って待つと、やがて彼女が言った。

「この前の話——忘れてほしいの」

「何を？」

「子豚たちが消えたって話。全部忘れて」

「消えたのは事実なんだろ」

「……私の嘘なの。ただの冗談」

「冗談で荒巻社長を責めたりはしないだろ。何で誤魔化そうとする？」

「誤魔化してなんか……。本当は消えてないの。子豚たちは豚舎ですくすく育ってる」

聡美自身、白々しいと承知で喋っている。口調が哀願の響きを帯びているから分かる。空気を読んで深く追及しないで——という心の声が聞こえる。

だが、一方的に言い募られて、はいそうですか、とは言えない。到底納得できない。

「何があった？」

「……何も」

「僕には正直に話してほしい。まさか、誰かに脅迫されてる？　ＡＳＧとか。連中の一人が轢き逃げ犯として逮捕されたって。また逆恨みで今度は『仙石養豚』に……」

聡美は沈黙した。逡巡《しゅんじゅん》の息遣いが聞こえてくる。

「……ううん。大丈夫」

答える声には緊張が滲み出ていた。

やはりＡＳＧなのか？　いや、連中が絡んでいるなら聡美はそう話してくれるのではないか。

聡美は何を隠しているのだろう。

最近の彼女は変だ。

「何かあったなら、相談に乗るから話してほしい」

「ううん、何も」

「僕はそんなに信用できない？」

「そうじゃないけど……あっ、いや、何も問題ないから、相談の必要がないだけ」

「だけど――」

「そういうことだから」

聡美は詰問から逃げるかのように電話を切ってしまった。

彼女の身に一体何が起こったのか。

言いようのない不安が覆いかぶさってきた。

10

真崎直哉は、喫茶店で内海賢の顔をじっと見返した。深刻な面持ちの彼は、父がパーキンソン病の演技をなぜか再開した、と告白した。ジャーナリストに情報を漏らすのはためらいがあっただろう。きっとそれほど思い悩んでいるのだと思う。

「父は弟の前でも演技を続けていて、さすがの弟も呆れて……」

真崎は神妙な表情で同情を示してみせた。

「なぜまた……と理解できなくて。真崎さんから言われたように、父はたしかにレポートを作っている様子はありませんでしたし、じゃあ、何のために、と意味不明で」

詐病の再開——か。

真崎はコーヒーに口をつけ、間を置いた。

「……内海氏はなぜパーキンソン病を演じたのか。なぜまた演技を再開したのか。おそらく、推測できます」

「本当ですか」

内海賢は若干疑り深そうに目を細めた。

「手の内を明かしたくなかったこともあって、この前はあえて話しませんでした。すみません」

内海賢が『父は詐病だった』と正直に語ってくれたから、こちらが持っている情報をわざわざ提供するメリットがなかったのだ。

「演技の再開は、私がまた収賄疑惑を調べはじめたからです」

「なぜそれで？」

「……収賄が発覚したとき、そういう事情なら光西病院に便宜を図っても仕方がないと世間に思わせるためです」

「意味が分かりません。便宜が仕方ない、なんて世間が思うはずないじゃないですか。非難しか集まらないですよ」

「もちろん、非難もあるでしょうが、パーキンソン病だと信じ込ませられたら同情も買えるんです」

内海賢が首を捻った。

「遠回しに思わせぶりな言い方をしてしまいましたね。ちゃんと説明します。内海氏が賄賂を受け取っていたのは、記事ではイニシャルでK病院と書きましたが、実名を述べるなら光西大学附属病院です」

「あの有名な？」

「そうです。光西病院の女性准教授は、不正に研究助成金を得ていた疑惑があります。自殺してしまった柳谷という学術調査官が、担当している研究者の不正を疑っていました。学術調査官というのは、助成金の申請に関わるのが仕事で、他にも何人か担当しているわけですが、私の見立てでは、彼は十中八九、光西病院の女性准教授を疑っていたと思っています」

「根拠はあるんですか？」

「その女性准教授の周りには不審な出来事が多すぎます」

「もしかして、その女性の研究に助成金が下りるよう、便宜を図ったのが父――というわけですか？」

「察しがいいですね。そのとおりです」

複雑な状況を纏めると、こうだ。当時の厚生労働省事務次官の内海大二郎が裏で手を回し、都准教授は不正に助成金を得ていた。一方、都准教授の科研費の申請を担当していた学術調査官の柳谷は、彼女を疑い、密《ひそ》かに調べていた。そのとき、愛娘が光西大学附属病院で心臓移植をする。執刀したのは進藤准教授。だが、不幸にも移植は失敗し、死は避けられない状況に陥った。都准教授は柳谷の娘を利用し、彼に口止めを要求した──。

応じてしまったからこそ、柳谷は遺書に、『人間として赦されないことでした』と後悔を漏らしたのだ。

バラバラな場所に散らばっていた一見無関係なピースを掻き集めたら、意外にも一枚の絵図が見えてきた──。そんな心境だ。

「でも、真崎さん」内海賢が怪訝そうに言った。「それと父の詐病がどう関係しているんですか」

「光西病院の女性准教授が助成金を受け取っている研究のテーマが『ES細胞によるパーキンソン病の改善』なんです」

「パーキンソン病って……」

「はい。偶然の一致とは思えませんね。ここからは事実をもとに組み立てた私の推測なんですが──」

そもそも、内海大二郎はなぜパーキンソン病を演じたのか。実体験調査などという説明は到底納得できない。辞職の理由が欲しかったなら、内海賢が前に語ったように、一生演技が必要な病を選択するのはおかしい。ではなぜか。パーキンソン病でなければならない理由があったのか。

内海大二郎が事務次官時代、光西大学附属病院から賄賂を受け取り、優遇していたのが都准教授の研究――『ES細胞によるパーキンソン病の改善』だとしたら、ある仮説が立てられる。

内海大二郎の収賄は暴かれる寸前だった。彼はもう逃げ道がないと諦めたのだろう。どうせ収賄が発覚するのであれば、批判を最小限に抑える方法はないか――。考え抜いた結果が詐病だった。自分自身がパーキンソン病であるならば、パーキンソン病の改善をテーマに研究している研究室を支援したくなるのも仕方がない――。世間がそんなふうに同情してくれるよう、パーキンソン病を装った。

最初は、収賄を追及される前に辞職する口実のための詐病だと考えたが、実際はより巧妙な、世論誘導のための詐病だったのだ。

「――というわけです。他社が収賄疑惑の後追い記事を書かなかったものだから、一時期は演技をやめたんでしょう。たぶん、家族を騙して介護を強いていた負い目もあったと思います。でも、私がまた動きはじめた。内海氏はその情報を得て、これはまずい、と考え、詐病を再開したのではないでしょうか」

内海賢は喉を鳴らすと、カップを取り上げた。だが、口に運んでから停止し、結局、ソーサーに戻した。重々しく長息を吐く。

「筋は――たしかに通っている気がします」

「内海氏が真相をあなたに語れなかったのは、息子に収賄の事実を知られたくなかったからでしょう」

「……詐病のこと、また書くんですか？」

苦悩が色濃く滲み出た口調だ。

答えずにいると、内海賢は嚙み締めた唇を歪めた。

「ジャーナリストですもんね。当然ですよね。何してんだか。父の不名誉を晴らしたくて軽率にべらべら喋って、結果、父の不正にお墨付きを与えて……」

丸テーブルの陰から見えている前腕が震えている。

医療ジャーナリストとして、病院を中心に数々の不正を追ってきた。それは全て弱い立場の患者のためだった。厚生労働省の元事務次官の収賄は、大スキャンダルだ。たぶん、その陰で苦しんでいる人間がいると思う。だが――今の時点では全容が見えていない。

「正直に申し上げれば、書くでしょう」真崎は慎重に答えた。「ですが、今ではありません。書くとしても、ご家族には配慮します」

内海賢は小さく鼻で笑った。自嘲《じちょう》が籠っていた。配慮されても家庭が壊れるのは変わらない、と言いたげだった。

真崎は頭を下げ、伝票を手に席を立った。

彼にかけるべき慰めの言葉など、何もなかった。


その日から一週間は、周辺調査に専念した。専門家にインタビューする中でさりげなく光西大学附属病院の評判を訊いたり、医局を辞めた医師から都准教授の人柄を訊いたり――。

進藤准教授に声をかけられたのは、病院を出ようとしたときだった。夜に個人的に話がしたいという。院内は目立つからホテルのラウンジを提案された。

時間を決め、真崎は病院を後にした。約束までは都内の別の病院を訪ね、移植手術待ちの女の子にインタビューした。世間に臓器提供の大切さを周知するための活動の一環だ。三浦拓馬のように、提供の意思表示をしている人間は多くない。

自分自身、昔はそうだった。だが、息子を助けるための心臓が日本で入手できず、渡米しか手段がなく、しかも億単位の費用が必要だと知ったとき、考えは変わった。一人でも多くの人間が臓器不足に関心を示し、見知らぬ誰かのために手を差し伸べてくれることを願う。

約束の時間になると、真崎はホテルのラウンジに足を運んだ。進藤准教授は十五分ほど遅れて現れた。若い倉敷医師を連れている。

進藤准教授は謝るでもなく、「待たせたね」と素っ気なく言い、ウエイトレスにブラックのコーヒーを注文した。Yシャツに包まれた樽《たる》形の腹を揺らし、椅子に尻を落とす。

代わりに倉敷医師が「遅れてすみません」と頭を下げた。そして彼の隣におずおずと座った。

「いえ。待つのも記者の仕事です」

真崎はコーヒーを頼むと、ミルクと砂糖を入れた。口をつけながら進藤准教授を見る。

進藤准教授はカップを口に運ぶと、顔を顰め、「まずいな……」とつぶやいた。ソーサーに戻し、息を吐く。

「……実はね、あれからこの倉敷君に都先生を見張らせていたんだけどね。どうも彼女に不審な動きがあるようだ」

「不審というのは？」

進藤准教授はにやりと薄笑みを浮かべた。どうだ、興味があるだろう？　と誘いかける笑い方が癪《しゃく》に障る。だが、医局内の情報を私情で漏らしてくれる彼の存在は貴重だ。

「教えてください」

真崎は上半身を乗り出し、好奇心を全身で表してみせた。進藤准教授は満足げにうなずいた。

「ほら、話してあげて」

進藤准教授に促されると、倉敷医師は答えた。

「夜から都先生の動きが慌ただしくなったので、僕は何かあると思い、見張っていました。そうすると、深夜、都先生の研究室にケージが運ばれていったんです。台車に乗せられて。ケージはシーツで覆われていました。〝実験動物〟だと分かりました」

「ま、それ自体は珍しくもないんだけどねえ」

進藤准教授が言うと、真崎は答えた。

「生命の倫理上の賛否は別にして、研究室ですからね。生き物を使う実験もあるでしょうから」

「僕が気になってるのは、ケージから類人猿の鳴き声がしたって情報でね。ね、したんだよね？」

　倉敷医師が緊張の面持ちで「は、はい」と同意する。そして――水をぐびぐびと飲み干した。

「あれ？」真崎は訊いた。「類人猿って実験への利用が禁じられていませんでした？」

「日本じゃ、厳格な規則のもとで利用されてるよ。医療ジャーナリストの割には案外無知なんだねえ。もっと勉強しなきゃ」

「ごもっともです。ご教授いただけますか？」

　進藤准教授は優越感を噛み締めるようにうなずき、説明した。

　ＥＵでは、二〇一〇年の欧州議会で類人猿の利用が原則禁止になった。翌年には、米国の国立衛生研究所《NIH》も、類人猿を侵襲的実験に利用した新規研究計画への助成金を差し控える声明を出した。ただしそれはチンパンジーやゴリラやオランウータンに限定されており、サルでしかできない研究ならば、欧米でもアカゲザルやヒヒ、リスザルなどのサル類は利用できる。

「では何か問題が？　進藤先生の倫理観以外で」

「誤解しないでほしいね。僕は動物実験に否定的じゃないよ。むしろ肯定的だよ。人類の健康や幸福のため、医学の進歩のためには、必要不可欠なことだからね。あの世界最大の薬害――サリドマイド事件も、動物実験で薬の安全性を確認する前に臨床現場で使用し、市販されたことで発生したんだよ」

それくらいなら最低限の知識はある。サリドマイド事件があったからこそ、世界医師会の『ヘルシンキ宣言』では、『人間を対象とする医学研究は動物実験に基づき、一般に認知された科学的諸原則に従わなければならない』と明記された。もちろん、同時に、使用される動物の福祉を尊重することにも触れている。

過激なＡＳＧなら断固として許さないだろう。だが、生命の倫理は容易に答えが出せない。

「お話を戻しますが。で、類人猿らしき実験動物が都先生の研究室に運び込まれた――と」

「うん、そうなんだよ。光西《うち》じゃ類人猿を使った動物実験は長らく行われていなくてね。飼育していないんだよ。実験で種の個体数が減るのはよくないから、最初から実験用として繁殖させた〝実験動物〟を使うのが常識でね」

「都先生が外から入手してきた、ということですね」

「そういうことになるね。でも、僕が問題視しているのはそれだけじゃないんだよ。動物実験においては、動物実験委員会に申請して、その研究への利用が認められるかどうか、厳しいガイドラインに照らし合わせて審査される。認められなければ、実験動物は利用できない。確認してみたら、類人猿の利用が許可された事実はなかったよ。僕が言いたいこと、分かるよね？」

「都先生は独断で動物実験をしている疑いがある、と？」

「そうなんだよ。しかも、問題はまだある。そもそも、成果を学術誌に論文として発表しようと思ったら、所属機関のガイドラインを守っていることとか、承認を受けたことをきちんと記載しなきゃいけない。無許可の動物実験じゃ成果を発表できないってわけ。だから、実験を行ったうえで研究データか研究内容を改竄《かいざん》している可能性がある」

真崎は渇いた喉をコーヒーで潤《うるお》した。砂糖とミルクを入れたにもかかわらず、苦々しく感じた。

「都先生の研究は、たしか『ES細胞によるパーキンソン病の改善』でしたよね」

「いや。今は移植関係の研究をしているようだよ。彼女は外科医だからね。そもそも、内科の領域であるパーキンソン病の研究に手を出していたことが異質だったんだよ」

臓器移植——か。臓器移植の研究でサル。一体どういう実験がされているのだろう。一般的な動物実験の数々を押しのけ、根拠もなく頭に浮かんだ単語。それは——。

異種移植。

素人だからこその発想だろう。冗談めかして単語を口にしたとき、進藤准教授は一笑に付した。だが、目は決して笑っていなかった。それは異種移植が決して絵空事ではないことを表していた。

「進藤先生は異種移植の分野にお詳しいですか？」

「……最初から人間で実験する医療はないのでね。移植の分野を究めようと思えば、必然的に知識は深まるよ」

「では、お訊きしたいんですが……現代医学で異種移植はどの程度まで進んでいるんでしょう？」

「圧倒的に不足している臓器を補う画期的な手段として、注目されてはいるね。結構な数の研究者が研究を重ねてるよ。たとえば、二〇一六年に公表された論文だけどね、ヒヒの体内に豚の心臓を移植して、両方の心臓を機能させたまま九百四十五日間、ヒヒを生かすことに成功したそうだよ。その研究グループは、豚とヒヒの心臓を完全に置き換える実験も予定しているよ」

「動物同士の実験段階なら、動物から人への移植はまだ夢物語ですね」

「そうでもないよ。日本じゃ、人の肝臓の一部を豚で成長させて再び人に移植する、という異種移植も研究されてる。そもそも、人間への異種移植はすでに何十年も前から試みられていてね」

「本当ですか！」

　思わず大きな声が出た。

「ま、軽く異種移植の歴史を講義しよう」

　進藤准教授によると、一九八四年、米国カリフォルニア州の大学で生後十二日の赤ん坊──左心室形成不全症候群だった──が心臓移植を受けたという。世界で注目を集めたのは、移植されたのが人間の心臓ではなく、ヒヒの心臓だったからだ。実名は伏せられ、『ベビー・フェイ』の名で紹介された。

　免疫《めんえき》機能が不充分な赤ん坊は、大人と違って拒絶反応が起きにくい利点がある。拒絶反応は、異物の侵入を免疫が攻撃することで引き起こされるからだ。

「倫理的に許されたんですか」

　進藤准教授は肯定とも否定ともとれる表情を作った。

「心臓移植をしないかぎり、生後二週間以内に死亡してしまう赤ん坊だったからね。

ま、それが免罪符になるとは思えないけどねえ」

人間の臓器をとても待てないとき、選択肢が他になかったらどうするだろう。他人の子供なら倫理を振りかざして非難できるかもしれない。だが、自分の息子や娘なら？

今なら手段を選ばず助けたいと思うだろう。心臓が間に合わず、死にゆく愛息を見つめているしかない苦しみを味わった今なら。

「サルの心臓の人間への移植は、実は『ベビー・フェイ』の移植より昔に四回行われていてね。最初は――たしか一九六四年だ」

「そんな昔に！」

「全て大人が対象で、しかも、術後四日以内に全員が死亡してるけどね。命の倫理に挑んだ結果がたった四日の延命とは」

進藤准教授は嘲笑の色合いを帯びた口ぶりで言うと、説明を続けた。『ベビー・フェイ』の手術が公表されるや、世界じゅうのメディアが反応した。〝ベビー・フェイは患者か、単なるモルモットか？〟〝ヒヒの心臓移植、背後に大きな疑問。人の生命をサルに求める権利はあるのか〟という具合だ。

否定的な感情を掻き立てられる人々の気持ちは理解できる。賛否両論が湧き起こるのは当然だろう。

「『ベビー・フェイ』の移植は成功したんですか」

「術後五日目には人工乳も飲んだそうだよ。でもね、残念ながら二十日目に容体が急速に悪化し、死亡した。ヒヒの心臓は正常だったそうだから、おそらく免疫抑制剤の副作用だろうね」

真崎は沈痛を噛み締めた。三十年以上前の外国の赤ん坊の話でも、想像したら胸が痛む。

「もし都先生が異種移植を人間に行っていたとしたら？」

問うと、進藤准教授は躊躇せずに答えた。

「告発するしかないねえ」

11

「……話って何ですか」

三浦拓馬は自分のアパートの前で真崎と向かい合っていた。彼の隣には、恰幅のいい男性が立っている。以前、光西大学附属病院で話しかけてきた医師——たしか進藤准教授だ。意識不明だったときの担当医だという。

真崎は苦悩の皺を眉間に刻んでいた。口を開こうとしては何度も躊躇する。

「轢き逃げの話ですか?」

真崎は「それが……」と言いよどんだ。

「何ですか」

「……三浦さんの奇跡の回復について、です」

「奇跡も何も……光西病院で緊急手術を受けて、一命を取り留めて、肝臓移植ができたから、こうして助かったわけで。それだけです」

「私が気にしているのは、その肝移植です。臓器が手に入るあてがない状態で、よく移植できましたね」

「僕が予想より一日以上もったから、手に入ったそうです」

「そんなふうに運よく人間の臓器が手に入るでしょうか」

真崎は何が言いたいのだろう。実際、こうして肝移植が成功し、生き延びることができた。それが全てではないか。まるで違法に肝臓を入手したかのような言い草だ。

いや、違法かどうか以前に——。

運よく人間の臓器が手に入るでしょうか、とはどういう意味だ。

それこそ、人間以外の臓器を使ったとでも言いたげな――。

顔に滲み出た警戒心と緊張を読み取ったのだろう、真崎は慎重な口ぶりで言った。

「私の疑惑にお気づきのようですね。私は、三浦さんの体内で動いているのは動物の肝臓ではないかと疑っています」

衝撃が背筋を駆け抜けた。反射的に自分の腹部に触れた。当然、違和感など伝わってくるはずもなく……。

「な、何の冗談ですか」

「冗談でこんなデリケートな話はしません。都先生はその手の研究をしていた節がありまして」

拓馬はかぶりを振った。他に真崎の話を否定する方法がなかった。

「ご友人の――仙石聡美さん。彼女なら真相をご存じなのでは？　三浦さんが意識不明のあいだもずっと見舞いに来て、世話もされていたそうですし」

そういえば、意識不明中の話を聞こうとすると、聡美は明らかに緊張し、何か誤魔化していた。話題を逸らそうとしていた。

心臓がどくん、と脈打つ。

自分の体の中で息づいているのは、人間の肝臓なのか。それとも――動物の肝臓なのか。

全身にはべったりと汗が滲み出ていた。

体内に動物の臓器があるかもしれない――。

信じられない話だった。これは命――そう、命のあり方の問題だ。果たして倫理的に許されるのか。

「彼女に――訊きます」

真崎は「それがいいでしょう」とうなずいた。

拓馬はスマートフォンを取り出し、「話がある」と聡美を呼び出した。深刻な口調にただならぬ何かを感じたらしく、事情を説明しなくても、彼女は張り詰めた声で一言、「すぐ行く」と答えた。

待っているあいだは二人を部屋に案内したものの、気まずくも緊張した空気が流れ続けた。三者共に話題がなく――いや、話題はあっても軽々しくは触れられず、結果的に沈黙するしかなかった。

聡美が軽自動車で乗りつけたのは、三十分後だった。外に出ると、彼女は顔ぶれを見るなり、表情を強張《こわば》らせた。拳を握り固めたまま歩いてくる。アパートの前で向き合った。

「拓馬君、話って？」

挨拶も前置きもなかった。そのことが彼女の焦りを如実に表していた。

拓馬は真崎と進藤准教授を交互に見やった。自分から口にするにはあまりに恐ろしく、助けが必要だった。

真崎もそれは同様だったのか、軽く視線を外した。答えたのは進藤准教授だ。

「三浦さんの肝移植の件なんだけどね。実は動物の臓器が移植されたんじゃないかという疑いがね」

聡美が目を瞠った。

「ば、馬鹿なこと言わないでください！　動物の臓器なんて数日ももたないんですよ！」

叫んでから彼女は手のひらで口を覆った。荒唐無稽で意味不明な話を聞かされた者の反応ではなかった。

拓馬は腹部をぎゅっと握り締めた。内臓が歪む感触が手のひらに伝わってくる。

真崎は不審そうに目を細め、聡美を見つめた。

「仙石さん、ずいぶん異種移植に詳しいようですね」

「……拓馬君の肝移植の可能性をいろいろ調べていて、それで少し知識があっただけです」

「普通、異種移植を調べたりはしないでしょう。賭けてもいいです、臓器移植待ちをしている患者やその家族で、異種移植を調べている人はまずいませんよ」

聡美は目を泳がせた。その反応で充分だった。

「お、おい、まさか！」拓馬は聡美の華奢《きゃしゃ》な両肩を鷲掴《わしづか》みにした。揺さぶるようにして問い詰める。「まさか、動物の肝臓が移植されたのか？　僕の体には動物の臓器が――」

「お、落ち着いてよ、拓馬君。そんなわけないじゃない。人間の肝臓に決まってる」

「嘘だ。それを信じろってのか！」

「信じるも何も……事実なんだから。光西病院に訊いたら分かる」

「本当のことを話すもんか」

「だったら、他の病院で検査してもらえば？　動物の肝臓だったらすぐ分かるでしょ」

聡美の眼差しは真っすぐだった。後ろめたさなど微塵《みじん》もなく見つめ返され、拓馬は彼女の肩から手を放した。一歩後退する。

「本当に――本当の本当に人間の肝臓なのか？」

「動物の肝臓なんてありえない。変な妄想に惑わされないで」

「でも、そんなに都合よく人間の肝臓が手に入るなんて……だって、入手は困難だったんだろ」

「拓馬君が意識不明でも諦めずに頑張って持ちこたえたから、神様がほほ笑んでくれたんだよ」

進藤准教授が苦笑しながら進み出た。

「神様、ねえ。そんな非科学的な話で誤魔化されてもねえ」

聡美が進藤准教授をキッとねめつけた。

「誤魔化してなんていません！」

「僕は医学しか信じていないのでね。三浦さんを光西から運び出したって話だったけど……どこに連れて行ったの？」

聡美は逡巡を見せた。

「……地元の個人病院です」

「どこ？」

「別にどこでもいいじゃないですか」

「頑なに隠すって、怪しいよね。ねえ、三浦さん。そう思わない？」

拓馬は彼女の表情を窺った。

たしかにそうだ。入院していた病院名を隠す必要があるだろうか。疑心暗鬼になってくる。

「言えないの？」進藤准教授が粘つく口調で訊く。

「それは、その……」聡美は視線をさ迷わせた。「光西病院みたいな、大きな病院に睨まれないように、です」

「うちが何？」

「光西病院の患者を無断で受け入れたなんて知れたら、敵視されるじゃないですか。個人病院だから、大手に逆らったら潰されます」

もっともらしい説明にはある程度の説得力があった。だが、まだ鵜呑みにはできない。

拓馬は彼女に尋ねた。

「じゃあ、僕にだけ教えてくれる？」

「それは……」

「完全にオフレコにするから。その個人病院は恩人だし、僕が迷惑をかけたりするわけないだろ。お礼だって伝えたいし」

「……お礼は私がちゃんと言っておいたから」

「いや、患者本人もお礼を言わなきゃ、失礼だろ」

「でも――」

進藤准教授が「ほらね」と勝ち誇ったように笑った。「本人にも病院名を明かせないなんて、変だよねえ。うちに睨まれないように、なんて、口実でしょ」

「違います」

「だったら教えてあげればいいじゃない」

「だからそれは……」

「個人病院なんて、ないんでしょ？」

「え？」

「三浦さんの状態を確認してる僕に言わせれば、何日も持ちこたえる可能性なんか、なかったんだよね。うちの最先端の医療設備でも駄目だった。それなのに、個人病院に転院して、うちに入院しているよりもつ、なんてありえない話なんだよ。本当は転院してなかったんじゃないの？」

「な、何を言うんですか！　私が自宅に連れて帰ったとでも？」

「まさか」進藤准教授は呆れたように笑いを漏らした。「自宅なんて、個人病院より医療設備が整ってないでしょ。三浦さんは病院から消えたんじゃなく、病室から消えたんじゃないの？」

「どう違うんですか」拓馬は訊いた。「同じことじゃ――？」

「同じじゃないよ。僕が言っているのは、光西病院の病棟から研究棟に運び込まれたんじゃないかってこと」

拓馬は唖然としたまま進藤准教授と聡美を見た。

同じ病院内で棟を移動した？

聡美は絶句している。進藤准教授は語るに落ちたと言わんばかりの得意顔で続けた。

「真相が分かったよ。三浦さんの遺体から臓器を奪われたくない、なんて理由で彼を運び出すのは不自然だと思っていたんだよね。都先生がそんな私情にほだされて、職を危うくするはずがない」

拓馬は「じゃあ、一体……」と独りごちた。

「新米の倉敷君は若いからねえ、そんな説明に納得しちゃったみたいだけど、僕の目は誤魔化せないよ。意識不明の三浦さんを病室から秘密裏に運び出した理由――。それは都先生の研究室に運び込んで、そこで異種移植を受けるためだった、ってこと」

ショックが体じゅうを貫いた。

異種移植のために病室から運び出された——。

筋が通っている。通ってしまっている。肌がおぞけ立ち、震えた。氷の塊を飲み込んだように胃がひんやりし、ねじくれる。

「そ、そうなのか？」

拓馬は聡美に詰め寄った。彼女が目を剝いたまま後ずさりする。アパートの外壁に追い詰める形となった。

「ち、違う。異種移植なんか――」

「でも、他には考えられないだろ。なあ、正直に教えてくれ！　僕の肝臓は何なんだ。人間のなのか。動物のなのか」

「動物の臓器なんて、使ってない。ただ、〝繋ぎ〟に――」

聡美は慌てた表情で言葉を切り、目を逸らした。唇は後悔を嚙み締めている。

「〝繋ぎ〟って何だ」

「それは――」

彼女は一向に語ろうとしない。

「そうか」進藤准教授がつぶやくように言った。「そういうことだったのか。僕はどうやら思い違いをしていたようだねえ」

拓馬は彼に向き直った。

「何が分かったんですか。僕の肝臓は一体――」

「まあまあ。慌てても事態は変わらないよ、三浦さん」

「いや、でも――」

長く聞き役に徹していた真崎が口を挟む。「何かお気づきでしたら、私も伺いたいですね、進藤先生」

「話さないなんて言ってないよ。まあ、順番に説明しようじゃない。異種移植の可能性を語ったけど、実はずっと引っかかっていることがあってね。三浦さんが元気すぎるんだよね」

「それは彼が異種移植で健康な肝臓を手に入れたからでは？」

「異種移植をしていたら、これほどの自由はないだろうね。そもそも肝臓の異種移植は、一九六六年から一九六九年にかけて、アメリカで三件、行われた。チンパンジーの肝臓を移植したんだね。でも、いずれの患者も九日後、二十六時間後、十四日後に死亡してる。フランスでも、一九六九年から一九七一年にかけて、ヒヒの肝臓の異種移植が五例。全て三日以内に死亡してる」

「成功は難しいと？　近年はどうでしょう？」

「一九九〇年代には、ＨＩＶにも感染してるＢ型肝炎の末期患者にヒヒの肝臓が移植された。この異種移植には必然性があったんだよね。というのも、人間の肝臓を移植しても、その肝臓がＢ型肝炎のウイルスに感染することが明らかだったからだよ。ヒヒはＢ型肝炎やＨＩＶに抵抗があるから、異種移植であれば、感染を避けられる可能性があったってわけだ」

「結果は？」

「七十日後に死亡。移植された肝臓が拒絶されたわけじゃなく、胆管が詰まったせいで脳がカビに感染したことが原因だけどね。他にも何例かあるけど、やはり長くはもっていない」

何が言いたいのだろう。異種移植は難しく、実現は不可能だ、という話だろうか。そうだとしたら――自分は〝人間〟でいられる。

真崎が容赦なく質問を重ねた。

「それでも、その時代からは二十年も経っています。今なら？」

「異種移植を行ったとしたら、退院は困難だね。何日――あるいは何十日もつか、誰にも分からないからね。入院したまま長期間予後を見なければいけない。レトロウイルスの問題もある」

「ウイルス、ですか」

「一九九五年、エイズ患者へのヒヒの骨髄移植が計画された。申請を受けたカリフォルニア大学の倫理委員会は承認したけど、食品医薬品局《FDA》がストップをかけた。ヒヒの細胞が人の体の中に入ると、未知のウイルスを作る危険性が懸念されたからね。疾病制圧予防センター《CDC》の専門家たちも同意見だった。逆に患者団体は承認を求めたよ」

「待ってください。異種移植そのものは以前から行われていたんですよね。なぜそのときになって懸念が？」

「状況が変わっていたんだよ。知ってのとおり、一九八〇年代にアメリカで初のエイズ患者が発見された。ＨＩＶはヒト免疫不全ウイルスだ。ＳＩＶ――つまり、サル免疫不全ウイルスと類似していたため、ゴリラやチンパンジーから人間に感染したんじゃないか、と疑われていてね。実際、最近の研究によってその推測が裏付けられたしね。他にもエボラウイルスの存在が注目されたり……当時のアメリカじゃ、ウイルス感染への不安が高まっていたんだよ」

　動物から感染する未知のウイルス――か。想像したとたん、胃の辺りに異物感を覚えた。精神的なものが原因だと言い聞かせるたび、それは増していく。

違う。違う。自分は〝人間〟だ。

進藤准教授は説明を続けた。

「まあ、紆余曲折《うよきょくせつ》あったけど、四ヵ月後に承認は下りてね。手術後、患者は宗教団体や動物権利主義者から苛烈《かれつ》に攻撃されたよ」

「結果は成功だったんですか？」

拓馬は訊いた。望んでいる答えを期待して。

「手術は失敗だと発表されたよ。検査しても、患者の血液の中にヒヒのＤＮＡが存在していなかったんでね」

他人の不幸を望む気持ちは全くないものの、正直なところ、安堵している自分がいた。

「患者の容体はよくなっていたそうだけどね。移植の際に投与された数種類の抗ウイルス剤の効果だろうね。何にせよ、異種移植をしていたら、簡単に退院したり、元の生活を送れたりはしないよ」

一番聞きたかった答えだ。そう、異種移植は至難の業なのだ。自分の体内に動物の肝臓が移植されているはずがない。

「もし異種移植をしていたなら、今も病院のベッドの上だろうね。医師たちがそれこそ二十四時間体制で監視しているよ。未知のウイルスも怖いしね。結論を言えば、三浦さんはどうやら人間の肝臓を移植されたようだ」

進藤准教授が言ったとたん、真崎が異論を挟んだ。

「だったら病室からこっそり運び出す必要はないですよね。どういうことなんでしょう？」

「三浦さんを研究室に運び込んで何をしたか。それはさっき彼女が口を滑らせたことで分かった。〝繋ぎ〟が行われたんだよ」

「〝繋ぎ〟――というのは？」

進藤准教授はもったいぶるように一拍置いた。

「異種の臓器を一時的に代用することだよ」

代用？　どういう意味だろう。やはり、自分の体内には動物の臓器が――？

焦燥感に駆り立てられて問いただすと、進藤准教授は落ち着き払ったまま答えた。

「テキサス州で世界初のある試みが行われた。患者は十七歳の少年だった。重篤な肝不全で、すぐにでも肝移植できなければ、十中八九、翌朝までもたない状況でね。でも、肝臓は一向に手に入らない。三浦さんの例と似ていると思わないかな？」

拓馬はうなずいた。

「実施されたその世界初の試み、というのが〝繫ぎ〟でね。すなわち、遺伝子を改変したトランスジェニック豚の肝臓を患者の循環器系に縫い合わせて、代用したんだよ。人間の肝臓が入手できるまでの一時的な時間稼ぎだね」

人工透析の肝臓版のようなイメージだろうか。

そう口にすると、進藤准教授は「そうだね」と答え、説明した。

灌流装置に豚の肝臓を繫げば、遺伝子を改変していない豚の肝臓でも患者に繫いで機能させられるという。

〝繫ぎ〟では、患者の肝臓を抜き取るわけではない。豚の肝臓を利用することにより、機能しない人間の肝臓を休ませるのだ。とはいえ、〝繫ぎ〟に使われた豚の肝臓は、数時間も経てば、患者の血中にある補体などの毒素で駄目になる。件の少年の例では、チームは七個の豚の肝臓を用意していた。豚の肝臓一個が七時間ほど耐えたおかげで、その日の夜中に人間の肝臓が入手でき、移植手術が行われた。そうして患者は命を取り留めたのだ。

話を聞き終えると、拓馬は聡美に向き直った。彼女は地面を睨んだまま唇を嚙んでいる。

「僕は〝繫ぎ〟で持ちこたえたのか？」

聡美は黙ったままうなずいた。うなだれ気味だったせいで、顎の位置がほとんど変わらず、答えは曖昧だった。重ねて問い詰めようとしたとき、先に彼女が口を開いた。

「都先生から言われたの。拓馬君の命がもう長くないこと、生きているあいだに肝臓が手に入る可能性がないこと。でも、実験段階の〝繋ぎ〟を使えば、何日か延命できること――。私は、可能性があるならぜひ、ってお願いした」

「だから僕は病室から運び出されたのか？」

「無許可の治験だから、一般の病棟じゃ実施できないし、研究室に移送する必要があって。都先生は自分のチームを使って、夜中に運び出したの。病院関係者の三分の一は先生の協力者だから、監視カメラも一時停止させて、秘密裏に行動できるって。で、研究室で〝繋ぎ〟を行って、人間の肝臓が手に入るのを待った。豚の肝臓は限られていたから、数が切れたらもう終わりだったけど、延命できた二日のうちに人間の肝臓が手に入ったの。だから、すぐ移植手術して……。一命さえ取り留めれば、後は意識の回復を待つだけだった」

拓馬は押さえっ放しだった腹部から手を放した。そこをじっと見つめる。

自分の体内で動いているのは、動物の臓器ではなかった。豚の肝臓はたしかに利用されたものの、それは体外に置かれ、壊れた肝臓の代用として一時的に機能していたにすぎない。

安堵のあまり膝からくずおれそうになる。

「何で教えてくれなかった」

「……言ったでしょ。無許可の治験だったの。表沙汰になったら都先生が罰せられる」

聡美は今や泣き出しそうな顔をしていた。哀訴の眼差しを向け、進藤准教授と真崎に頭を下げる。

「どうか、このことは心の中にしまっておいてください。恩人の都先生にご迷惑をかけたくないんです」

進藤准教授は少し考える顔をし、聡美の肩をぽんっと叩いた。彼女が顔を上げると、彼は優しい微笑を見せた。

「心配しなくてもいい。医療の進歩には時に無茶も必要でね。今回の〝繋ぎ〟の成功が日本の異種移植の分野にどれほど寄与することか。都先生の貢献は計り知れない。今日の僕は何も聞かなかった」

12

真崎直哉はマンションに帰りつくと、刻まれたまま凝り固まった眉間の皺を揉みながら、文献に目を通した。足首に纏わりついてくる愛犬をときおり撫でる。

異種移植は命の倫理に背く悪魔の手術なのか。それとも――移植を待ちながら無念にも亡くなっていく人々を救う画期的な奇跡の手術なのか。

十年ほど前の資料によると、アメリカでは毎年二万人が何らかの臓器移植手術を受けているという。その一方、臓器が間に合わない人々が七分間に一人のペースで死んでいる現実がある。

慢性的な臓器不足――。

日本の場合、臓器の提供を待っている人は一万四千人。だが、移植を受けられるのは年間四百人ほどだ。臓器提供者数は、二〇一二年時点で百万人あたり〇・九人。アメリカの二十六・一人、スペインの三十四・八人に比べたら圧倒的に少ない。それは諸外国より厳格な脳死判定に原因がある。だが、患者の家族としては本当に回復の可能性が全くないのか、疑ってしまうものだろう。判定基準を緩めれば解決する問題でもなく、難しい。

倫理や道徳に目をつぶってしまえば、動物の臓器が利用できたら大勢の命を救えるだろう。

もし、当時、自分の息子を救う手段が異種移植しかなかったら、一体どんな選択をしただろう。渡米して心臓を移植する億単位の費用を掻き集められず、死んでいく姿を眺めているしかなかった。動物の心臓で命を救えるとしたら、果たして自分は——。なりふり構わなかっただろうか。

あるいは、息子はどんな選択をしただろう。動物の心臓を体内に迎え入れたとしても、生きたいと願っただろうか。たぶん、願ったかもしれない。だが、それは差し迫る死の恐怖で判断能力が鈍り、何にでも縋りたい心境になるからだと思う。実際、手術が終わり、健康を取り戻したときも——自分が動物の心臓で生かされていると実感したときも、同じように奇跡に感謝できるだろうか。後悔や苦悩は全くないだろうか。

異種移植——。

それは禁忌《きんき》の響きを帯びすぎている。だが、なぜ？　人間の臓器の移植が許されて、動物の臓器の移植が許されないとしたら、なぜだ。何がどう違う？

医療ジャーナリストとして多くの患者と接し、話を聞いてきた。それなのに、何が正しく何が間違っているのか、答えが出せない。

無力感に打ちのめされる。

異種移植の利点や問題点を包み隠さず、公にし、世間の人々にも考えてもらうべきではないか。だが、進藤准教授は仙石聡美と三浦拓馬に約束した。都准教授の人体実験的医療は公表しない、と。その場では彼に押し切られ、同じく確約させられた。

本当にそれでいいのか？

医療の進歩のためという名目で、見て見ぬふりをしていいのか？

それから一週間は、移植について書かれた数々の文献と睨めっこしてすごした。だが、知識は深まっても答えは出なかった。

文献を閉じ、意味もなく室内を歩き回った。テーブルに置いてあるスマートフォンが鳴ったのは、そのときだった。取り上げると、内海賢の名前が表示されていた。

電話に出るなり、内海賢は深刻な口ぶりで言った。

「父がまた行方不明になりました」

内海大二郎が？　パーキンソン病を装っていた以前も、十日近く姿を消していた時期があったという。彼は最近になって再び詐病を再開した。何か関係があるのだろうか。

「何があったんですか?」

「……父に正直に話したんです。真崎さんに詐病の話を伝えてしまったことを」

「内海氏は何と?」

「〝早まったな〟と」

「一言だけですか」

「はい。パーキンソン病の演技を続けたままそう答えて。一時は自室に籠っていたんですが、夕食の時間に呼んだら返事がなく、部屋は無人でした」

「単なる外出の可能性は?」

「もう丸二日です。連絡も一切ないので、心配で」

「なぜ私に電話を?」

「……事情を知らない人間に相談しても無意味だと思ったんです」

正直な答えだった。助けを求めるなら、『他に頼りになる人が思いつきませんでした』程度のお世辞を言えば、協力してもらいやすいだろうに——。そうできないあたり、内海賢の実直さを表している気がした。

「心配ではありますね。私に何ができるかは分かりませんが、電話ではなんですし、これからお会いしましょう」

「よろしくお願いします」

詐病の事実を後に公表しようとしているジャーナリストにさえ、彼は丁寧な態度を崩さない。

真崎は以前の喫茶店を待ち合わせ場所に指定し、マンションを出た。夜の闇は冬空に広がり、街全体を暗く包み込んでいた。吹きつける寒風にも黒い色がついているように思える。

タクシーで移動し、喫茶店に入った。内海賢は約束の時間より五分早く現れた。軽く頭を下げ、向かいの椅子に腰を下ろす。髪の生え際には汗の玉が浮かんでいた。乱れがちの呼吸の合間に口を開く。

「父の話なんですが……」

「まあまあ、落ち着いて。何か飲みませんか」

「あっ、ええ……」

内海賢は喉に触れ、今初めて渇きに気づいたようにうなずいた。ウエイターにウーロン茶を注文し、運ばれてくるや、一息に飲み干した。すぐさま二杯目を頼む。

「落ち着きました?」

「は、はい」内海賢は深く息を吐いた。「何とか」

真崎は「で、何があったんですか」と尋ねた。

「……電話でも話したように、父がいなくなったんです。前日に口論になって、だから、不安になって。父がパーキンソン病の演技を一向にやめないものだから、また怒鳴ってしまったんです。もしかしたら、それで追い詰めてしまったのかも、と」

「心当たりは？」

内海賢は視線をテーブルに落とし、おしぼりで手の汗を拭った。

「父が電話で話している声を聞きました。〝こうさい〟という単語が出たので、はっと思い当たったんです。贈収賄疑惑のある光西大学附属病院のことじゃないか、って」

「間違いなくそうでしょう。他には何か？」

「〝相談に行く〟と。父は光西病院を訪ねたのかもしれません。でも、当然、問い合わせてもけんもほろろで……」

「贈収賄問題の件で口裏合わせの相談に行ったかもしれない、と疑っているんですね？」

内海賢は顔を顰めたまま、視線を逃がした。

「すみません、答えにくい質問でしたね。しかし、もしそうだとしたら気がかりです。

病院側としても収賄の張本人に対してどんな手段に出てくるか……」

内海賢は顔を戻し、静かにうなずいた。

「贈収賄疑惑も含めて、私はそれなりに状況を知っています。光西病院に接触して、揺さぶってみますよ」

「よろしくお願いします」内海賢はテーブルに触れそうなほど深々と頭を下げた。

「父に万が一のことがあったら……」

「病院もそう簡単には大それたまねはしないと思いますが、今の世の中、罪を隠すためにより重い犯罪を犯す人間が増えていますし……心配ですからね」

「病院を訪ねるときは、俺も同行させてください」

「もちろんです。願ったりです。内海氏の身内が一緒だと、相手もむげにはできないでしょうから」

答えたと同時に懐でスマートフォンが振動した。取り出すと、着信だった。進藤准教授の名前が表示されている。

「失礼」真崎は断りを入れ、電話に出た。「はい、真崎です」

「都先生の研究室に動きがあったよ。倉敷君から報告があった。ケージと患者が運び込まれたようだ。人体実験がまた行われるかもしれない」

心臓が一際強く波打った。〝人体実験〟という単語に汗が滲み出る。

「都先生の行為は胸の中におさめておくつもりだったのでは？」

「あんなもの、その場しのぎの綺麗事だよ、真崎君」

「なぜそんなことを――」

「分かんないの？　あの養豚場の彼女、都先生に感謝していたじゃないの。人体実験の証拠を摑むつもり、なんて宣言したら、都先生に告げ口するでしょ。油断させなきゃ」

そういうことだったのか。都准教授を追い落としたがっているわりに聞き分けがよく、変だと思ったのだ。

「ね？」進藤准教授は、くっくっと笑い声を漏らした。「作戦的中。僕らが異種移植の件を突き止めたこと、都先生には報告していないみたいだね、養豚場の彼女。おかげで都先生が行動を起こした」

「ということは、これから研究室で？」

「うん、人体実験開始かな。真崎君は出てこられる？　証拠を押さえたらスクープだよ」

真崎は向かいの内海賢を見た。彼は病院を一緒に訪ねたがっている。これは好機ではないか。

「光西病院ですよね。三十分ほどで着きます」

「待ってるよ。そうそう、それからさ、肝移植した彼、連絡先を知ってたら呼び出してよ」

「三浦拓馬さんですか？　茨城ですよ？」

「常磐線で一時間かからないでしょ。着の身着のままでいいからさ。交通費くらい、僕が出すよ。当然、養豚場の彼女には内密にね」

「何のために三浦さんを？」

「〝繋ぎ〟を受けた患者だからねえ。不意打ち不意打ち。当事者がいきなり現れたら、もう言い逃れできないでしょ」

「合流は早くても一時間半後ですよ？」

「心配ないよ。異種移植なんてしようと思ったら、二時間やそこらで終わるはずがないからね。ちょうどいいタイミングで踏み込めるんじゃないの？」

都准教授を追い詰めたい進藤准教授の手助けはしたくないが、手術の生き証人を前に彼女がどう反応し、何を語るかは興味があった。禁忌に手を染めてまで何を得たかったのか。

「……分かりました。三浦さんにも連絡してみます」

電話を切ると、ただならぬ事態を察して身構えている内海賢に事情を説明した。当然、彼は同行すると答えた。病院に行けば、行方知れずの父の居場所を知る手がかりが得られるかもしれない、と期待しているのだ。

真崎は三浦拓馬に電話しながら喫茶店を出た。都会のビル群を吹き抜ける夜風が体温を急速に冷やす中、タクシーを探しながら、「〝繋ぎ〟の件で新事実が分かったから二人きりで大至急話したい」と告げる。「何ですか」と不安そうに訊き返されたものの、「会って話す」の一点張りで待ち合わせの約束を取り交わした。

準備は――整った。

タクシーが捕まると、内海賢と一緒に飛び乗った。真崎は光西大学附属病院の場所を伝え、窓の外に視線を投じた。寝静まった街を眺めつつも、膝は激しく貧乏揺すりを続けている。

夜遅く、人気《ひとけ》がなくなった研究棟で行われるのは異種移植なのか。

真崎は膝頭を握り締め、貧乏揺すりを抑えようと努めた。

深夜前でも灯《とも》っている街明かりが流れていく。

光西大学附属病院に着くと、タクシーを降りた。一般病棟の北に研究棟がある。建物に近づくと、真っ黒い影と化している植木の横に人影があった。向こうから歩み寄ってきた。月明かりの下に現れると、夜風に白衣をはためかせた進藤准教授だと分かった。

「やあ。来たね。そっちの彼は？」

真崎は内海賢を紹介した。厚生労働省の事務次官だった彼の父親には光西大学附属病院との贈収賄疑惑があり、都准教授の研究を不正に支援していた可能性がある、と説明する。進藤准教授が「ほう？」と興味深げに眺め回すと、内海賢は居心地が悪そうに身をよじった。

「無許可の〝繋ぎ〟に助成金の不正、そして今回の人体実験――。都先生はどうやらスリーアウトだねえ」進藤准教授が笑う。「九回裏で僕が逆転ホームランを放てそうだ」

私利私欲で他人を蹴落とそうとする彼の言動を目の当たりにしていると、都准教授の罪を暴くことにためらいを覚える。だが、彼女が危険な人体実験を繰り返しているなら、やはり見過ごすことはできないだろう。

三人で病院に入り、進藤准教授の部屋で待機した。三浦拓馬がやって来たのは一時間後だ。約束どおり受付で名乗ったらしく、到着の報告を看護師から受けた。

ロビーに降り、挨拶する。

三浦拓馬の顔には困惑が貼りついたままだった。

「〝繋ぎ〟の件で、って、どういうことなんですか。やっぱり僕の肝臓に何か問題が？」

「いえ、そういうわけでは――」

「まあまあ」進藤准教授が割って入った。「それを確かめるためにも研究室を訪ねようじゃないの」

彼は『役者は揃った』と言いたげな面持ちで言い、反論も許さぬまま研究棟へ歩いていく。真崎は他の二人と共に後を追い、建物に入った。夜でも中は煌々《こう》としていた。真っ白い廊下が延び、白壁には医学的なポスターの数々が貼られている。無機質な印象だ。

進藤准教授に案内されるまま、研究棟を進んでいく。

「――ここだよ」

彼が見つめているのは、扉で閉ざされた研究室だった。

真崎は、『第二研究室』とプレートが嵌められた扉をじっと凝視した。早鐘を打つ心臓は肋骨を痛いほど叩き、そのたび胃が痛んだ。緊張が絡みついた唾を飲み込む。

ここまで来たら後は覚悟を決めるだけだ。

真崎は持参したハンディカメラを構え、録画スイッチを押した。赤色のランプが間違いなく点《つ》いているのを確認する。

進藤准教授が扉の取っ手に手をかけた。蝶番《ちょうつがい》が金切り声じみた音を発して開いていく。鍵はかかっていない。研究者たちが出入りするからだろう。

彼に続いて研究室に踏み込んだ。正面にあるガラス張りの囲いの中、医療機器類が所狭しと並べられていた。手術台を囲うように数人の研究者が立っている。

数人の目が一斉に向けられた。モスグリーンの手術着と手術帽を身に着けている都准教授は、驚愕の顔つきをしている。彼女が立っているのは手術台の前だ。

真崎は手術台の男性を見て目を瞠った。

横たわっているのは——元厚生労働省事務次官の内海大二郎だった。

13

内海賢は手術台の父の姿を目に留めるなり、「父さん！」と叫び声を上げた。

今にも致死性の薬剤を注入されて殺されそうに思えた。収賄の口封じのために、病死に見せかけて。

ガラスに駆け寄り、外側から激しく叩く。手術着の女性――例の都准教授だろう――は不快そうに顔を顰めていたものの、やがてうんざりした様子で内側から扉を開けた。

内海賢は彼女を半ば押しのけて踏み入り、再び「父さん！」と叫んだ。

父がむくりと上半身を起こした。まるで死者が棺から起き上がったように見え、足が止まった。

内海賢は立ち尽くしたまま父を見つめた。父の目には動揺があり、口も開きっ放しだった。

「……な、何でお前が？」

「父さんこそ――何で研究室に？」

妙に緊迫した沈黙がしばらく続く。

横から口を開いたのは都准教授だった。彼女の目は進藤准教授に向けられている。

「進藤先生、あなたがどうしてここに？　それに彼らは？」

そう、混乱しているのは相手も同じなのだ。

内海賢は少し冷静さを取り戻し、深呼吸した。

進藤准教授はガラス張りの室内に進み入ると、挑発的な笑みと共に言った。

「君の人体実験を止めにきたんだよ、都先生」

「人体実験？　人聞きの悪い表現をされるんですね。臨床試験でしょう？　私は法令にのっとって、研究をしているだけです」

「内海元事務次官は被験者かな？」

都准教授は父と目線を交わした。一瞬のアイコンタクトに暗黙の了解を見た。

「事が公になっても、その主張ができるか、試してみたいねえ」進藤准教授は真崎を一瞥した。「彼は真崎さん。医療ジャーナリストだよ」

研究室内がどよめいた。白衣の研究者たちは、動揺が滲み出た顔を見合わせている。

「正気ですか、進藤先生」都准教授は血液さえ凍りつかせそうな眼差しで彼を睨みつけた。「マスコミの人間を導き入れるなんて……。研究者がどれほど情報漏洩に神経を尖《とが》らせているか、ご存じでしょう」

「人体実験は黙過できないからねえ。日本で異種移植なんて、人道的に許されないよ」

「医師たる者、情報は常にアップデートしてほしいですね。旧世代のパソコンじゃあるまいし」

「何だって？」

　進藤准教授の顔が不快そうに歪む。

「二〇一六年の五月、厚生労働省は異種移植を容認しています。移植した患者の定期的な検査や、移植記録の三十年間の保管などが条件ですが」

「厚労省が――？」真崎が父に目を向けた。「まさか、内海氏が事務次官時代に関与していたりするんですか？」

「……ええ。光西の心臓移植実施施設としての認定だけじゃなく、異種移植の容認にも尽力してくれた。海外じゃ、豚から人間への異種移植は三十五年間で二百例以上行われたけど、ウイルスの感染例がなかったのも大きかった。今までは、豚の進化の過程で遺伝子に組み込まれたウイルスの除去が難しくて、日本ではずっと禁止されていたんだけどね。ようやく、悲願が叶ったの。私はこの分野で誰よりも先んじたい」

「容認されている研究なら、隠す必要はないでしょう？」真崎は三浦拓馬に目を向けた。「彼は豚の肝臓で〝繋ぎ〟を受けたそうですね。でも、その実験的医療は秘密にされていました。それこそ、違法な手術が施されていた証拠ではないですか」

　当然の追及だった。

　都准教授は舌打ちした。研究者や助手たちを見やる。

「今日の手術は中止。もうここはクリーンじゃなくなった。後の話は私が聞く。解散」

彼らは困惑顔を向け合った後、闖入者《ちんにゅうしゃ》たちをちらちら見ながら部屋を出て行った。

都准教授は手術帽をもぎ取り、束ねてある黒髪を放った。

「厚生労働省で容認されたといっても、私の研究は部分部分、逸脱しているから、隠していたの。お堅いガイドラインに囚《とら》われていたら、いつまでも医学の進歩はない」

内海賢は踏み出し、彼女の前に立ちはだかった。

「父がなぜ手術台に？　父に何をするつもりだったんですか」

都准教授は父を横目で見た。父は手術台から降りようとし、脚をもつれさせた。再び縁に座り込む。

父はこの期に及んでパーキンソン病を演じるのか。それとも、麻酔か何かの影響だろうか。

いや――。

内海賢は第三の可能性に気づいた。父の顔を真っすぐ見つめる。

「そうか。分かったよ。俺は思い違いをしてた。父さんは正真正銘パーキンソン病だったんだな」

父が顔を背けた。都准教授は唇を結んだままだ。二人の反応が真実を言い当てていると思った。

「本当に詐病だったなら、俺が全く気づかないなんてありえない。一年半も介護をしてきたんだ。でも、詐病を告白してからの父さんが普通に生活できている以上、信じるしかなかった。その謎が今解けたよ。父さんがパーキンソン病だったのは事実。でも、都先生の治療で回復したんだ」

「そうか！」真崎が声を上げた。「僕も分かりましたよ。都先生が助成金を受けていた以前の研究テーマは、〝ＥＳ細胞によるパーキンソン病の改善〟でした。その治験を行って――」

「いえ」内海賢はかぶりを振った。「たぶん、違います。それなら堂々と研究できるはずです。都先生は、父さんに違法な治療を施したんだと思います」

「根拠はあるんですか」

「父が詐病だと嘘をついたからです」

「パーキンソン病を演じたのは、収賄が発覚したときに同情を買うためでは？」

「違います。本当にパーキンソン病だった父は、きっと都先生に縋って、公表できない治療方法で回復したんです。進行性のパーキンソン病が治れば、当然、どうやったのか、騒ぎになります。でも、受けた治療は実験段階で、違法だったから、明かせません。そこで、回復後もパーキンソン病を演じていたんです。それを弟に知られて、詰め寄られて、説明が必要になったから、実体験調査でパーキンソン病を演じていた、なんて答えたんです」

真崎は愕然とした顔をしていた。彼の瞳には同じ表情の人間が映っているだろう。

内海賢は父親に言った。

「だよな？」

父は数秒――あるいは数十秒、葛藤の表情を見せた。やがて、鼻孔から息を漏らした。

「賢、お前の想像どおりだ。回復の事実を隠すために嘘をついた。詐病なんかじゃない」

真崎が「一体どんな治療だったんですか」と訊く。

「……豚の脳細胞の注入だよ。人間の脳に注入するんだ。これも異種移植だ」

恐ろしい発言が全身を駆け巡り、肌が粟立《あわだ》った。

豚の脳細胞？　脳に注入？

まるで父が〝人間〟を捨てたように感じ、内海賢は思わず後ずさりした。見慣れた父の顔が妙に醜悪に見え、おぞましい。リバイバルで子供のころに観て怖かった映画『蠅男の恐怖』を思い出した。違法な治療だとは思っていたものの、まさか異種移植だとは——。

「……そんな顔をするな」父のつぶやきは、苦悩と悲しみに彩られていた。「私は私だ。何も変わらない」

自分に言い聞かせているようでもあった。

豚の脳細胞を脳に注入した父は、何パーセントが人間で、何パーセントが豚なのか。

「他に選択肢がなかった。私はどうすればよかった?」

父の問いには答えられなかった。パーキンソン病で体が思いどおりにならず、苦しみ、怒り、無力感に打ちのめされていた父の姿を一年半、目の前で見てきた。薬で症状をある程度は抑えられても、完治が難しい病。進行してからは地獄のような日々だっただろう。特に父の場合、進行が早く、なかなか合う薬が見つからずにいた。息子の手を借りねば、食事もトイレも難しい。

そんなとき、画期的な治療の話を知ったら——。

父が言った。

「パーキンソン病の疑いが判明したのは五年以上前だ。治療法を探しているうち、異種移植の可能性に行きついた」

「そう」都准教授が説明を引き取った。「パーキンソン病はそもそも、運動に必要なドーパミンを作る脳細胞がどんどん壊れていく進行性の病気。だから、脳細胞さえ増やせれば回復する。世界じゃ、一九八八年以降、胚《はい》から取り出した人の脳細胞を脳に注入する手術を、二百五十人以上のパーキンソン病患者が受けてる。でも、人の胚の利用は倫理的に批判が強く、難しい。そこで注目されたのが豚なの」

彼女によると、二十年以上前、アメリカでは末期のパーキンソン病患者がその臨床試験を受けたという。豚の胎仔《たいじ》たちから採取した千二百万個の脳細胞を移植された患者は、半年で驚くほど回復し、五十パーセントよくなった運動機能もある。

手術方法はシンプルだ。三次元映像で脳の映像を映し出し、脳の損傷を受けている部分と受けていない部分の境界線にカテーテルを挿す。そして豚の胎仔の脳細胞を注入する。

手術を受けたパーキンソン病患者たちは、平均十九パーセントも回復し、ウイルスにも感染していないらしい。

都准教授の説明が終わると、父が続けた。

「そういうことだ。異種移植の可能性を探るうち、日本でもその分野に興味を持っている研究者たちを知った。私は自分の病気を隠し、彼らから話を聞き、立場を利用して異種移植解禁に尽力した。だが、そうこうしているうちにも病気は進行し、退職せざるを得なかった。絶望のどん底で足掻《あが》いた私は、野心的な彼女に提案した。私が臨床試験を受ける、君にとっても貴重なデータを取るチャンスじゃないか、と。秘密の手術だ。当然、誰にも明かすことはできない」

内海賢は黙って聞いていた。

「手術によって私の運動機能はある程度回復した。あとは賢、お前の推理どおりだ。回復した姿を見せたら、異種移植が発覚する危険性がある。マスコミの総攻撃とそれに煽り立てられた一般市民による批判の嵐で、異種移植の可能性が潰されてしまう。目に見えている。だから、回復してからはパーキンソン病の演技をしていた。詐病の必要性は退職前から漠然と考えていた。見抜かれるリスクを考え、プロの在宅介護サービスは治療実行前から拒否せざるを得なかった。結果として賢には負担をかけたな」

「……この前からのパーキンソン病は、演技を再開したんじゃなく、症状が再発したんだな」

「ああ。一度の移植で劇的に全てが回復するわけじゃない。詐病で通している以上、演技を再開したと嘘の説明をするしかなかった。騙して悪かったと思ってる」

父は行方を晦《くら》ませているあいだ、異種移植を受けていたのだ。

人の世話にならなくてもすむ体を願った父の行動を誰が責められるだろう。少なくとも、自分は責められなかった。

しばらく沈黙が続いた。

父を見つめていると、背後から声がした。

「——都先生、あなたに躊躇はないんですか?」

口を挟んだのは、今までずっと黙っていた三浦拓馬だった。獣医師だと聞いている。

「人間と豚を——」

都准教授は心外そうに小首を傾げた。

「何か問題ある? あなたも豚に命を救われたでしょう?」

14

三浦拓馬は黙って都准教授を見返していた。

彼女の言うとおりだ。自分の命は豚の肝臓を利用した〝繋ぎ〟で救われた。生きられたことを喜んでいる。もし、目の前に神様が現れ、『お前の命と引き換えに、〝繫ぎ〟に使われた豚数頭を生き返らせてやる』と言われたとしたら――自分はどう答えるだろう。決まっている。迷うはずがない。

断る。

それは〝種差別〟なのか？

人間より豚の命を軽んじているのか？　いや、違う。違わないが、そうではない。この状況で天秤《てんびん》にかけているのは、自分の命と豚の命だ。

それは〝種差別〟などではなく、何よりも自分の命を優先する、生物としての生存本能だ。

一人の獣医師として、都准教授の倫理観を問うてみたくなった。異種移植には様々な倫理的問題が付き纏う。彼女のはその一つ一つにどのような答えを出しているのか。

自分の価値観とは別にして、興味が芽生えた。

「――先生は豚の命は人間より軽いとお考えですか」

都准教授は挑戦的な微笑を浮かべた。

「比重の問題？　豚が食卓に乗るのと、手術台に乗るの、一体どういう違いがあるの？　人間は豚肉を食べなくても死にはしないのに、大勢が食べる。でも、異種移植では、豚の命と引き換えに命を救われる人間の患者がいる。命の使い道としてはどっちが有意義かしら」

彼女は凜然《りんぜん》としていた。

「異種移植に豚を利用するのは、ヒヒなどより命が劣るからですか?」

「必然性の問題よ」彼女は「釈迦に説法かもしれないけど――」と前置きし、理由を語った。

ヒヒは個体数が圧倒的に少なく、成熟するまでに五年以上かかり、一回の妊娠で一頭しか生まれない。危険なウイルスも持っており、微生物感染がないヒヒを飼育しようと思えば、労力も費用も莫大だ。人間に姿が近い分、移植のために殺されるとしたら、心情的に受け入れがたい人が多い。

一方、豚は日本だけでも全国で約一千万頭が飼養されており――全世界では九億頭だ――、供給の面では充分な数がある。一頭が十頭以上の子豚を産むうえ、年二回は妊娠でき、たった八ヵ月で成熟する。しかも心臓などのサイズが人間に似ており、心臓の冠状動脈の構造や、腎臓の形、尿の濃度、皮膚などもそっくりだ。家畜だから移植に利用されても心情的に抵抗が少ない。

「様々な観点から豚がベストなの。とはいえ、無菌状態で育てるのは至難。普通の空気を吸うだけでもアウト。グローブボックスって分かる？」

拓馬はうなずいた。

透明の密閉容器の二つの穴の内側に手袋がつけられていて、外からそこに手を差し入れて作業する装置だ。外気と完全に遮断されているから、無菌状態を保てる。

「ドナー動物としての子豚の確保は大変なの。無菌状態で母豚の胎内にいるうちから子宮切開で取り出して、グローブボックス内で子豚を消毒槽に浸し、無菌の保育器に入れる。人間はおろか、母豚とさえ一切接触させない。〝初乳〟も飲ませず、餌も特別製。飼育者も、伝染病研究施設なみに感染対策を徹底する。専門家の適切なアドバイスがなきゃ、育てられない。そうやって完璧に飼育された豚だけが移植に利用できるの」

都准教授の説明を聞いたとき、電流が脳裏を駆け抜けた。心臓が太鼓の乱打さながら高鳴る。

移植に使う豚は、母豚の胎内にいるうちから子宮切開で取り出し、完璧に外界から隔離して育てる――。

専門家の適切なアドバイスが必要――。

彼女の言葉が頭の中でぐるぐる回り、やがて一つに繋がっていく。

そうか。そういうことだったのか。

「謎が――解けました。『仙石養豚』から盗まれた妊娠中の母豚たちは、ここの専用飼育施設に運び込まれていたんですね」

都准教授は、微塵も後ろめたさや動揺を見せなかった。怜悧《れいり》な表情は鉄仮面のように変わらない。

「心外ね、三浦さん」彼女の口調は冷え冷えとしていた。「私たちは窃盗なんかしていない」

「嘘です」

「なぜそう言い切れるの？　何か証拠でもある？」

「……都先生は、パーキンソン病の治療のためには豚の胎仔の脳細胞を注入する、と教えてくれましたね。そう、異種移植には豚の胎児が必要だったんです。それも、無菌状態の」

「だったら何？」

「都先生が今さっき言ったように、母豚の胎内にいる子豚は無菌状態ですが、豚舎で生まれた子豚は違います。すでに空気にも人間にも触れていますから、生まれてから奪っても使い物になりません。だから妊娠中の母豚ごと奪ったんです。無菌状態の子豚を手に入れるために」

「単なる想像ね」

「僕は『母豚たちが盗まれた』と表現しましたが、正確には違います。別の母豚とすり替えられたんです。妊娠中の母豚の代わりに妊娠経験がない母豚がいた、というわけです。〝泌乳〟や〝射乳〟がなかったそうですから、間違いありません」

「盗難じゃなく、すり替えだったら何か違いがあるの？」

拓馬は一息つき、「あります」と静かにうなずいた。

「すり替えられた母豚たちが豚流行性下痢《PED》で全滅しました。成豚なら高確率で完治するはずの病気なのに……。それはなぜか。研究所で飼育されている研究用の豚とすり替えられていたからです」

都准教授は首を捻った。その仕草はどこかわざとらしかった。話がどこにたどり着くか、本当はもう分かっているだろう。

「子豚は〝初乳〟を飲むことで初めて免疫を獲得します。でも、研究用の豚は違います。都先生は言いましたよね。研究用の豚は、〝初乳〟も与えないまま無菌室に移して育てる、と。つまり、免疫力が低い豚ということです。異種移植用に豚の胎仔が必要だったから、妊娠中の母豚と研究用の豚をすり替えたんです。免疫が低い豚たちはPEDに耐えきれず、全滅しました」

免疫が低いからこそ、ASGの活動家が故意に消毒を怠って持ち込んだわずかなウイルスに感染し、死亡したのだ。

都准教授は鼻で笑った。

「筋は通っているけど、状況証拠ね。私たち研究者が茨城まで行って何頭もの豚をすり替えたってわけ？　可能だと思う？」

拓馬は彼女の言葉を聞き逃さなかった。

「なぜ『仙石養豚』が茨城だと知っているんですか」

都准教授の細く整えられた右眉がピクリと反応した。

「あなたの幼馴染の女性――仙石聡美さんから聞いていたから。実家が茨城にある養豚場だって」

うまく言い逃れる。

だが――。

「先ほどの質問には答えられます。母豚十頭のすり替えは、都先生たちが実行犯じゃありません。外部犯では無理です。都先生は、研究用の豚の飼育に専門家からアドバイスを貰っていると言いました。内部に――『仙石養豚』に協力者がいるんです」

そう考えれば全て辻褄《つじつま》が合う。

「誰か分かっているような口ぶりね」

「はい。仙石社長です」

隣から真崎が「まさか！」と声を上げた。「経営者が自分の養豚場の豚を？」

「異種移植用に子豚を差し出すなんてとても説明できなくて、苦肉の策で子豚の窃盗に見せかけたんだと思います。過激な動物愛護団体の嫌がらせや、『荒巻養豚』の経営問題など、罪をなすりつける相手がいたのを利用して。たぶん、似た個体を見繕い、耳切りなども施して、そっくりに見せかけたんでしょう」

聡美は一頭一頭の豚を確実に見分けられるほどのベテランではないから、それで欺けたのだ。

仙石社長本人が主犯なら犯行は容易だ。聡美の話によると、仙石社長は事件当夜、事務所に残っていたという。実際は協力者と共に――たぶん従業員が一人か二人は手伝っているだろう――母豚たちをすり替えていたのだ。

「仙石社長は、子豚の盗難が公になったらセキュリティに疑問符がつくから嘘をついてしまった、なんて告白しました。でも、果たしてそんな理由で同業者に罪をなすりつけるでしょうか？」

「つけないでしょうね」真崎が同意する。

「僕もそう思います。全ては仙石社長の仕業だったんです。そう考えれば、聡美がいきなり手のひらを返した理由も説明がつくんです」

「手のひら、ですか？」

「彼女から電話があって、母豚たちのすり替えは思い違いだったから忘れて、なんて懇願されました。明らかな嘘です。なぜ急にそんなことを言うのか、そのときは分からなかったんですが、たぶん、仙石社長から真実を聞いたんだと思います」

事件が子豚の盗難ではなく母豚のすり替えだった、と分かったとき、彼女はきっとそれを仙石社長に話したのだろう。警察に通報すべきだと迫ったかもしれない。仙石社長としては、これ以上は隠し通せないと観念し、娘に告白したのだ。

「すり替えを実行したのが父親だと知ったら、そりゃ、口をつぐむでしょう」

養豚に誠心誠意取り組む彼女は、たぶん、最初は反発しただろう。だが、彼女は豚の臓器を利用した〝繋ぎ〟を認めてしまっている。そう、その時点で豚を食用ではなく、医療用に利用したのだ。恩人である都准教授が同じく患者を救うために子豚を必要としていた、と聞かされたら、告発などできるはずがない。

拓馬は聡美の心情を想像し、しばし唇を嚙み締めた。だが、すぐ都准教授を見て「どうですか？」と訊いた。「これこそ、母豚すり替えの真相です」

彼女は黒髪を耳の真裏に搔き上げ、深々とため息をついた。諦念が絡みついていた。

「……仙石さんは光西大学で研究の分野に進んだ後、農業系大学に入り直して養豚場を継いだ人で、研究の分野への理解は深かった。だから同期だった教授が養豚の相談をしたの。研究用の豚を育てるノウハウが必要だったから。仙石さんはずいぶん悩んでいたけど、最終的にはアドバイザーの役割を担ってくれた」

「よくすり替えまで協力してくれましたね」

養豚の経営者が食肉用ではなく、実験用に子豚を提供するとは――信じられない話だ。

「そんな頼み事はしたくなかったけど、実験用の子豚が足りなかったの。内海さんの脳に注入するために、四週齢の豚の胚をいくつも使ったから。もちろん、最初は仙石さんに突っぱねられた。でも、子豚が入手できなければ人命が失われる、って訴えた。嘘をつくのは忍びなかったけど、幼い少女の写真を使ったの。そうしたら、渋々だったけど、提供を認めてくれた」

都准教授としては、研究所の十頭の母豚と引き換えに百頭以上の子豚を得たことになる。

真崎が険しい顔のまま進み出た。彼はいつの間にかハンディカメラを下ろしていた。

「全て人命を大事にした結果、だというんですか」

「ええ。救命の手段があるのなら医者は迷わず使う。倫理なんてものは後からついてくる」

「私利私欲で不正はしていないと言えますか」

「ええ」

「では、助成金の受給の件はどうですか」

都准教授の顔がにわかに緊張した。

15

真崎直哉は都准教授の顔をじっと見つめた。表情に緊張が滲み出ているものの、彼女は目を逸らさない。

意識不明だった三浦拓馬の無断の運び出しも、内海大二郎元事務次官のパーキンソン病詐病疑惑も、『仙石養豚』の母豚たちの盗難も、全て異種移植に——いや、都准教授に繋がっていた。偽りの答えの殻が割れ、その下から真相が顔を出した。

だが、都准教授にはまだ解決していない疑惑がある。色んな問題が複雑に絡みすぎ、ともすれば忘れそうになるが。

医療ジャーナリストとしては追及せねばならない。

「あなたは〝ES細胞によるパーキンソン病の改善〟という研究テーマで助成金を貰っていましたね。しかし、担当の学術調査官だった柳谷氏は、不正を疑っていたそうです。これは私の推測ですが、実は異種移植で得られたデータを用いて申請したのでは？」

冷静の仮面を被っていた都准教授の顔に一瞬だけ動揺が表れた。結ばれた唇の端がひくついている。

「あなたは異種移植をライフワークにしています。どこからES細胞などというものが出てきたんでしょう？　人間への異種移植をテーマにして申請したら許可の難易度が高くなるので、比較的受け入れられやすいテーマをでっち上げて、助成金を受け取っていたのでは？　別の実験データを流用していたら、詐欺ですよ」

進藤准教授が「興味深い話だねえ」とつぶやく。彼女の不正ならいくつでも知りたい、という口ぶりだ。

都准教授は彼を横目で見やった後、口を開いた。

「柳谷さんには助成金の件でずいぶん相談に乗ってもらったけど、私を疑っていたなんて初耳」

「……本当にそうでしょうか。私が引っかかっているのは、あなたが柳谷氏の娘さんを引き受けたことです」

進藤准教授が心臓移植した柳谷の娘は、容体が急変した。再移植をしないかぎり死は避けられなかった。肝腎の進藤准教授がハワイ休暇中だったため、他の医師が柳谷に訃報を告げる役目を担わなければならない。できることならば、誰もが拒否したいだろう。そんな中、手を挙げたのが都准教授だ。

なぜなのか。好きこのんで引き受けることではない。それなのに、普段は研究一辺倒の都准教授が柳谷の娘の最期を引き受けた。

「私は、不正を調べている柳谷氏に口をつぐませるため、彼の娘さんを人質にして、取引を要求したのではないかと考えました。柳谷氏は〝人間として赦されないことでした〟と言いました。最初は、再移植を自ら拒否してしまって、そのことを後悔しているのだと思いました。しかし、本当にそうでしょうか。それで口にする台詞にしては、違和感があります。私は、都先生に屈して不正を黙認してしまった後悔ではないか、と推測したんです」

「的外れ」

「はい。私の推理はたぶんどちらも間違いです」

都准教授は真意の説明を促すように顎を軽く持ち上げた。その仕草は怜悧な顔立ちの彼女にはとてもよく似合い、ぞくっとする悪魔的な美しさを感じた。

「都先生は三浦さんにも内海氏にも異種移植を施しています。違法な治験もためらっていません。二人の話を聞くうち、私は恐ろしい可能性に突き当たったんです。容体が急変した柳谷氏の娘さんは、心臓の再移植をしないかぎり数時間ももたない状況でした」

進藤准教授は目玉を剝き、愕然とした口調で「まさか……」と漏らしたきり黙り込んだ。さすがの彼も二の句が継げないようだ。

真崎は都准教授に人差し指を突きつけた。

「あなたは心臓の異種移植を実施するために、柳谷氏の娘さんを引き受けたのではないですか」

真崎は肩から力を抜き、ゆっくり腕を下ろした。

都准教授は否定しなかった。それが答えだった。彼女が口を開くまでの沈黙は長く、時が凍りついたかのようだ。

「私が——勝手に心臓の異種移植をしたと思うの？」

真崎は「いゝえ」と首を横に振った。「いくら何でも、女の子の家族に黙ったままそんなまねはできないでしょう。都先生は柳谷氏に許可を取ったと思います」

柳谷は後日、思い詰めた顔で〝私が間違っていました。きっと神は赦さないでしょう〟と都准教授に話していたという。遺書には〝人間として赦されないことでした〟と記している。彼が何かを強く後悔していたことは明白だ。

それは異種移植だと確信している。

「そもそも異種移植は研究段階の医療よ。柳谷さんの娘を救う手段には決してならない。あなたも医療ジャーナリストを名乗るなら、最低限の知識はあるんでしょう？」

異種移植の現状については、先日、進藤准教授から講義を受けた。自分でも勉強した。

医学はどんどん進歩しているが、人間同士の心臓移植と違い、異種の心臓が患者の人生を取り戻す代替手段になるまでには至っていない。

「もちろん、異種移植が発展途上の研究だと分かっています」

「だったら――」

「心臓の異種移植を希望したのはたぶん柳谷氏のほうです。それで娘が助かるとは、彼も思っていなかったでしょう。柳谷氏はたった一日でも娘が持ちこたえてくれたらよかったんです。娘の死に目に会うために」

渡米中に容体急変の連絡を受けた柳谷は、どう足掻いても娘の死に目に会うことは不可能だった。最期に――娘の命が尽きる前に少しでも会話がしたい。体に触れ、言葉を交わしたい。彼はそう切望しただろう。

そんなとき、脳裏によぎったのは都准教授の存在だった。彼女が〝ES細胞〟を建前にし、その実、異種移植のデータで助成金を不正受給している可能性に気づいていた。

彼女ならもしかしたら――。

だから都准教授に連絡を取り、訴えた。自分が帰国するまでだけでも娘の命を保たせてほしい、と。

再移植用の人間の心臓は絶対に間に合わない。心臓を何年も待ち望んでいる患者や、億単位の費用で海外に縋る患者も数多くいるほどだ。だが――異種移植なら。動物の心臓なら手に入る。ほんの十数時間。十数時間で構わない。動物の心臓が機能してくれたら、アメリカから帰国し、病院に駆けつけ、娘と最期の言葉を交わす時間を稼げる。

柳谷はそう考え、都准教授に禁断の臨床試験を望んだのだ。

真崎は自分の推理を開陳した。都准教授はもう一切反論しなかった。場の誰もが言葉を失っている。

恐ろしすぎる真相だ。脈打つ心臓は狂おしいほどだった。鼓動のたび、こめかみがずきずきと疼《うず》く。

今なら柳谷の後悔の言葉の意味が分かる。鉛の塊のように胸に重くのしかかってくる。

帰国して娘と対面したとき、彼は何を想ったか。最初こそ、命ある愛娘の姿に喜びを覚えたかもしれない。

だが、残されたわずかな時間で話をするうち、娘の体内に動物の心臓が存在する現実に押し潰されていく。もし、死が避けられない愛娘におぞましさを感じてしまったとしたら。愛娘が息を引き取った後、娘を〝人間〟として死なせてやりたかった——。

もし、そんな感情を抱いてしまったとしたら。

柳谷の絶望の深さは想像もできない。自分が身勝手に許可した異種移植で、娘が

〝人間〟として死ねなかった。おそらく、それは死を選んでしまうほどの苦悩だったのだ。

真崎は唇を噛み、拳を握り締めた。胸の内側で渦巻き、今にも噴出しそうなこの感情は何だろう。

柳谷の本当の自殺の理由が分かった。いやというほど分かった。

助成金の不正受給斡旋疑惑で柳谷を直撃したあの日、『あなたのしたことを知っています。罪についてどうお考えですか！』とぶつけた。不正受給の斡旋など行っていなかった柳谷は、異種移植の件を突き止められたと勘違いしたのではないか。だから、『人間として赦されないことでした』と答えたのだ。

そうだとしたら、柳谷の自殺のロープを用意したのは自分だ。彼の死の後押しをしてしまった。

もし自分が柳谷の立場だったらどうしただろう。移植が叶わず心臓病で逝《い》ってしまった最愛の息子の顔が蘇る。息子との最期の時間を数日――いや、一日でも延ばせるとしたら。

考えても答えは出なかった。

沈黙を破るように、都准教授が冷静な口調で言った。

「あなたはこれを公表する？」

16

真崎は都准教授の意思的な眼差しを見つめ返していた。

法を逸脱した異種移植の治験――。それは人体実験だ。法治国家で許されていいものではない。だが、綺麗事で責められるのか？

真崎は振り返り、三浦拓馬の顔を見た。彼は豚の肝臓を使った〝繫ぎ〟を行っていなければ、この場にはいなかった。とうに死んでいた。おそらく、感謝の気持ちのほうが強いだろう。

自殺した柳谷はどうだ？　罪悪感から命を絶つほど苦しんだ。だが、娘と最期に会話できた。それは赦されない行いだったのか？

「頼む！」

背後からの声に向き直ると、内海大二郎が膝の上で拳を震わせていた。

「異種移植は希望なんだ。大勢の人間を助ける可能性を秘めている。台なしにしないでくれ」

希望――か。

不自由な自分の体に悲観し、絶望していた内海大二郎も、異種移植で症状が改善している。だが、それは本当に安全なのか？　実験段階の治療を安易に試し、一年先、あるいは数年先に何か恐ろしい副作用が起きたら？

画期的な治療法でも、やはり段階を踏むべきではないか。

割って入ったのは進藤准教授だった。彼女をねめつけ、語調も荒く言い放つ。

「これは医者として問題だぞ。患者をモルモット扱いして、こんな……許されることじゃないよ、都先生。僕は告発するよ」

進藤准教授は、教授選のライバルを蹴落とすためだけに糾弾している。おそらく、彼も都准教授と同じく成功のためならば何でもするだろう。

進藤准教授の〝正論〟は、彼女の台詞で粉砕された。

「私の研究は医局のトップもご存じです」

彼は口を開けたまま黙り込んだ。

「私の独断で可能な研究ではありません。上の協力なしにここまで自由に動き回れると思いますか？」都准教授は自嘲気味に苦笑を漏らした。「まあ、追及しても上は決して認めないでしょうが」

「事実です。私の上に教授がいない理由、分かりますか？　准教授の――しかも女の身で移植チームを指揮して自由に動けるのは、私に権力があるからじゃありません。失態を犯したとき、トカゲの尻尾にしやすいから、ですよ」

自分の足元の不確かさを自覚しているからこそ、都准教授はト、カ、ゲ、の心臓部になろうと野心を燃やしているのかもしれない。

「……だからといって、侮ると痛い目に遭いますよ。私は医局に切り捨てられないための武器も持っています。進藤先生、医局を敵に回しますか？」

進藤准教授は顔を歪め、歯軋《はぎし》りした。

「し、しかし、異種移植など、倫理的に許されるものでは――」

「自分を棚上げして私を責めるんですか」

「棚上げって何だ」

真崎は進藤准教授同様、彼女の答えを待った。都准教授の視線が滑ってくる。

「扇情的で一方的な見方を吹き込まれないでね。心臓弁の置換手術なんかの部分移植では、〝機械弁〟だけじゃなく、牛の心膜や豚の心臓弁のような〝生体弁〟が昔から利用されてる。心臓の専門医なら当然知ってるし、使ってる。それだって異種移植で

「信じられん」

しょう？」

そういえばそうだった。生体弁の存在をすっかり忘れていた。豚や牛は部分的にすでに利用されているのだ。

異種移植が一様に倫理上の問題なら、生体弁への置換手術を受けた人々はどうなる？

その線引きはどこにあるのだろう。

異種移植が臓器の一部分ならまだ〝人間〟で、臓器丸々なら〝人間〟でなくなるというのか？

「進藤先生」都准教授が言った。「先生は一人の命でより多くの命を救おうとされています。私は、人の命を使わずにより多くの命を救おうとしています。医者として私も先生も目的は同じはずです。手段が違うだけです」

進藤准教授は反論しなかった。遠くを見透かすような半眼で、分厚い唇を引き結んでいる。今や利己的な敵意は消え失せ、医者としての純粋な煩悶があるのみだった。

真崎は面々を見渡した。切羽詰まった懇願の形相の内海大二郎。そして、三浦拓馬と内海賢。二人の内心は読めない。都准教授の言葉を嚙み締めて葛藤しているのだろうか。

何が許され、何が許されないのか。

命の倫理として許されるのか。豚の命は豚だけのものではないのか。だが、豚肉を食べる人間に非難する資格があるか？　同じ家畜の命なら、食事のために奪うより、医療のために――人間の命を救うために奪うほうが有意義で無駄がないのではないか。現実問題、人間の命に比べたら、動物の命と引き換えに助かるほうが心理的抵抗は少ない。だが、一方で動物の臓器を迎え入れるという苦しみは付き纏う。

何が正しく、何が間違っているのか。

その行為が何にどう影響するか想像もせず、表面的な正義感で突っ走るわけにはいかない。自分が全ての真相を公表したら、都准教授は罰を受けるだろう。医師免許剝《はく》奪《だつ》もありうる。異種移植が感情的に取り上げられ、世間は紛糾する。ようやく解禁されたという異種移植実験も難しくなり、規制され、医学的進歩の道は閉ざされる。自分の決断次第では、将来、助かるはずだった何十万人もの人間の命を奪う結果になるかもしれない。

異種移植を研究していく未来に待っているのは、幸福なのか絶望なのか。

真崎は以前に取材した医師の言葉をふと思い出した。

――私たちは、命の過剰な重さに自らを雁字搦めにしてはいないでしょうか。

真崎は彼らに背を向けた。そして――研究室を後にした。誰にも引き止められなかった。

真っ白く延びた廊下を歩き、研究棟を出る。

夜空を見上げると、死人の肌を思わせる色合いの三日月が出ていた。本来の真ん丸い姿から大部分が欠けている月は、移植を待ち望む患者の臓器のように何か不完全な印象だった。

異種移植は人類史上、最も罪深く、最も希望を孕《はら》んだ医療だろう。

全てを知った自分はどうすればいいのか。

真崎は三日月を眺めながら、いつまでも自問を続けた。

寄稿予定記事（下書き）

『たかひろに心臓移植を　夫婦が募金を呼びかけ』『目標募金額一億六千万円』

心臓移植でしか完治できない特発性拡張型心筋症の岬貴博《みさきたかひろ》君（8）＝Y小学校＝の両親は、八月二十日に都内の病院で記者会見し、米国での心臓移植に必要な一億六千万円の寄付を呼びかけた。貴博君は現在、補助人工心臓で命を繋ぎ止めている。心臓の代役を担う補助人工心臓は、血液循環のポンプ機能を補う装置だ。心臓移植までの橋渡し《ブリッジユース》が前提の装置であるため、長期間の使用には適さない。血栓ができやすくなり、最悪の場合、脳梗塞も引き起こしてしまう。

サッカーが大好きだという貴博君は、元気になったら青空の下でボールを蹴りたいと夢を語る。

「本田選手や香川選手のように格好よくゴールを決めたいです。病室の中からは、グラウンドで走り回る友達の姿も見えません。健康な心臓が欲しいです」

母親の三智子《みちこ》さん（36）は「貴博の痛々しい姿を見ていたら涙が出てしまうので、トイレに行くと嘘をついて病室を出て、廊下で泣いています。貴博も私の嘘に気づいていて、私が戻ってくると、大丈夫？　と心配そうに訊いてくれるんです。それでまた泣けてしまって……」と涙ながらに語る。

「お母さんとお父さんを悲しませたくないから、元気になりたい」

両親の表情とは対照的に笑顔を見せる貴博君（写真A）。

「心臓のこと以外で何か悩みはある？」と訊いたところ、意外な答えが返ってきた。

「来月のお母さんの誕生日に何を贈ろうか、悩んでいます。小皺を気にしていたので、小皺がなくなる薬がいいな、と思っています。記者さんは何かいい薬を知っていますか？」

逆に訊き返され、あたふたするしかなかった。そこで初めて全員に笑顔がこぼれた。

貴博君には周りの人たちを笑顔にする特技があるようだ。早く貴博君自身も心から笑える日が来てほしいと願わずにはいられない。

貴博君には一刻も早く渡米しての心臓移植が必要だが、現段階で集まっている寄付金額は千三百万円だという。

移植用の臓器は世界じゅうで慢性的に不足しており、順番が巡ってくるのを待つうち、生きたくても生きられない人々が無念にも大勢亡くなっている。

——移植の優先順位が高い子供が亡くなってくれたら、と思ってしまう瞬間、自分にぞっとするんです。

これは、移植待ちをするある患者の母親が漏らした本音だ。

もし、将来、人間の臓器を使わずに移植手術ができる時代が来たら、誰か他の〝人間〟の死を待ち望む必要がなくなる。彼女のように罪悪感に囚われて苦しむ人が減る。

現在、日本を含めた世界では、様々な代替手段が研究されている。人の細胞を増殖させて臓器を作り出す研究や、動物の臓器を用いる研究が続けられている。研究が完成したとき、それは人類を救う画期的な医療として認められるのか、それとも——。

命の倫理とは一体何だろう。多くの患者に会って取材してきたにもかかわらず、私はいまだ答えを出せないでいる。

読者のみなさんには、移植を必要としている人々に思いやりの手を差し伸べつつ、それぞれの尺度で真剣にこの問題を考えてほしいと切に願う。

記名　真崎直哉

本記事の執筆中、貴博君が亡くなった。

【参考文献】

『尊厳死を選んだ人びと』ヘルガ・クーゼ編　吉田純子 訳　講談社

『最新ブタの病気』農林水産省家畜衛生試験場 監修　家の光協会

『養豚場ＡＩマニュアル』志田充芳 著　チクサン出版社

『わかりやすい養豚場実用ハンドブック　豚と養豚を知ろう』伊東正吾 監修　チクサン出版社

『めざせ！養豚場の星　マンガでわかる基礎管理テクニック』池田慎市 原案　クシキノアイラ マンガ　緑書房

『月刊 養豚界』２００９.07　チクサン出版社

『月刊 養豚界』２０１１.10　チクサン出版社

『月刊 養豚界』２０１２.01　緑書房

『月刊 養豚界』２０１３.12　緑書房

『月刊 養豚界』２０１４.02　緑書房

『私もパーキンソン病患者です。』柳博雄 著　三五館

『新版　死とどう向き合うか』アルフォンス・デーケン 著　NHK出版
『長期脳死　娘、有里と生きた一年九カ月』中村暁美 著　岩波書店
『安楽死　生と死をみつめる』NHK人体プロジェクト編 著　日本放送出版協会
『移植医療 臓器提供の真実　臓器提供では、強いられ急かされバラバラにされるのか』吉開俊一 著　文芸社
『脳死・臓器移植Q&A50 ドナーの立場で〝いのち〟を考える』臓器移植法を問い直す市民ネットワーク編 著　山口研一郎 監修　海鳴社
『あなたらしい最期を生きる本　絵で見るはじめての終末医療マニュアル』奥井識仁 著　ハート出版
『脳死・臓器移植の本当の話』小松美彦 著　PHP研究所
『操られる死〈安楽死〉がもたらすもの』ハーバート・ヘンディン 著　大沼安史／小笠原信之 訳　時事通信社
『驚異のクローン豚が人類を救う!?　21世紀の画期的医療、異種移植の最前線をゆく』ジェニー・ブライアン／ジョン・クレア 著　鈴木豊雄 訳　清流出版
『異種移植とはなにか　動物の臓器が人を救う』デイヴィッド・クーパー／ロバート・ランザ 著　山内一也 訳　岩波書店

『異種移植　21世紀の驚異の医療』山内一也 著　河出書房新社
『パーキンソン病 最新治療と生活法（健康ライブラリーイラスト版）』作田学 監修　講談社
『パーキンソン病（よく分かる最新医学）』主婦の友社 編　山之内博 監修
『パーキンソン病　ガイドラインに基づく最新の薬物療法　症状別対処法が詳しくわかる（患者のための最新医学シリーズ）』織茂智之 監修　高橋書店
『パーキンソン病を治す本　薬を使わない画期的治療でよくなる人が続出！（ビタミン文庫）』安保徹／水嶋丈雄／池田国義 著　マキノ出版
『許されるのか？安楽死　安楽死・尊厳死・慈悲殺（プロブレムQ&A）』小笠原信之 著　緑風出版
『いのちの選択　今、考えたい脳死・臓器移植（岩波ブックレット782）』小松美彦／市野川容孝／田中智彦 編　岩波書店

謝辞

お忙しい中、原稿を読んで医学的な記述の誤りを正し、アドバイスまでくださった東京慈恵会医科大学の嘉糠洋陸教授に感謝します。

同じく、原稿を読んで養豚の記述に関してアドバイスと指摘をくれた友人の熊谷祐宏さんに感謝します。

お二人の尽力が作品の完成を助けてくれました。

なお、作中の記述に誤りがあった場合、それはひとえに作者の勉強不足によるものです。

解説——驚愕の四声体ミステリ

有栖川有栖

　長編だと思って書店で手に取ったのに、家に帰ってよく見たら短編集だった。あるいはその逆で、がっかりした——という声をたまに耳にする。面白ければどちらでもいいじゃないですか、と言いたいところだが、「今は長編（短編集）が読みたい」という気分で本を選んだのなら、自分のミスであっても期待を裏切られた気がすることもあるだろう。

　本書『黙過』は、どちらの気分の方にも応える構成になっている。独立した短編として読める四つのエピソードが、最後の「究極の選択」に至り思いもかけない形で一つに束ねられ、クライマックスに雪崩《なだ》れ込むのだ。

　ある人物やモノやコトが意外な関連を持っていたことが最後に明かされたり、隠されていたテーマが浮かび上がったりする連作短編ミステリの作例は少なからずあるが、本作の域まで練り込まれたものは珍しい。それまでのエピソードで描かれた要素が最後に絡むというのに留まらず、各エピソード（それぞれで意外性に富んだ謎解きが行われる）の真相が変容して、〈登場人物たちは何と直面していたのか〉が一気に暴かれる仕掛けになっている。

四つのエピソード「優先順位」「詐病」「命の天秤」「不正疑惑」は、生命・医療を共通のテーマとした短編ミステリとしてしっかり読み応えがあり、決着がついたように見えるのに、そのすべてに〈どんでん返し〉を食らわせ、最後の真相を提示する作者の技巧には舌を巻いてしまう。

本書は、二〇一八年四月に書き下ろし作品として単行本で発表されたもの。その際、帯には〈あなたは必ず4回騙される――〉とあったが、これは随分と控えめなキャッチコピーだ。四つのエピソードの驚きに加えて、最後に大きな〈どんでん返し〉があるのだから、〈必ず5回は騙される――〉はずだし、各エピソードの中にもサプライズがばら撒かれている。私など、「優先順位」の第4節の最後で、もう「あっ」と驚いていた。それを結末にして切れのいい短編が書けそうなのに、物語はさらに何度も折れ曲がっていく。

本作に投入されたアイディアの量は膨大だ。だから、ひと晩で読んでしまえるぐらいのボリュームなのに、長編ミステリ二、三本の読み応えがある。作者はなんとも気前がいい。

解けたはずの謎が実は正しく解けていないことが判明し（この塩梅がまた絶妙で、読者は洞察力を繰り返し試される）、隠されていた真相を解くための伏線になるという構成。

それは、たとえるならば――ジグソーパズルを四つ完成させて満足していたら、「それをバラして、こう組み立てるときれいだよ」と言われて、予想外の大きな絵ができるのを目撃するかのようだ。

また、あるいは――四つの独唱曲に聴きほれた後、「その歌は、こんなふうに展開するよ」と言われて、すべてが美しい四声体の合唱曲と化して響き合うのを耳にするようでもあり、構築の美に感動さえ覚える。いわば、本作は四声体ミステリと言えるだろう。

この面白さを読者に堪能してもらうためには、最終章にあたる「究極の選択」はぜひとも最後に読んでもらわなくてはならず、作者は扉ページの裏に「前知識が必要なので他の四篇の読了後にお読みください」の一文を挿入している。言い換えれば、

「究極の選択」が最後であれば、前の四篇はどんな順に読んでもいいわけだ。前から順に読んでいただきたい気がするが、この小説、時間を置いてから違う順番で再読するのも一興ですよ、と提案しておこう。

構成の話をまくし立ててしまったが、あらためてご紹介すると、本作は『闇に香る嘘』（二〇一四年）で第60回江戸川乱歩賞を受賞した下村敦史の十一冊目の著書にあたる。乱歩賞にチャレンジし続けた雌伏の時を経てデビューしてから、一作ごとにテーマや技法を変えた旺盛な執筆活動をしてきた作者は、この作品でまたもや新境地を拓いた。

『黙過』は、命という重いテーマを持った小説である。およそ小説というものは、すべて命をめぐる物語かもしれない。人間の喜怒哀楽も、愛や憎しみも、希望や絶望も、私たちの生に限りがあるから極まり、それが織り成されて物語となるのだから。しかし、人の死を盛んに扱うミステリという文芸は特異なスタンスに立つ。

人の死を盛んに扱う――どころではない。ミステリといえば殺人事件、殺人が起きてこそミステリ、と思っている人もいるだろう。『グリーン家殺人事件』『僧正殺人事件』などで知られるアメリカの作家ヴァン・ダインは、〈推理小説作法の二十則〉なる規範を残していて、その中に〈長編小説には死体が絶対に必要である。死体はよく死んでおればおるだけいい。殺人以下の小犯罪では不充分だろう〉（井上勇・訳）という一項があるぐらいだ。

殺人の出てこない長編ミステリはたくさんあるし、ヴァン・ダインの提唱に深い意味はなく、「どうせ架空の事件なのだから、なるべく重大かつ深刻なものにしないと読者の食いつきが悪くなる」程度の認識だったのではないか。私自身は「真実を知る唯一の人間が犯人を除いてこの世にいない状況でこそ、探偵が真価を発揮できる」と考えている。ともあれミステリは「とにかく死体だ。死体を出さねば」となりがちだ。人間の死の厳粛さや生の実感を描くためではない。

その点に引っ掛かって、「気晴らしの読書に人殺しのお話は選びたくない。ミステリだけは読まない」という人もいる。また一方に、捜査や推理の物語によく合うので死体を出すだけだから、その死は生々しさを欠いた演劇的なものでよい、とする考え方も成り立つ。そうすれば安心して捜査と推理の物語が楽しめるから。

また、死と意識的に戯れるためにそれをさらりと演劇的に描くことを良しとせず、犯罪者の内面を掘り下げるなどして非現実味を斥《しりぞ》けようとする書き手もいる。そうするとミステリの枠から脱却して純文学や一般小説への〈転身〉になる場合もあるのだが——。

下村敦史はあくまでもミステリの枠内に留まり、濃厚な謎解きの味わいと〈どんでん返し〉を盛った上で、死を真正面からテーマにしてみせた。

私や私の愛する者の命と他者の命。人間の命と動物の命。作者は「その軽重について、あなたはどう考えますか？　このような事態になったら、どんな選択をしますか？」と問うてくる。多くの人が「そんなことばかり考えていられない」と避けがちな問いかけだ。

ご丁寧にも、巻頭にはタイトルにもなっているキーワードの説明があり、「問題の所在を『知っていながら黙って見逃すこと』をしますか？」と作者は迫る。かくも手の込んだミステリの形で。

チャレンジングな姿勢と言うしかない。ただ果敢に挑戦しただけではなく、目論んだとおりの作品――『黙過』が完成してここにある。

この大きな達成も、作者にとっては一つの通過点なのだ。下村敦史は、すでに次の新境地に向かって力強く歩いている。

この作品は2018年4月徳間書店より刊行されました。
なお、本作品はフィクションであり実在の個人・団体などとは一切関係がありません。

徳間文庫

黙《もっ》過《か》

2020年9月15日 初刷

著者 下《しも》村《むら》敦《あつ》史《し》
発行者 小宮英行
発行所 株式会社徳間書店
東京都品川区上大崎三-一-一 〒141-8202
目黒セントラルスクエア
電話 編集〇三(五四〇三)四三四九
販売〇四九(二九三)五五二一
振替 〇〇一四〇-〇-四四三九二
印刷 大日本印刷株式会社
製本

ISBN978-4-19-894591-6 (乱丁、落丁本はお取りかえいたします)